W0369944

Jerker Virdborg **Eis**

D.L.L.J.

Hat sich der Abstand verringert?
Nein.
Ist der Abstand gleich geblieben?
Nein.
Der Abstand hat sich also vergrößert?
Ja.

I

Edh schlief, die Schläfe ans Fenster gelehnt. Das Halstuch lag zusammengeknüllt hinter dem Kopf, die Uniformjacke war bis zum Gürtel aufgeknöpft.
Beim Einsteigen hatte er den Wagon für sich allein gehabt und sich einen Platz in Fahrtrichtung ausgesucht. An den Bahnhöfen danach waren Soldaten um Soldaten in den Zug geströmt, fast alle trugen die gleiche Uniform wie er. Nach einigen Stunden waren sämtliche Plätze belegt. Er redete mit niemandem. Ab und an warf er einen Blick hinaus in die Dunkelheit, sonst ließ er die Augen geschlossen. Wenn der Zug ruckelte, war zu hören, wie Gewehre über den Boden rutschten. Irgendwo in der Tiefe des Wagons klingelte ein Handy, aber niemand reagierte. Neben ihm unterhielten sich leise zwei Soldaten. Sie sprachen einen Dialekt, den er nicht einordnen konnte, in ihren Stimmen schwang Anspannung. Ein Wort kam immer wieder vor: »gefallen«.
Er faltete das Halstuch zu einem Kissen und griff in die Innentasche der Jacke. Der Umschlag war an seinem Platz. Irgendwer fuhr die beiden Soldaten an und sie verstummten. Er legte den Kopf an die kalte Scheibe, sein Magen knurrte. Gefallen, dachte er. Dann schlief er ein.

»Sie?«
Jemand rüttelte ihn an der Schulter. Er schlug die Augen auf und hob den Kopf. Draußen ging über schneebedeckten Äckern und dichten Kiefernwäldern die Sonne auf. Der Soldat neben ihm wies mit dem Kopf zur Seite. Im Gang stand ein hoch gewachsener, schnurrbärtiger Offizier. Die Feldmütze klemmte unter der Achselklappe. Oberhalb der Brust-

tasche war eine Reihe von Abzeichen auf die Uniform genäht, auf den Ärmeln saßen zwei Sterne.
»Sind Sie Edh?«
»Ja, Herr Oberleutnant.«
»Folgen Sie mir.«

Im Vorraum blieben sie stehen. Der Oberleutnant las in seinen Papieren. Der Zug ruckte an, und Edh machte einen Schritt zur Seite.
»Karl Edh? Ihr Einsatzort?«
»Nördliche Brigade, F 28, drittes Infanteriebataillon.«
»Sie kommen von Sårneå herunter?«
»Ja.«
»Sie haben neue Order. Das hier ist eben vom Stab eingetroffen. Sie steigen in Kürze aus, in Daga. Man wird Sie am Bahnhof abholen.«
Edh nahm das Dokument entgegen.
»Ich soll aussteigen? Ich dachte, ich muss bis in den Süden?«
Der andere senkte die Stimme.
»Wahrscheinlich ist das noch nicht offiziell, aber offenbar sind wir letzte Nacht einige Kilometer zurückgedrängt worden. Sieht so aus, als ob wir an der Küste Tag für Tag an Boden verlören, die Linien werden ständig weiter nach Norden verlegt.«
Der Zug ratterte über eine Weiche.
»Auch Sårneå soll beschossen worden sein. Luftangriffe, letzte Nacht. Sie sind grad noch rechtzeitig dort weggekommen.«
Edhs Blick irrte umher. Die Wagons ächzten.
»Bomber? Aber wer verdammt hätte denn gedacht, dass …«
Der Zug bremste. Edh starrte auf die schrundige Eisfläche an der Unterkante des Fensters. Der Oberleutnant strich sich über den Schnurrbart.
»Sie haben nichts davon gewusst?«
»Nein.«
Der andere wies zum Fenster hinaus.
»Daga.«

Edh schwang sich auf den Bahnsteig hinunter und schaute den Zug entlang. Der Transport hatte mindestens zwanzig Wagons, die Lok stand über hundert Meter vor dem vorderen Ende der Perrons. Außer ihm war nur ein kleiner Trupp Soldaten ausgestiegen, ihr Wagon lag weit hinten. Er schätzte sie auf nicht mehr als einen halben Zug. Köpfe und Gewehre warfen lange Schatten auf den Schnee. Er setzte die Mütze auf und klappte die Ohrenschützer herunter. Sein Blick schweifte zur Uhr unter dem Schutzdach. Er sah ein zweites Mal hin. Der Minutenzeiger stand auf zwölf, der Stundenzeiger pendelte zwischen acht und neun.
An den Fenstern des Bahnhofsgebäudes hingen Verdunklungsvorhänge, aus dem Schornstein wölkte dichter schwarzer Rauch. Er stieg über die Schienen, stemmte sich auf den nächsten Bahnsteig hoch und sah zum Himmel. Kaum Wolken, überall helles Blau. Im Norden tauchten sechs Flugzeuge auf, sie zogen Kondensstreifen hinter sich her, die allmählich aufquollen. Dem Motorengeräusch nach zu urteilen waren es Transportmaschinen.
Die Soldaten hatten sich vor einem mit Brettern vernagelten Kiosk seitlich des Bahnhofsgebäudes versammelt. Daneben lag ein offener Platz mit mehreren Verkehrsinseln. Hinter ihm fielen mit einem lauten Knall die Türen zu. Die Lokomotive ruckte an und der Transport rollte langsam weiter Richtung Süden. Auf den Wagondächern spiegelte sich die Sonne und ließ gleißende Blitze aufleuchten. Er sah dem Zug hinterher, bis die blinkenden roten Schlusslichter in der Ferne verschwunden waren.
Das Bahnhofsgebäude war verrammelt. Er suchte hinter einer Hausecke Schutz vor dem Wind und folgte mit dem Blick zwei Truppentransportern, die zum Kiosk einbogen. Niemand beachtete ihn. Er knüpfte das Halstuch enger, bewegte Arme und Beine, ballte die Hände zu Fäusten, hauchte sich in die Handschuhe und beobachtete, wie die Lastwagen wieder abfuhren. Auf der anderen Straßenseite stand ein

altes Gebäude mit gelben Holzwänden. Aus zwei schmalen Schornsteinen stieg Rauch auf. Er verglich seine Uhr mit der über dem Eingang des Bahnhofsgebäudes. Sie zeigte die gleiche Zeit: zwanzig vor zehn. Er trat von einem Fuß auf den anderen, trampelte den Schnee fest und rollte die Zehen zusammen. Die Straße lief in beide Richtungen weiter. In der Ferne waren ein Bürogebäude und ein Wasserturm zu sehen, daneben erhoben sich hohe Wohnblocks. Behutsam atmete er ein, stieß die Luft durch den Mund aus und versuchte zu schätzen, wie viel Grad unter null es war.
Erneut blickte er zu dem Holzhaus hinüber. Oberhalb der Glastür wölbte sich ein Emblem, das unter der Reifschicht nicht genau zu erkennen war. Hinter den Fenstern liefen Leute hin und her, sie schienen keine besondere Eile an den Tag zu legen. Er überwachte jede ihrer Bewegungen.

Er trat in einen großen Vorraum, der auf zwei Spiegeltüren zulief, und stampfte sich den Schnee von den Stiefeln. Es roch nach Essen und nassen Wollsachen. Auf den Wandbehang über der Garderobe waren Bibelsprüche gestickt. Aus dem Saal tönte Stimmengewirr und das Getrappel von groben Schuhen, Besteck stieß irrend gegen Porzellan.
Zögernd ging er hinein. Alles trug Zivil. Der Raum wurde von Kronleuchtern erhellt, an den Wänden hingen Landschaftsbilder. Man wandte sich nach ihm um, es gab fast nur Kinder und ältere Frauen. Er schritt vorwärts, den Kopf nach vorn gebeugt, die Hände an den Hosennähten. Der Dunst von Fett, gebratenen Zwiebeln und frisch gebackenem Brot hing in der Luft. Er bemühte sich, mit den Stiefeln nicht allzu viel Lärm zu machen. Vorn an der Theke stand eine junge Frau. Sie trug eine Schürze, war groß und stämmig und hatte lockiges blondes Haar.
»Ich wollte fragen, ob … Kann ich bei euch vielleicht was zu essen kaufen?«

Sie deutete auf ihre Ohren und stieß einen hohen Ton aus. Sie wartete einen Augenblick, formte mit den Händen geschwind ein paar Zeichen, zuckte mit den Schultern und zeigte ein weiteres Mal auf ihre Ohren.

Nach kurzem Zaudern nickte er.

Sie nahm einen Schöpflöffel, wies auf einen Topf, der hinter ihr auf einer Bank stand, und hob erneut die Schultern.

»Ist das … alles?«

Sie runzelte die Stirn. Entschuldigend breitete er die Arme aus.

»Verzeihung.«

Sie holte einen Block und reichte ihm einen Kugelschreiber.

Verzeihung, ich hatte es vergessen, schrieb er. *Ist das alles, was du zu essen hast? Ich kann bezahlen.*

Sie nahm den Stift.

Leuten von außerhalb dürfen wir nichts zu essen geben.

Er sah, wie sie auf seine Waffe starrte.

Und du bist nicht von hier.

Er schaute nach hinten zu den Spiegeltüren, überlegte einen Moment und schrieb dann:

Ich stamme von der Westküste. Meine Eltern wohnen hier in der Gegend.

Sie reagierte nicht. Er nickte ihr noch einmal zu und wandte sich zum Gehen.

Sie griff nach seinem Arm. Ihre Blicke begegneten sich.

Du hast freundliche Augen. Vielleicht kannst du trotzdem was bekommen.

Sie deutete auf ein Mädchen ein paar Meter entfernt und führte rasch die Hand zum Mund. Er lächelte, ruckte zum Dank kurz mit dem Kinn und lief hinüber. Die andere war dunkelhaarig und ein Stück kleiner. Sie hatte eine zierliche Nase, markante Wangenknochen und leuchtend grüne Augen. Ihre Unterarme waren schmal, über den einen zog sich ein längliches Muttermal.

»Du willst also was zu essen haben«, sagte sie.
Ihre Stimme war hell, sie sprach hastig. Er fuhr sich über den Magen.
»Ich habe seit gestern nichts mehr gehabt.«
Sie nahm einen tiefen Teller aus einem Regal und schöpfte fünf Kellen Suppe hinein.
»Du trägst Uniform und kommst einfach so hier reinspaziert. Man hat uns verboten, euch was zu essen zu geben.«
Sie legte einen Kanten dunkles Brot auf den Rand und hielt ihm den Teller hin.
Er betrachtete die Suppe und rührte sich nicht.
»Ich will wirklich nicht … Also, falls jemand hier drinnen das krumm nimmt … Aber Geld hab ich, falls das dein Problem sein sollte.«
Sie schüttelte den Kopf und streckte den Arm noch ein wenig weiter aus.
»Man hat uns verboten, Geld zu nehmen.«
Er griff nach dem Teller, der Boden war heiß, er musste am Rand anfassen.
»Warum?«
»Weil man's eben verboten hat.«
Sie verschwand durch eine Schwingtür hinter der Theke. Er wartete einen Moment und nahm sich dann aus einer Plastikschale einen Löffel.
Den Blick starr auf Suppe und Fußboden gerichtet durchquerte er den Raum und setzte sich mit dem Rücken zu den Leuten an einen leeren Tisch. An der Wand vor ihm stand eine Orgel. Er knöpfte den Kragen der Uniformjacke auf und spürte, wie ihm warm wurde.
In der Fleischbrühe schwammen Möhren, Lauchstücke und Kartoffeln. Während er aß, kam die Dunkelhaarige durch die Schwingtür zurück. Sie stellte sich vor einen Wagen, trocknete Tabletts ab und kontrollierte dann etwas auf einem Formular oder Verzeichnis, das an der Wand hing.

Die Suppe war heiß und salzig, das Gemüse halb zerfallen. An dem Tisch hinter ihm saßen eine Gruppe Frauen und ein alter Mann, die miteinander plauderten. Ein Stück weiter hinten spielten mehrere Jungen.
Er warf einen Blick auf die Dunkelhaarige, die jetzt in einem Becken Geschirr spülte, und nahm einen Bissen Schwarzbrot und noch einen Löffel Suppe. Sie sah nicht auf. Er aß weiter und schaute alle paar Minuten zu ihr hinüber, aber sie tat nicht dergleichen. Er schüttelte den Kopf, löffelte vor sich hin und schloss dann kurz die Augen.
Ein grünes Auto bog auf den Platz draußen ein. Die Nummernschilder waren schwarz, das Kennzeichen gelb. Edh erhob sich, lief zur Flügeltür und behielt dabei das Fahrzeug im Auge. Es stoppte neben dem Kiosk. Er trat vor die Tür. Die Kälte biss im Gesicht, seine Haut spannte sich.
Das Auto wendete und kam zu ihm herüber. Ein Chauffeur in Felduniform stieg aus. Er war groß und breitschultrig und hatte rundliche Wangen, unter den Augen saßen tiefe Falten. Er legte die Hand vor die Augen, die Fenster reflektierten die Sonnenstrahlen.
»Sind Sie Edh?«
»Ja.«
»Sie können hier warten, bis ich zurückkomme. Dauert vielleicht zehn Minuten. Ich muss tanken. Wir treffen uns da drüben.«
Der Chauffeur zeigte auf den Kiosk. Edh nickte ihm zu. Das Auto verschwand rechts die Straße hinunter.

Edh verstaute das Gewehr auf der Garderobenablage, nahm das Magazin heraus und legte den Rucksack über die Waffe. Die Dunkelhaarige musste erneut hinter der Schwingtür verschwunden sein. Er setzte sich vor seinen Teller, brach das Brot in große Brocken und schluckte dazu eilig die Suppe, warf einen Blick auf die Uhr, sah hinaus zum Kiosk und nickte.

Er stand auf, ging zu dem blonden Mädchen, gab den Teller zurück und griff nach Stift und Block.
Wie heißt sie? Die Dunkelhaarige?
Der Stift wechselte die Hand.
Wieso?
Die Blonde sah ihn ernst an. Er überlegte. Sie reichte ihm den Block.
Sie ist schwanger.
Er las den Satz ein zweites Mal und schaute zur Schwingtür. Sie war noch immer nicht zurück.
Diurede.
Die Blonde bemerkte seinen Gesichtsausdruck und nickte bestätigend mit dem Kopf. Er wiederholte den Namen für sich, probierte verschiedene Betonungen.
Wie spricht man das aus?
Die Blonde schüttelte den Kopf.
Ich weiß es nicht.
Ihre Blicke trafen sich. Ein paar Sekunden lang schauten sie sich an, dann neigte er kurz den Kopf.
Danke.
Er unterstrich das Wort und spähte noch einmal zur Schwingtür hinüber. Die Dunkelhaarige blieb verschwunden.
Er ging zum Ausgang. Er machte leise schnelle Schritte und hielt den Blick gesenkt.

Der Himmel hatte sich bezogen. Der Platz vor dem Kiosk war leer. Er sah auf die Uhr und suchte hinter einer Garage nördlich vom Holzgebäude Schutz vor dem Wind.
Der Trampelpfad führte tiefer zwischen die hohen Bäume hinein. Er stapfte zu einem weitflügligen Tor. Niemand war zu sehen. Er stieß mit der Stiefelspitze ein Muster in den Schnee und ließ ab und an den Blick zur Straße schweifen. Die Zweige der Bäume schwankten sacht, der Qualm aus den Schornsteinen kräuselte sich bis zu den Wipfeln hinauf.

Jemand kam die Garage entlang. Er reckte sich. Wenige Meter vor ihm tauchte die Dunkelhaarige auf. Sie hatte ihn nicht gesehen, sie lief auf Bahnhofsgebäude und Kiosk zu.

»Danke für das Essen.«

Sie entdeckte ihn und blieb stehen. Er fuhr sich mit dem Lederhandschuh über die Bartstoppeln am Kinn und flüsterte ihren Namen vor sich hin.

»Die Suppe war gut.«

Sie murmelte eine Antwort. Unauffällig glitt sein Blick über ihre Schürze. Es war nichts zu erkennen.

»Ich dachte, du hättest dich davongemacht«, sagte sie.

Sie holte einen Brief aus der Schürzentasche und trat auf ihn zu.

»Tust du mir einen Gefallen?«

Er versuchte, ihren Blick festzuhalten.

»Wenn ich kann.«

Sie sah sich gehetzt um und hielt ihm den Umschlag hin.

»Das ist für jemanden, der Olaf Pedersen heißt. Vielleicht begegnest du ihm irgendwo. Er hat sich freiwillig gemeldet. Er ist da draußen, um euch zu helfen.«

Er betrachtete ihre Hände und musterte dann ihr Gesicht. Sie schaute beim Reden zu Boden.

»Er ist vor über drei Wochen los. Vielleicht hast du Glück und stößt auf ihn.«

Sie sprach stockend und kreuzte die Arme vor der Brust.

»Du kannst ja nach ihm fragen. Immer wenn du versetzt wirst.«

Er zog einen Handschuh aus und griff nach dem Brief. Das Kuvert war mit Klebeband verschlossen. Auf beide Seiten hatte sie in Großbuchstaben den Namen geschrieben, darunter breit »Daga«. Das Papier knisterte. Zusammengefaltete Blätter, aber er ertastete noch etwas anderes, einen harten, länglichen Gegenstand.

»Klar. Ich kann's versuchen.«

Er sah ihr in die Augen und dachte: Er weiß nichts davon.

Sie machte einen Schritt rückwärts und stand im Schnee.
»Vielleicht habe ich ja tatsächlich Glück«, sagte er. »Man kann nie wissen. Kann durchaus sein, dass ich ihn treffe. Pedersen?«
Sie nickte, und er steckte den Umschlag zwischen die Papiere in der Innentasche.
»Ich werde überall nach ihm fragen.«
»Das ist nett von dir.«
»Es war nett von dir, mir was zu essen zu geben.«
Für ein paar Sekunden flimmerte die Sonne durch die Wolken. Er tupfte mit der Schuhspitze eine Spur in den Schnee.
»Sind es viele Soldaten? Die zu euch kommen?«
Er klopfte mit der Hand in Höhe der Innentasche auf die Jacke. Sie schüttelte den Kopf.
»Nein, wir dürfen euch ja eigentlich nichts zu essen geben. Wer hier in der Gegend stationiert ist, weiß das.«
Sie hatte lange Wimpern. Er schaute auf ihre bloßen Unterarme. Das Muttermal lief in einem breiten Streifen bis zur Armbeuge hoch. Die Haut sah dünn und zart aus, und er versuchte sich vorzustellen, wie es sein musste, mit den Fingerspitzen darüberzustreichen.
Sie bemerkte seinen Blick, und er räusperte sich.
»Jedenfalls … war es nett von euch, mir was zu essen zu geben. Wirklich, vielen Dank.«
Sie lächelte verhalten und strich sich etwas von der Schulter.
»Ich muss wieder rein.«
Er gab das Lächeln zurück und pochte noch einmal mit der Hand auf die Innentasche.
»Olaf Pedersen?«
Sie nickte und sie sahen sich an, dann wandte sie sich zum Gehen, die Schürze schwang hin und her. Er schaute ihr nach, bis sie um die Ecke verschwunden war.
Ihre Schritte verklangen. Sein Blick glitt zu den Wolken und den Wipfeln der Bäume. Straße und Platz waren noch immer leer.

Der Bezug war aus schwarzem Leder und fühlte sich kalt an. Edh saß auf dem Rücksitz, auf dem Boden und vor der Trennwand zum Kofferraum stapelten sich Pappkartons mit ausländischen Stempeln.
»Hab Benzin besorgt. Gut zu wissen, wo man noch welches kriegt.«
Der Fahrer hatte nur die Linke am Steuer. Sie fuhren durch eine Siedlung, passierten einen Parkplatz mit verschneiten Autos, eine Schule und einen kleinen Markt. Auf dem Hügel über dem Ort stand die Ruine einer Kirche, der Schnee an den Hängen war größtenteils verschwunden und überall türmten sich Steine und verkohltes Holz. Vom Turm war nichts als ein riesiges spitzes Stahlgerüst geblieben. Die Fenster waren zersprungen, die Fassade eingestürzt und von Asche bedeckt.
»Ein Unfall«, sagte der Fahrer. Dem Akzent nach musste er aus dem Süden kommen. »Bei einer Taufe, glaube ich. Ein Kind hat in der Sakristei eine Kerze fallen lassen. Kruzifixe und Skulpturen aus dem zwölften Jahrhundert, uralte Gemälde – nach sechsundzwanzig Minuten war alles dahin.«
Sie bogen in eine größere Straße ein, die Sonne blendete.
»Sie sind der aus dem Norden, oder?« Der Fahrer suchte im Rückspiegel Edhs Blick. »Der von der F 28?«
Edh brummelte etwas vor sich hin.
»Ziemlich weit weg, was? Müssen um die tausend Kilometer sein?«
»Ja. Ich war die ganze Nacht unterwegs.«
Der Fahrer beschleunigte, die Fahrbahn war kaum noch vereist.
»Was das soll. Jemanden so durchs Land zu schicken. Warum hat man Sie denn hergeholt?«
Edh überlegte.

»Keine Ahnung. Es hieß, sie bräuchten jemanden mit Spezialkenntnissen, mehr weiß ich nicht. Der Befehl lautete, mich hierher in Marsch zu setzen.«
Der Fahrer schüttelte den Kopf und zog die Augenbrauen hoch.
»Aber Radd wird sich doch … Ja.«
Er flüsterte etwas und warf Edh über die Schulter einen Blick zu.
»Sie haben von ihm gehört, oder? Von Oberstleutnant Radd?«
Edh ordnete seinen Kragen.
»Nein.«
Links lag dichter Nadelwald. Nach einer weiten Kurve verschwanden die Hügel, die Landschaft wurde zunehmend flacher. Vor ihnen spiegelte sich die Sonne in etwas, das wie eine endlose flache Scheibe aussah, über den Himmel trieben dünne Wolkenstreifen, die über dem Binnenland zu breiten Bahnen zusammenflossen.
»Da unten ist das Meer.«
Der Fahrer massierte sich die Schläfen, legte eine CD ein und schob das Fach zurück in das Kontrollpaneel. Edh schaute auf die gewaltige Spiegelfläche. Er schloss die Augen zu einem schmalen Spalt. Das Bild verschwamm.

Das Auto hielt an einem Abzweig, der zu einem Bauernhof hinaufführte. Das Gehöft bestand aus mehreren niedrigen Gebäuden, die Einfahrt war von einem hohen Tor versperrt. Sie warteten mit laufendem Motor. Edh sah sich um und blickte fragend zum Fahrer, aber der schaute zu dem Anwesen hinüber.
Nach etwa einer halben Minute kamen drei Männer in weißen Wattejacken um die Hausecke. Sie waren bewaffnet. Der Gesichtsschutz ließ nur Augen und Mund frei. Zwei von ihnen klappten die Torflügel zur Seite. Der Wagen passierte und sie grüßten. Sie trugen Fingerhandschuhe aus hellem Leder.

Sie ließen den Bauernhof hinter sich und fuhren eine Kammhöhe hinan. Auf der anderen Seite öffnete sich die Landschaft zu einer weiten baumlosen Ebene. Langsam huckelte der Wagen durch eine Bodensenke. Vor ihnen liefen verwehte Reifenspuren über den Weg, kleine Wolken losen Schnees wirbelten über den Boden. Rechts von ihnen glänzte das Meer, weit draußen lag eine Reihe schmaler Inseln. Der Horizont war in dem grellen Licht nicht zu erkennen. Edh starrte auf Inseln und Wolken und versuchte herauszufinden, wo Süden war.
An einer Weggabelung bogen sie links ab und näherten sich einem Steinhaus, das hinter Doppeltor und dickem Schlagbaum lag.
»Tessenøy«, sagte der Fahrer leise.
Auf flachen Aufschüttungen neben dem Haus standen Maschinengewehre und Haubitzen. Zwei Soldaten in weißen Tarnanzügen überprüften die Papiere. Edh achtete darauf, ihnen das richtige Kuvert zu reichen.

Sie tauchten in Kiefernwald ein, die Kronen der Bäume siebten das Sonnenlicht zu funkelnden Flecken. Von einer Lichtung her schimmerten runde grüne Zelte durch die Stämme. Der Weg war pfeilgerade und von tiefen Radspuren durchzogen, schlammfarbener Schneematsch und überfrorene Wasserlachen wechselten einander ab. Nach kurzer Fahrt erreichten sie drei grüne Holzhäuser, vor denen ein Trupp Soldaten angetreten war. Neben dem hintersten Gebäude stoppten sie. Der Fahrer stieg aus und öffnete den Kofferraum. Er lehnte sich gegen das Auto und schlug die Hände vors Gesicht.
»Ja ...«, sagte er gedehnt. »Ich bin nicht ganz auf dem Posten.«
Edh hob sein Gepäck heraus.
Der Fahrer packte die Kartons nach hinten um und setzte sich wieder hinters Lenkrad. Er wechselte die CD und betätigte ein paar Tasten auf dem Kontrollpaneel.
»Keine Ahnung, was ich habe.«

Er grüßte knapp in Edhs Richtung und seufzte.
»Ich muss weiter.«
Er zeigte auf eine Tür an der Querseite des Hauses.
»Gehen Sie da rein, man wird sich um Sie kümmern.«

Edh sah sich um. Der Trupp nahm Befehle entgegen. Die Soldaten blickten geradeaus, ihre Uniformen waren ihm fremd. Er stand reglos. Die Stimme des Offiziers war weithin zu hören.

Geschäftszimmer. Edh setzte sich in einen Ledersessel gegenüber der Tür und wartete. Minute um Minute verging.

Die Außentür flog auf. Rasch öffnete er die Augen und erhob sich. Ein Unteroffizier trat ein, er war auffallend groß. Die Uniform wies ihn als Fahnenjunker aus.
»Du bist also der Neue. Edh. Vom nördlichen Sektor. Ich hab mir deine Unterlagen angesehn.«
Er hielt ihm die Hand hin.
»Nylund.«
Er hatte schmale Schultern. Der Händedruck war derb, die Haut fühlte sich rau an. Seine Augenbrauen waren zusammengewachsen, am Kinn spross ein spärlicher Bart.
»Du siehst nicht gerade kräftig aus. Ich frag mich, ob du durchhalten wirst.«
Er klang heiser. Edh nahm sein Gepäck auf.
»Ich weiß nicht genau, was ich tun muss. Und wie stark man sein muss.«
Sie traten ins Freie. Unter den Kiefern hinter dem Haus spuckte Nylund in den Schnee. Sie liefen an getarnten Fahrzeugen und Flakgeschützen vorbei.
»Du hast noch eine Menge zu lernen. Das hier ist Tessenøy, bei uns geht's nicht zu wie andernorts, die Soldaten auf dem Stützpunkt kommen aus allen Himmelsrichtungen.«

Sie schritten ein paar Minuten über schmale Holzstege und bogen in einen Trampelpfad ein.
»Ich bin seit über einem Jahr auf Tessenøy und kann trotzdem nur schätzen, wie viele Leute hier draußen stationiert sind. Für uns ist es kein Problem, in kürzester Zeit Verstärkung ranzuziehen. Ich kann nur hoffen, dass du allmählich begreifst, dass es hier nicht um die üblichen Aufträge geht. Wir sind nicht eins der normalen Basislager. Und es gibt nur wenige, die das Ganze überschauen. Vielleicht niemanden. Außer Radd.«
Sie betraten eine Lichtung. Nylund ging auf ein grünes Zelt zu. Die Tuchbahnen waren ein Stück in die Erde eingegraben, unter der Kante staken Reisig und Kiefernzweige hervor. Nylund sah Edh an.
»Das ist dir bekannt, ja? Dass Oberstleutnant Radd der ranghöchste Offizier auf Tessenøy ist.«
»Das ist mir klar, ja.«
Nylund klappte eine Zeltbahn hoch und spähte ins Dunkel. Edh blinzelte, es war kaum etwas zu erkennen.
»Such dir einen Platz«, sagte Nylund. »Und eine Matratze. Und bleib im Zelt, bis du neue Befehle bekommst. Feuer machen ist verboten. Das wär's.«
Edh stellte den Rucksack ab und kroch hinein. Es war nicht weniger kalt als draußen. Auf dem Boden lag Reisig, in den Ecken schimmerte Frost auf der Persenning.
»Kein Feuer?«
»Nein. Ist ab heute im gesamten Gelände verboten.«
Um den Ofen lag ein Kreis Matratzen, einige von ihnen waren leer. Edh tastete sich in den hinteren Zeltteil.
»Die Plätze dort sind besetzt«, rief Nylund.
Er deutete auf eine Matratze dicht am Eingang.
»Die hier ist frei.«
Edh blickte auf.
»Aber die dort hinten doch auch!«
»Nein, außer der hier vorn sind alle belegt.«

Edh kehrte zum Eingang zurück und fegte ein paar Zweige von der Lagerstatt. Nylund verschränkte die Arme vor der Brust.

»Ich muss Radd Bericht erstatten«, sagte Nylund, »und ich hab so eine Ahnung, dass er enttäuscht sein wird. Sieht nicht so aus, als ob du was taugst.«

Edh hob den Kopf.

»Woher willst du wissen, was ich tauge?«

Stumm starrten sie sich an.

Aus der Ferne waren Kommandorufe zu hören.

»Ich bin länger hier als du, Edh, viel länger. Du bist ziemlich klein und nicht besonders stark unter deinem Rock. Sieh dich an, ein richtiger Milchbart! Wenn ich mit dir rede, traust du dich kaum, mir in die Augen zu schaun, und fummelst ununterbrochen an deinem Gewehr herum. Und wie du durch die Gegend stolperst. Was für ein Tölpel! Radd wählt nicht einfach so irgendjemanden aus. Besonders gut in Form scheinst du auch nicht zu sein. Ich glaub kaum, dass du ein guter Kämpfer bist. Hast du in Sårneå überhaupt was gelernt? Ich seh's dir an: ein Angsthase!«

Sie standen Auge in Auge. Edh schüttelte den Kopf. Er konnte sich ein Lächeln nicht verkneifen.

»Ich bin bestimmt besser in Form als die meisten. Und ich hab eine Menge Wettkämpfe bestritten, Sportwettkämpfe … Und seit wann ist es wichtig, wie groß man ist?«

Nylund unterbrach ihn.

»Du erinnerst mich an einen Jungen, Edh, mit dem zusammen ich in der Ausbildung war. Bis er aufgegeben hat. Wir haben ihn auf einer Lichtung neben der Turnhalle zu Boden gezwungen, er war genauso klein und schwach wie du.« Nylund lächelte. »Und dann haben wir auf ihn drauf gepisst. Ihm die Mütze vom Kopf gehaun und reingepisst und sie ihm wieder aufgesetzt.«

Edh glotzte ihn an. Er holte schniefend Luft. Nylunds Grinsen wurde breiter.

»Heute ist dein erster Tag, Edh. Wir sehn uns wieder. Schon bald, das kann ich dir versprechen. Leute, die mich anmachen, merk ich mir!«

Er spie aus. Der Schleimpfropfen landete auf Edhs linkem Stiefel.

»Du bleibst im Zelt, Edh. Das ist ein Befehl!«

Wortlos zerrte Edh die Isomatte aus der Verschnürung am Rucksack.

Nylund entfernte sich ein paar Schritte.

»Übrigens, Edh, soviel ich gehört hab, gibt es auf Tessenøy jemanden, der dich kennt.«

Sein Lachen veränderte sich und seine Stimme klang von einem Augenblick zum andern weicher.

»Ich weiß nicht, wer das sein soll. Wär aber sicher interessant, es rauszufinden.«

Edhs Atem kam stoßweise, er hörte genau zu, ließ den Blick jedoch weiter auf den Zeltbahnen ruhen.

»Wahrscheinlich war's einfach ein Irrtum, Edh. Man hat dich schlicht und einfach verwechselt.«

Edh rollte die Isomatte auf der Matratze aus. Seine Augen hatten sich an die Dunkelheit gewöhnt. Er presste die Lippen zusammen.

Nylund grinste und verschwand zwischen den Baumstämmen.

Edh fluchte vor sich hin. Er wühlte im Rucksack, hockte sich auf die Isomatte, zog Feldjacke, Hemd und Hose aus und schlüpfte in Unterhemd, lange Unterhosen und Boxershorts. Er schlug die Arme um den Leib und streifte behände den Rest der Sachen wieder über. Der Atem gefror in der Luft.

Das Wasser im Eimer neben dem Ofen war von einer dicken Eisschicht bedeckt. Ein Kiefernzweig war alles, was es an Brennholz gab. Suchend sah er sich im Zelt um und gab dem Eimer einen Tritt, der härter ausfiel als beabsichtigt. Hastig stellte er ihn wieder auf und tastete mit den Händen über den Boden, aber er konnte keine Nässe spüren. Das Wasser hatte sich in einen Eisblock verwandelt.

Er lief Runde auf Runde um den Ofen, sah zwischendurch auf die Uhr und gähnte. Es war kurz nach halb eins. Er schüttelte die Arme, zitterte noch immer, hüpfte auf und ab und stapfte mit den Stiefeln über die Planen zwischen den Matratzen, sein rechter Fuß fing an zu kribbeln. Für eine Weile pfiff er Brocken einer Melodie vor sich hin und rang zwischendurch schnaufend nach Atem. Ihm war schwindlig und er leierte erneut Flüche herunter. Unter ein paar Isomatten und einer Persenning, die nach Schweiß und Schimmel stank, fand er eine Feldflasche. Vorsichtig schraubte er den Verschluss auf und kostete. Ein klarer starker Korn, ungeheuer kalt, mit einem Beigeschmack von Eisen.

»Karl Edh?«

Die Stimme war sanft und hell. Er ging zum Eingang, zog den Reißverschluss auf und hielt sich schützend die Hand vor Augen.

Sie war klein und stämmig und hatte blondes Haar.

»Forsberg.« Sie grüßte.

Sie trug die gleiche Uniform wie er. Auf den Ärmeln saßen die Zeichen eines Stabsgefreiten.

»Warum sind Sie im Zelt?«

Sie sprach mit ausländischem Akzent.

»Man hat mir befohlen, drinnen zu bleiben.«

Sie verschränkte die Hände auf dem Rücken.

»Befohlen, im Zelt zu bleiben? Wer?«

Ihre Züge verhärteten sich.

Edhs Blick glitt zum Ofen.

»Er hieß Nylund.«

Sie schüttelte den Kopf.

»Die Zelte hier werden zurzeit nicht benutzt. Da muss

Nylund was missverstanden haben. Nehmen Sie Ihr Gepäck und folgen Sie mir.«
Sie bückte sich und straffte die Zeltleinen. In der Ferne waren marschierende Truppen zu hören. Edh schnürte die Isomatte zusammen.

Sie liefen an einem Abwasserkanal entlang und bogen in einen Seitenpfad ein. Landeinwärts rollten Panzer und Lastwagenkolonnen vorbei, vom Meer gleißten flirrende Lichtreflexe herauf. Im rechten Fuß krabbelte es heftig. Edh stieß die Stiefelspitze auf den Boden und bemühte sich, die Zehen in Bewegung zu halten.
»Wohin gehen wir?«, fragte er. Sie hob abwehrend die Hände, bedeutete ihm zu schweigen und schaute sich nach allen Seiten um.
Sie tauchten in den Wald ein und folgten einem sandigen Forstweg. Allmählich lichtete sich der Baumbestand. Am Rand lagen stapelweise gefällte Stämme, hinter einem Gestrüpp standen Kraftfahrzeuge und Ausrüstungsgegenstände unter einer schneebedeckten Persenning. Schritt für Schritt nach Halt suchend kletterten sie einen steilen Abhang hinunter. In der Bergwand klafften zwei wuchtige Doppeltore auf, über die Straßenkreuzung davor liefen tiefe Furchen. Geräumige Tunnel waren in den Fels getrieben und im Flutlicht sah man, wie Soldaten hin und her eilten. Aus der Tiefe drangen Rufe herauf und ein dunkles Grollen, das von rasselndem Motorengedröhn durchbrochen wurde.
Forsberg ging zügig und sah immer wieder über die Schulter zurück.

Wenig später erreichten sie eine Lichtung. Die Schneedecke ging stellenweise in erdfarbene Eislöcher über, durch die gelbbraunes Gras schimmerte. Am Waldrand stand ein zweigeschossiges Holzhaus, neben dessen Eingang eine Fahnenstange angebracht war. Rechts von ihnen teilte eine Reihe hoher alter Bäume die freie Fläche, dahinter hatte man einen Parkplatz angelegt.

Sie drehte sich zu ihm um.

»Da ist etwas, was Sie wissen sollten. Eigentlich sind diese Dinge geheim, aber … Die Lage ist zurzeit alles andere als einfach. Es sind ein paar Sachen passiert … irgendwas geht hier auf Tessenøy vor sich.«

Sie schwieg einen Moment.

»Man hat einige von unseren Männern tot aufgefunden, auf unserem eigenen Territorium.«

Er stand unmittelbar neben ihr, erstarrte.

»Das ist ja … unglaublich.«

Ihr Blick streifte über die Lichtung.

»So was ist auch früher schon vorgekommen. Aber da waren es Einzelfälle. In den Rücken geschossen, keinerlei Anzeichen für einen Kampf. Gestern und heute allerdings hat es eine ganze Reihe erwischt, mehr oder weniger gleichzeitig. Und zwei davon hier draußen auf Tessenøy. Ein Toter und ein schwer Verletzter, die Kugel steckt im Rückgrat, er kann nicht mehr sprechen. All das innerhalb der Absperrungen, verstehen Sie?«

Edh sah sich um. Er suchte den Waldrand hinter ihnen ab, die Waffe griffbereit, konnte aber nichts als Zweige entdecken, die sich im Wind bewegten, Zweige, Schnee, einen Baumstumpf, matt glänzende Birkenstämme, vereinzelte Flecken braunschwarzer Erde.

»Ich dachte, dass Sie das wissen sollten.«

Sie setzte sich Richtung Haus in Bewegung. Zwei schwarze Autos mit verdunkelten Scheiben starteten und fuhren davon. Die Sonne war hinter einer grauweißen Wolkenbank verschwunden. Windzüge strichen über den Platz und er zog das Kinn an die Brust.

»Noch etwas«, fuhr sie fort. »Ich bin nicht in alle Einzelheiten eingeweiht, aber eines weiß ich: Uns rennt die Zeit davon. Deswegen hat man Sie hierher abkommandiert. Es

hieß, dass verschiedene Lösungen geprüft würden. Sie sind nicht der einzige Neue auf Tessenøy. Und es ist kein Zufall, dass sie euch gerade jetzt herbeordern.«
Er nickte. Sie hatten die Straße erreicht, das Haus war nicht mehr weit entfernt.
»Dieser Nylund«, sagte er, »hat anklingen lassen, dass man hier draußen besonderen Anforderungen gerecht werden muss und …«
Hastig fiel sie ihm ins Wort.
»Die Operationen auf Tessenøy unterliegen allein Radds Kommando, und nicht jeder wird dafür ausgewählt. Das weiß Nylund sehr wohl. Er meldet sich freiwillig, egal, worum es geht. Aber Radd kann man durch so was nicht beeindrucken.«
»Jedenfalls hatte ich die beste Sauerstoffaufnahmefähigkeit in meinem Zug, falls das ein Kriterium …«
Sie unterbrach ihn.
»Teufel noch mal …«
Jemand kam ihnen entgegen. Ein Unteroffizier. Edh betrachtete ihn aufmerksam. Über dem Uniformkragen flaumte dünnes Barthaar. Er war sich sicher. Nylund.
Er rückte zu Forsberg auf, schritt kräftig aus und presste die Waffe gegen die Brust. Als sie einander passierten, deutete Forsberg einen Gruß an. Edh streckte sich, sah Nylund in die Augen und wies auf das Holzhaus.
»Da verstößt wohl gerade jemand gegen die Regeln.«
Aus dem Schornstein stieg dichter Rauch.
Nylund stoppte.
»Oder werden etwa Ausnahmen gemacht?«, fragte Edh.
Nylund zog seine Handschuhe straff und ging weiter.
»Erstatten Sie mir später Bericht«, rief er Forsberg über die Schulter zu.
Im Laufschritt überquerte er die Lichtung.

Links und rechts der Haustür standen bewaffnete Posten, die

Helme trugen. Forsberg verschränkte die Hände hinter dem Rücken. Ihr Gesicht wirkte ausdruckslos, eine Haarsträhne flatterte im Wind.
»Edh hat sicher bereits verstanden, dass wir uns vor dem Bataillonsstab befinden.«
Die beiden Wächter starrten geradeaus, ohne irgendeine Art von Beteiligung zu zeigen.

Sie setzten sich auf zwei Stühle am Ende eines schmalen hohen Korridors. Es zog, der Geruch von Kaffee und morschem Holz strömte durch den Gang. Edh legte die Mütze auf die Knie und krümmte sacht die Zehen.
»Mir geht's nicht besonders gut. Dieses Brennen in den Augen – und in den Wangen hab ich so merkwürdige Stiche.«
»Heute Nacht waren einundzwanzig Grad unter null.«
Ihr Atem roch streng.
»Ihnen wird bestimmt bald wärmer. Und später bekommen Sie Zeit, um sich auszuruhen.«
Eine Etage höher hallten Schritte durch den Flur, in einem der Zimmer wurden ab und an Stimmen laut. Türen klappten und ein Oberfähnrich und ein Leutnant liefen an ihnen vorbei, kurz darauf zwei Boten. An den Wänden hingen Porträts von hohen Offizieren, dazwischen Schwarz-Weiß-Fotos von zum Appell angetretenen Kompanien.
Edh schloss die Augen und hielt die Luft an. Die Schmerzen in den Zehen wollten nicht nachlassen. Er versuchte durch das Stiefelleder hindurch, die Füße zu massieren, atmete tief ein und aus und spürte, wie sein Herzschlag sich beschleunigte.

Forsberg stand auf und zupfte ihn am Ärmel. Er schnellte hoch, kniff sich in die Wangen und rieb sich mit den Fäusten über die Augen.

Sie traten in ein Zimmer auf der linken Gangseite. Drinnen befanden sich etwa zehn Personen – Uniformierte, die mit Kopfhörern vor flimmernden Bildschirmen saßen oder sich kritzelnd über große auseinander gefaltete Pläne beugten. Tastaturen und Stifte, eine Kakophonie abgehackter Geräusche. Die Wände waren mit Karten bedeckt, in denen Markierungsnadeln und kleine bunte Flaggen steckten.

»Unteroffizier Edh von der F 28«, sagte Forsberg.

Sie übergab das Kommando und trat zur Seite. Von einer Arbeitsstation erhob sich ein kleiner Mann mit klarem, durchdringendem Blick und grau meliertem Haar. Er umrundete seinen Schreibtisch, kam auf Edh zu und musterte ihn eingehend.

»Würden Sie uns bitte allein lassen.«

Obwohl er leise sprach, klang seine Stimme energisch.

Als sich die Tür hinter den anderen geschlossen hatte, nickte er Edh zu.

»Rühren Sie sich.«

Er trat hinter das Pult zurück.

»Ich bin der Adjutant von Oberstleutnant Radd.«

Er nahm Platz.

»Er selbst hat im Augenblick leider keine Zeit. Eine Reihe unvorhergesehener Ereignisse …«

Er räusperte sich und ließ den Kopf an die Stuhllehne sinken.

»Vielleicht sollte ich das etwas genauer erklären. Zurzeit fallen ständig unerwartete Dinge vor. Wir haben höchste Sicherheitsstufe. Das Erwartbare ist also in gewisser Weise zu etwas Überraschendem geworden, zum so genannten Unnormalen. Es ist nicht leicht, sich daran zu gewöhnen, in umgekehrter Richtung zu denken, nicht wahr?«

Er verstummte und stützte sich lächelnd auf den Tisch.

»Man muss die richtigen Worte wählen, damit es nicht unnötig zu Missverständnissen kommt. Verstehen Sie, was ich meine?«

»Ich glaube schon.«
Er schlug eine Mappe auf und begann zu lesen.
»Sie sind hierher beordert worden ... aufgrund Ihrer Spezialkenntnisse, die ... Ein Unteroffizier auf Tessenøy ... den Sie gut kennen ... aha.«
Murmelnd blätterte er weiter.
»Es gibt da jemanden, den Sie treffen sollten.«
Er klappte die Mappe zu.
»Feldwebel Börjesson!«
Die Tür öffnete sich und ein hoch gewachsener Mann trat ein.
»Ja«, sagte der Adjutant und schmunzelte, »Sie beide kennen sich ja wohl schon.«
»Das ist richtig«, erwiderte Börjesson.
Er schaute zu Edh hinüber und sah dann erneut den Adjutanten an.
»Wir haben zusammen die Grundausbildung absolviert. Aber das ist mittlerweile einige Jahre her.«
Edh betrachtete ihn prüfend. Eine hohe Stirn und ein markantes Kinn, auffallend bleiche Haut, die Wangen eingesunken. Börjesson machte einen gutmütigen Eindruck, sein Blick war hellwach. Der Körper wirkte massig, er hielt sich leicht gebeugt.
Edh war sich nicht sicher, ob er ihn je zuvor gesehen hatte.
Der Adjutant legte die Fingerspitzen aneinander.
»Sie werden in den Hütten unten in Svaneklappen untergebracht. Spätestens heute Abend kommen noch zwei Mann. Morgen erhalten Sie die nötige Ausrüstung. Erholen Sie sich, so gut es geht. Und vermeiden Sie jedes Gespräch mit den anderen auf dem Gelände. Ihre Befehle erhalten Sie direkt von Radd oder mir. Möglicherweise sehr kurzfristig. Verstanden?«

Sie gingen hinaus und liefen zur Straße hinunter. Börjesson stoppte.

»Du erinnerst dich doch an mich, oder? Mattias Börjesson. Von der F 28.«

Edh taxierte das Gesicht ihm gegenüber. Von der Stirn lief ein feines Faltenmuster bis zu den Ohren, das nur aus der Nähe zu erkennen war.

Er senkte den Blick und überlegte einen Moment.

»Doch, doch, schon. Aber es hat eine Weile gedauert.«

Sie ließen die Straße hinter sich.

»Ich weiß ja selbst, wie das ist«, sagte Börjesson. »Manchmal ist es schwierig, auseinander zu halten, wen man getroffen hat und wen man nur vom Hörensagen kennt.«

Edh nickte. Er hüstelte.

»Ja, eben. Es dauert seine Zeit, bis man anfängt, sich zu erinnern.«

Brausend fuhr der Wind durch die Bäume.

»… Und dann war da noch Karlsson. Erinnerst du dich an ihn? Karlsson? Der mit den Tätowierungen?«

Sie bogen in den Wald hinter dem Haus ein. Nach ein paar hundert Metern wurde die Vegetation spärlicher, sie stiegen einen zerklüfteten Berghang hinauf. In den Felsspalten hatte der Wind Schnee und funkelnde Eisbrocken zu welligen Figuren getürmt.

»Er hat später beide Beine verloren«, sagte Börjesson. »Splitter. Ja …«

Er zählte eine Reihe Namen auf und bohrte jedes Mal nach. Und der, kannst du dich an den erinnern? Und an den damals, an den erinnerst du dich doch bestimmt, oder? Und sie? *Sie* eben, du weißt schon?

Edh blieb dicht hinter ihm. Seine Antworten waren knapp, ab und an kommentierte er brummelnd ein Detail. Die Felsen verloren an Höhe. Für eine Weile herrschte Schweigen, Börjesson drosselte das Tempo. Ringsum breiteten sich ver-

schneite Klippen aus, dahinter lag das Meer, eine glitzernde Eisscheibe. Die Sonne stand tief. Edhs Blick schweifte über Inseln und Horizont. Eine Windbö fuhr ihm über Rücken und Nacken und er schüttelte sich vor Kälte.
»In der Richtung ist Westen, oder?«
»Ja. Und Süden dort«, sagte Börjesson
»Es ist seltsam, wieder hier zu sein«, sagte Edh und holte tief Luft. »Als ich klein war, sind wir oft ans Meer gefahren, immer nur im Sommer, nie außerhalb der Saison. Ich bin in den Felsen rumgeklettert oder wir sind mit dem Boot rausgesegelt – oder ich hab am Strand gesessen und im Tang gewühlt und Krabben und anderes Kleinzeug geangelt.«
Börjesson blieb stehen.
»Ja, und warm war es«, fuhr Edh fort. »Damals hab ich mir nicht vorstellen können, dass die Felsen auch im Winter existieren.«
Börjesson räusperte sich und machte Anstalten, weiterzulaufen, aber Edh hielt seinen Blick fest.
»Vielleicht wirkt das komisch«, sagte er, »aber ich erinnere mich kaum an all die Leute, von denen du erzählst. Ich kann mich an die Kasernen bei der F 28 erinnern und den großen Sportplatz dahinter. Und an Jonken und DD und Perra Sander und ein paar andere. Aber all die Namen – ich weiß nicht. Ich bin seit gestern ununterbrochen auf den Beinen, vielleicht liegt es daran. Wahrscheinlich fehlt mir einfach Schlaf.«
Sie kamen an ein paar hohen Steinblöcken vorbei. An der Nordseite lag der rosa Granit frei, die Südwände waren von einer dicken, blanken Eisschicht bedeckt.
»Wie weit ist es noch?«, fragte Edh.
»Noch mal so weit, glaub ich.«

Sie folgten einer schattigen Klamm nach Norden, bis sie in einen flachen Hang mündete. Edh schaute blinzelnd zum Himmel und betrachtete dann unter gesenkten Augenlidern hervor die Eisfläche, die im Sonnenlicht gleißte. Über das Schneefeld vor ihnen liefen Fußspuren.

Börjesson hielt an und blickte sich um.

»Du solltest das Ding da bereithalten.« Er zeigte auf Edhs Waffe. »Du hast doch auch davon gehört, oder? Dass hier auf Tessenøy welche erschossen worden sind?«

Edh nickte und hängte sich die Waffe über die Schulter.

»Aber gibt's jetzt nicht überall Wachposten?«

Börjesson nickte und spie aus.

Sie stiegen in eine Schlucht hinab, benutzten die Grasbüschel an den Wänden als Halt, überquerten den zugefrorenen Tümpel in der Mitte und zogen sich auf die Felsen auf der anderen Seite hinauf.

»Ich kann verstehen, dass du dich nicht besonders gut an mich erinnerst«, sagte Börjesson. »Wir haben uns damals nur selten gesehen. Und deinen Namen hab ich mehr oder weniger durch Zufall erfahren.«

Er gab ein hohes Tempo vor. Edh spürte, wie ihm Schweiß über den Rücken rann, gleichzeitig fröstelte er.

»Einmal hab ich dir einen Brief übermittelt«, sagte Börjesson. »Irgendjemand aus meinem Zug hatte an einem Grashang einen Haufen Kuverts gefunden. Der Wind musste sie dorthin geweht haben, wahrscheinlich waren sie aus einer Posttasche rausgefallen oder so was. Und alle Adressen außer einer waren vom Regen verwischt. Aber auf einem Brief stand Edh. Karl Edh.«

»Daran kann ich mich erinnern, ja. Der Brief war ziemlich zerfleddert.«

»Genau. Ich hab ihn genommen und jemandem aus deiner Kompanie in die Hand gedrückt und der hat ihn dir gegeben, das hab ich noch gesehen. Seitdem kenn ich deinen Namen.«

Edh sah auf seine Stiefel. Er setzte Schritt vor Schritt.

»Er war von meinen Eltern, glaub ich. Damals hab ich ihnen noch geschrieben.«

Er blickte zur Seite und kniff die Lippen zusammen. Für lange Zeit war das papierne Rascheln und Knistern der Schuhsohlen über Schnee und Fels das Einzige, was man hören konnte.
»Meine Mutter schreibt, sooft sie kann«, sagte Börjesson. »Sie sind in Sicherheit jetzt, Vater betreibt ein Handelsgeschäft, er hat gute Kontakte zur Ostküste.«
»Ich weiß nicht, wo meine Eltern sind«, sagte Edh. »Ich weiß nicht mal, ob sie noch leben.«
»Wieso das denn?«
Edh verstummte, er musste sich zum Weitersprechen zwingen.
»Aber vermutlich hat man sie evakuiert, als es gefährlich wurde. Mein Vater sitzt im Rollstuhl. Ich weiß nicht … eigentlich finde ich es am einfachsten, nicht an sie zu denken. Ich hab in den letzten vier Jahren kein Wort mit ihnen gewechselt.«
Er spürte, dass Börjesson ihn ansah, pflügte mit dem Stiefel durch den Schnee und straffte sich.
»Das heißt … seit der Mobilmachung. Bis jetzt war ich oben bei der F 28. In die Ecke hier bin ich die letzten vier Jahre nicht gekommen.«
»Stimmt«, sagte Börjesson, nachdem sie ein paar Meter schweigend zurückgelegt hatten, »du stammst von der Westküste.«
In Edhs Kopf drehte es sich, seine Fingerknöchel schmerzten und durch den rechten Fuß zog ein stechendes Klopfen.
»Ja, aus der Gegend hier.«
Börjesson schritt gleichmäßig über die Felsen. Edh versuchte in seine Fußstapfen zu treten. Unten an der Uferböschung war das Eis in eine Unzahl Schollen zerbrochen, die sich übereinander geschoben hatten.
»Erinnerst du dich an den Nistkasten?«, fragte Börjesson. »Bei der Übung im Stora Mossen? Damals haben wir uns eine Weile unterhalten.«

Sie hatten die Küstenebene erreicht, vor ihnen wucherte dichtes Gebüsch. Börjesson verhielt kurz den Schritt, bog ein paar Zweige zur Seite und drang in das Gestrüpp ein.
»Welcher Nistkasten?«
»Du hattest eine weiße Armbinde um und warst der Feind. Jemand von unserer Seite hatte einen Nistkasten vom Baum geschossen. Ich weiß nicht, wahrscheinlich war es ein Versehen. Jedenfalls lag der Nistkasten im Moor und die Nestlinge daneben. Sie piepsten und quietschten und die Alten drehten Kreise über unseren Köpfen und kreischten unausgesetzt.«
Börjesson arbeitete sich gebückt vorwärts, sein Atem hing als wirbelnde weiße Wolke in der Luft. Er drückte das Astwerk mit beiden Armen auseinander und hielt es fest, bis Edh aufgerückt war.
»Und wir standen im Kreis und haben uns die Nestlinge betrachtet, jemand stupste einen mit der Stiefelspitze an und alle lachten. Wir hatten die Welt um uns herum vergessen. Und dann plötzlich weiße Binden, wohin man blickte. Du und ein paar andere. Ihr kamt von allen Seiten. Wir waren tot. Ihr hattet uns eingekesselt.«
Nach wenigen hundert Metern erreichten sie eine Lichtung, dahinter begann hoher Kiefernwald.
»Doch, daran kann ich mich erinnern,« sagte Edh. »Glaub ich zumindest.«
»Ist nicht so wichtig«, sagte Börjesson. »Jedenfalls haben wir damals ein paar Worte gewechselt.«
»Ja«, sagte Edh. »Ich erinnere mich. Alle haben durcheinander gequatscht und sich nicht länger um das Manöver geschert. Und die Nestlinge beobachtet.«
Börjesson nickte. Er spähte über den Platz. Nichts rührte sich. Vor den Bäumen standen zwei grüne Hütten. Die Fensterläden waren geschlossen. Zwischen den Gebäuden lag ein Brunnen, der Deckel war freigeschaufelt. Daneben lief ein verschneiter Graben über die Lichtung.

»Svaneklappen«, sagte er und nahm einen Schluck aus der Wasserflasche.
»Wird nur in Ausnahmefällen benutzt. Wenigstens gibt's Strom.«
Edhs Blick wanderte über Schnee und Gebüsch bis zu den Baumstämmen. Äste, buschige Zweige, Steinblöcke. Mehr war nicht zu sehen. Er sicherte seine Waffe.
»Wie lange bist du schon auf Tessenøy?«, fragte er.
Börjesson zählte an den Fingern ab: »Sieben Monate. Oder warte, acht, neun … zehn vielleicht. Ich weiß nicht genau.« Er lächelte.
»Mir geht's wie dir. Ich kann mich nicht erinnern.«

Edh ließ sich auf eine der Pritschen fallen und schnürte mit geübten Bewegungen die Stiefel auf.
»Warm und bequem. Solche Betten ist man nicht mehr gewöhnt.«
Börjesson schlürfte schmatzend Wasser aus einer bauchigen Kelle.
»Auf Tessenøy dürften wir jedenfalls die Einzigen sein, denen so ein Luxus geboten wird. Abgesehen von den Offizieren natürlich.«
Edh zerrte den rechten Strumpf herunter und warf ihn in eine Zimmerecke. Die Zehen waren weiß, nur die große schimmerte noch leicht rosa. Er massierte den Fuß hart mit der Hand, ohne etwas zu spüren.
»Setz Wasser auf.« Börjesson zeigte zur Kochnische. »Es dauert nicht lange, bis es heiß wird.«
In einem der Unterschränke fand Edh einen verschmutzten Topf. Er ließ ihn voll laufen und setzte ihn auf die Kochplatte.
»Eine eigenartige Kälte hier unten«, sagte er. »Ganz anders als im Norden.«
Börjesson stellte seine Stiefel auf eine Zeitung und schob sie vor die Heizung.

Edh kniff sich in den Fußballen. In den äußeren Hautschichten summte und stach es. Manche Stellen waren noch immer taub, der Nagel des kleinen Zehs war von bläulichen Flecken umgeben. Er senkte den Fuß wieder in die modrige Schicht auf dem Topfboden und streifte sich ein trockenes Hemd über.

Börjesson hatte sich auf eines der Betten gelegt und die Decke über die Waden gezogen. In Wänden und Heizung knackte es, der Raum roch nach Schimmel und Staub.

»Sag mal«, fragte Edh leise und versuchte sich zu konzentrieren.

»Warum hast du Radd empfohlen, mich bei der Sache einzusetzen? Warum habt ihr ausgerechnet mich herbeordert? Was genau steht uns denn bevor?«

Börjesson seufzte.

»Logischerweise sollst du das eigentlich noch nicht erfahren. Und ehrlich gesagt ist es auch besser, wenn du nichts weißt, falls die Sache platzt. Wenn wir das Ganze jetzt nicht durchführen können, dann wollen sie es vielleicht später mit anderen Leuten noch mal probieren. Es darf also nichts durchsickern, keiner sollte mehr wissen als unbedingt nötig, das Risiko ist einfach zu hoch.«

Edh überlegte.

»Auf jeden Fall sind wir zu viert.«

Börjesson schwieg.

»Ein Aufklärungstrupp also?«

Börjesson lachte auf.

»Glaubst du, sie haben dich tausendundzweihundert Kilometer durchs Land geschickt, damit du auf Kundschaft gehst?«

»Aber was sonst? Wir sind beide mit von der Partie, also kannst du ja wohl ein bisschen was rausrücken.«

Einen Moment lag Börjesson still, dann schüttelte er den Kopf.

»Das Ganze ist komplizierter, als du dir vorstellen kannst. Zur Zeit kommen äußerst widersprüchliche Meldungen rein.

Man spürt regelrecht, wie alle nur drauf warten, dass irgendwas Katastrophales geschieht. Dass die Kampflinien sich plötzlich auf uns zu bewegen zum Beispiel. Jeder ist in höchster Alarmbereitschaft – ein Minenfeld mit anderen Worten. Und in dieser Situation werden wir beide hier draußen auf Svaneklappen stationiert, abgeschnitten von Gott und der Welt. Hältst du das etwa für einen Zufall?«
Er verstummte kurz.
»Außerdem kenn ich nicht den ganzen Plan. Ich weiß nicht – da spielen so viele Faktoren rein. Versuch einfach, nicht drüber nachzudenken, das ist das Beste.«
»Aber über ein paar Dinge scheinst du ja immerhin Bescheid zu wissen. In groben Zügen zumindest.«
Börjesson holte etwas aus der Außentasche seines Rucksacks.
»Hier nimm.«
Er streckte Edh einen großen versilberten Flachmann hin, in das Metall waren Jahreszahlen eingraviert, die Flasche war noch etwa halb voll.
»Unser Zaubertrank.«
Edh schraubte den Verschluss auf und kippte einen kräftigen Schluck hinunter. Das Gebräu kratzte im Hals.
»Verstehst du, was ich meine?« Börjesson lächelte ihn an. »Hast du die Taktik kapiert? Das Beste ist, nicht dran zu denken. Bis man mit der Nase im Dreck liegt.«

Börjesson packte ein paar Militärzeitungen aus und fing an zu blättern. Edh hockte auf dem Bett, ihm fielen die Augen zu. Seine Zehen hatten sich gerötet und er bog sie mit der Hand vor und zurück, um zu prüfen, ob er wieder Gefühl in ihnen hatte. Im Hinterkopf und um die Augenbrauen pulsierte es.
Börjesson hob den Kopf.
»Ich hab gehört«, er nahm einen Schluck aus dem Flachmann und sog scharf die Luft ein, »ich hab gehört, dass Sår-

neå gestern bombardiert worden ist. Du bist doch gestern erst von dort los, oder?«

Edh murmelte etwas vor sich hin.

»Ich hab im Zug davon erfahren.«

»Es soll schwere Verluste gegeben haben, über die gesamte Linie hinweg, mehr als hundert Mann. Die halbe F 28 muss abgebrannt sein. Sie haben sie überrumpelt.«

Edh stützte sich auf die Ellenbogen, kratzte mit den Zehen über den Topfboden und spürte, wie die Wärme allmählich die Wade erreichte.

»Hundert Männer ... Verdammt. Die Kasernen und ...«

Börjesson unterbrach ihn.

»Du hast mich schon verstanden.«

Er starrte vor sich hin, reckte das Kinn in die Höhe und kratzte sich am Hals.

»Wenn ich und Radd nicht deinen Marschbefehl erwirkt hätten, dann wärst du dort oben geblieben, mitten in der Offensive. Einer von den hundert.«

Edh antwortete nicht sofort. Börjesson lag auf dem Bett, die Beine übereinander geschlagen, und wandte nicht mal den Kopf.

»Worauf willst du hinaus? Soll ich dir dafür danken?«

»Nein. Nein, nur so. Bleib locker. Aber das ist eine Tatsache. Du wärst in Sårneå geblieben.« Börjesson schob sich ein zweites Kissen hinter den Kopf.

»Und du bist aus deinem Zug vielleicht der Einzige, der überlebt hat. Das wenigstens ist dir klar, oder?«

Edh setzte zu einer Antwort an. Börjesson warf ihm den Flachmann zu.

»Nimm noch einen Schluck. Gibt reichlich davon.«

Edh zögerte, er wog die Flasche in der Hand, gab vor zu trinken und drehte umständlich am Verschluss.

»Danke.«

»Was ich meine«, sagte Börjesson, nachdem sie ein paar Minuten ruhig auf ihren Pritschen gelegen hatten, »was ich meine, ist, dass sich so was einfach im Kopf festsetzt. Ich habe den ganzen Tag an die F 28 denken müssen.«

Er verschränkte die Hände im Nacken und blickte zum Dach empor.

»Wenn du lange an einem Ort stationiert warst, brennt sich so was ins Gehirn ein. Denk an die Frauen aus der Kantine zum Beispiel. Wo die sich wohl versteckt haben, als die Flugzeuge über das Gelände gedonnert sind? Es gab da so eine Hübsche, Ann-Kristine hieß sie. War die noch oben, als du los bist?«

Edh durchforstete sein Gedächtnis.

»Langes Haar«, sagte Börjesson, »manchmal trug sie Zöpfe. Ann-Kristine.«

»Doch … ja, sie war noch dort. Ich glaub, ich hab sie in der Kantine gesehen, ein paar Tage bevor der Befehl kam.«

Börjesson nickte vor sich hin.

»Hast du öfter mit ihr zu tun gehabt?« Seine Finger schabten über Hals und Schultern. »Du warst ja länger oben als ich. Hast du sie gekannt?«

Edh lehnte den Kopf an die Wand.

»Ja, sicher. Aber nur oberflächlich. Wir haben uns gegrüßt, das war's.«

»Auf meiner Stube gab es zwei, die was von ihr wollten«, sagte Börjesson. »Das fing bei denen fast gleichzeitig an. Und sie wussten beide, dass der andere auch interessiert war. Der eine hat sich gar nicht erst getraut, was zu unternehmen. Ihm war wohl klar, dass er schlechte Karten hatte – ein Gesicht wie ein Fünfzehnjähriger.«

Börjesson hielt sich die Hand vor den Mund und hustete.

»Der andere hieß Grener, Karl Grener. Kannst du dich an ihn erinnern? Ein feiner Kerl, manchmal vielleicht ein bisschen laut. Er hat die Sache sorgfältig geplant. Erst sah er zu, dass er für einen Abend vom Stab ein Zivilauto geborgt bekam. Dann hat er sie nach Dienstschluss am Kücheneingang abgepasst und ihr vorgeschlagen, eine Spritztour zur Hütte oben auf dem Jättehatten zu unternehmen. Du weißt schon, zu dem Café da oben. Man hat einen tollen Blick auf Sårneå.«

Edh nickte.

»Und anscheinend gefiel ihr die Idee. Sie verabreden sich also für Freitag, aber beim Lunch sagt sie zu ihm, dass es ein grandioses Nordlicht geben wird und sie doch später am Abend fahren sollen, und steckt ihm eine Adresse zu, wo er sie abholen kann.« Börjesson lächelte. »Das klang perfekt, zumindest dachten wir das alle. Ich hab ihm eins von meinen schwarzen Jacketts geborgt und als er sich fertig gemacht hat, stand die ganze Stube um ihn rum und hat Sprüche geklopft. Du weißt schon – abends mit einem Mädchen in einem Wagen auf einen Berg hochzufahren, also, das ist ja ein Selbstläufer. Dann ist er los, zu einem Villenviertel draußen in Petersborg, da wohnten ihre Eltern. Als er hinkommt, steht ein Polizeiauto vor der Tür, und auf der Straße gibt es einen riesigen Menschenauflauf. Nach einigem Hin und Her findet er Ann-Kristine: Sie sitzt in einer Ecke und weint. Ihr kleiner Bruder ist verschwunden, sie haben ihn seit Mittag nicht gesehen und er ist erst um die sechs. Und draußen herrscht strenger Frost, zwanzig Grad unter null. Also nix mit Jättehatten. Grener borgt sich ein paar Skier und Winterstiefel von ihrem Vater, und dann machen er und ein paar andere sich auf die Suche, rein in den Wald, mit Stirnlampen und allem. Und in meinem Jackett, er hatte das Ding nicht extra ausgezogen, keine Zeit dran zu denken, hat er später gesagt. Es waren wohl ziemlich viele Leute unterwegs, das ganze Viertel war auf den Beinen und hat geholfen. Zuerst fuhren sie Richtung Getåsen. Und er dachte die ganze Zeit natürlich an nichts anderes als an sie, er hatte kaum Zeit gehabt mit ihr zu reden. Nach etwa zehn Kilometern brach die Kette auseinander. Sie hatten keine Spuren finden können, und ein paar kehrten um, und er folgte ihnen, weil er fror. Aber auf dem Weg zurück fuhr er in eine

Schneewehe rein, ohne dass jemand ihn vermisste, für die Leute aus dem Ort war er ja ein Fremder.
Als er wieder auf die Beine kam, war der Trupp verschwunden und die rechte Skispitze auch. Und er kannte sich in dem Wald nicht aus, er hatte keine Ahnung, wo er sich befand. Außerdem war es schweinekalt, er fror wie ein Schneider und fing an zu laufen, einsam und allein. Oder besser gesagt, er stapfte erschöpft durch den Schnee. In meinem Jackett. Und bekam es allmählich mit der Angst zu tun, glaub ich, er wusste ja nicht mal, ob er der richtigen Spur folgte. Und am Himmel tauchte plötzlich das Nordlicht auf, riesig und von einem dunklen Türkis. Es schien die Welt verschlingen zu wollen, und seine Angst wuchs ins Unermessliche. Hinterher sagte er, er habe versucht, gradeaus zu schaun und nicht daran zu denken. Letztlich, nach einer Stunde oder so, landete er jedenfalls auf einer Villenstraße und klingelte am erstbesten Haus, um zu fragen, wo er war, und trabte dann zurück Richtung Ann-Kristine. Er war völlig durchgefroren.
Und auf dem Weg also spricht ihn ein Kind an und fragt ihn, ob er auch nach dem Alex suche wie alle anderen. Ja, sagt er da, und der Junge folgt ihm und quetscht ihn aus über die Suchaktion, wie weit sie es geschafft hätten, und wo sie Alex denn vermuteten und so weiter, und hört nicht auf zu fragen die ganze Strecke über. Grener steht Rede und Antwort, so gut er kann, und oben am Himmel brennt das wellenartige Licht und ringelt sich und vibriert und der Junge sagt, dass er das Nordlicht möge, und Grener gibt zurück, er nicht, nicht an solch einem Abend jedenfalls. Als sie an der Villa anlangen, hat sich die Menge verlaufen, nur das Polizeiauto ist noch da, und Grener geht hinein und ruft, ob jemand zu Hause sei, und merkt in dem Moment, dass der Junge noch immer neben ihm ist. Er setzt sich auf eine Bank im Korridor und dann wird in der oberen Etage eine Tür geöffnet und Ann-Kristine kommt die Treppe hinunter, das

Gesicht vom Weinen rot und verschwollen. Und plötzlich schreit sie auf und rennt auf den Jungen zu und hebt ihn hoch.« Börjesson schnalzte mit der Zunge. »Und da hatte also Grener Klein-Alex mitgeschleppt die ganze Zeit ohne es zu wissen.«

Börjesson schüttelte den Kopf.

»Was war eigentlich passiert«, fragte Edh. »Mit ... Alex?«

»Ja, das war es ja. Du kannst dir denken, was kommt, oder? Grener wurde zum Helden gekrönt, die Ovationen nahmen kein Ende und der Vater lud ihn auf ein paar Cognacs ein. Aber eigentlich verstand niemand, was vorgefallen war. Und der Junge, Alex, wollte nicht erzählen, wo er sich rumgetrieben hatte, sie kriegten es nicht aus ihm heraus. Er saß da und hielt sich die Ohren zu, sobald jemand ihm damit kam, und in dem Chaos ging die Frage schließlich unter, wurde einfach unter den Teppich gekehrt, weil alle ja so verdammt erleichtert waren, dass sich nichts Schlimmes ereignet hatte und er unbeschadet zurück war.«

Börjesson verstummte.

»Und wie ist es gelaufen?«, fragte Edh.

»Was denn?«

»Das mit Grener und Ann-Kristine.«

Börjesson dehnte sich.

»Tja. Keine Ahnung. Weiß ich nicht, Tatsache. Mein Jackett jedenfalls hatte ein großes Loch auf dem Rücken, als ich es endlich zurückbekam. Nein, ich hab wirklich keine Ahnung. Vielleicht waren sie eine Zeit lang zusammen, zumindest trafen sie sich ab und zu. Ich hab nach dem Abend damals nicht mehr besonders häufig mit ihm geredet und wenig später hat er beantragt, zu einer anderen Kompanie versetzt zu werden.«

Börjesson grinste und betrachtete den Flachmann.

»Was ich sagen wollte, ist: Solche wie Ann-Kristine, die vergisst man nicht. An solche Frauen erinnert man sich. So was ist rar. Hier auf Tessenøy gibt's nur alte Tanten. Okay, Anna noch, Anna Forsberg. Irgendwie ein prima Kerl. Aber ich weiß nicht.«

Edhs Blick fuhr zu seiner Jacke. Sie hing über einem Stuhl, von dem Kuvert war nichts zu sehen, die Innentasche wurde von der Lehne verdeckt. Pass darauf auf, dachte er. Diurede. Pass gut darauf auf. Pedersen, Ola Pedersen. Oder war es Olaf?

»Wir sollten jetzt schlafen«, sagte Börjesson. »Wir ruhen uns kurz aus und dann essen wir was.«

Edh ließ den Fuß im Topf hängen, zog sich vom oberen Bett eine zweite Decke herunter und breitete den dicken Stoff über den Beinen aus. Börjesson atmete bereits tief und gleichmäßig. Edh schloss die Augen. Vor seinen Augen tanzten Kreise.

Die Tür wurde geöffnet. Edh erwachte und riss den Fuß aus dem Topf. Das Gefäß kippte auf die Seite. Hastig richtete er es wieder auf und erhob sich. Das Gewehr lehnte an seinem Platz an der Wand.

Forsberg trat ein, hinter ihr ein Soldat. Er hielt den Blick gesenkt.

»Hauptgefreiter Granvik ist ab jetzt mit von der Partie. Ich komme heut Abend zurück. Mit dem vierten Mann.«

Sie verschwand. Börjesson ging auf den Neuen zu und begrüßte ihn. Granvik hatte rötliche Haut, eine krumme Nase und helle, scharfblitzende Augen. Seine Schultern waren breit, die Hände feingliedrig, am Kinn und auf den Wangen saß ein Geflecht von winzigen, knubbligen Narben. Er nahm die Mütze ab und nickte ihnen zu, und sie nannten ihre Namen. Sie fragten ihn nach der Reise, und er antwortete leise, seine Stimme war überraschend tief.

»Zwei Tage. Mit dem Bus, von der Ostküste herüber.« Sein Blick irrte durch den Raum. »Überall Stau. Kilometerlang.«

Börjesson zeigte auf die Pritsche über Edh.

»Das Abendessen hat noch Zeit. Du siehst aus, als hättest du Schlaf nötig.«

»Jo.«

Edh legte sich hin, wickelte sich die Decke um die Beine und musterte Granvik unter halbgeschlossenen Lidern hervor. Granviks Gesicht war bleich, seine Bewegungen schwerfällig, das Haar klebte ihm am Kopf.

Edh sah aus dem Fenster. Schwaches rotschimmerndes Sonnenlicht strömte ins Zimmer und verlieh der Wand über dem Tisch ein blasses Leuchten. Er raffte die Decke über der Brust zusammen und spürte, wie sich unter dem dicken Stoff Wärme ausbreitete. Durch seine Beine zuckten stechende Schmerzen. Nach wenigen Minuten war von Börjessons Bett ein Schnarchen zu hören.

Als das Geräusch erklang, war er fast eingeschlafen. Er öffnete die Augen und wartete.

Von oben kamen leise Schluchzer.

Ein gedämpftes Ächzen ertönte, Granvik bewegte sich. Edhs Blick fuhr über die Bettdecke, er lauschte und sah dann zu Börjesson hinüber. Aber Börjesson rührte sich nicht, er stieß beim Ausatmen prustend die Luft aus.

Das Gewimmer vom oberen Bett riss nicht ab. Edh wartete, aber das Stöhnen wurde immer lauter. Er drehte sich sacht hin und her, sodass die Pritsche knarrte, einmal, dann noch einmal, heftiger diesmal, und räusperte sich. Das Gejammere ließ nicht nach.

Er lag still und lauschte. Schlafen, dachte er. Weinen. Schlafen oder weinen. Schlafen *und* weinen? Weinen, ohne dass man selbst darum weiß?

Als er erwachte, war es draußen dunkel. Er stand auf. Die anderen beiden lagen noch auf ihren Betten. Er hatte keine Ahnung, wo sich die Latrine befand. Leise

huschte er zu Börjesson hinüber, der die Augen geöffnet hatte.
»Du musst raus«, sagte Börjesson und erklärte ihm den Weg.
Edh fuhr in die Stiefel.
»Nimm das G 3 mit«, sagte Börjesson.
»Aber sie haben doch wohl Posten aufgestellt?«
»Und ob. Trotzdem musst du's mitnehmen. Befehl ist Befehl.«
Edh griff nach der Waffe und ging hinaus. Die frostige Luft stach in der Nase, und er knöpfte die Jacke zu und zog die Schultern hoch. Er folgte einem Trampelpfad, hielt das Gewehr bereit und schob sich Schritt für Schritt zwischen die Bäume. In den Kieferkronen rührte sich nichts, nur aus dem dichteren Bestand im Norden war ein Säuseln zu hören. Der Himmel war klar, der Mondschein tauchte Schnee und Stämme in graublaues Licht. In einiger Entfernung machte Edh schmale struppige Schatten zwischen den Bäumen aus, ab und an war zu hören, wie in der Kälte Äste brachen. Er lief schneller und tastete nach der Sicherung.
Hinter einem hohen Baum lagen zwei entrindete Stämme über einer dunklen überfrorenen Grube. Gehetzt knöpfte er die Hose auf und hockte sich nieder. Er ließ eine Hand am Gewehr und blickte alle paar Sekunden über die Schulter, zerrte das Toilettenpapier vom Halter und riss es in handliche Stücke.
Als er in die Hütte zurückkam, war Börjesson in der Kochnische zugange. Granvik nahm Pappteller und Plastikbecher aus einem der Schränke.
»Ich hab wirklich versucht, deinen Fußpilz wegzubekommen«, sagte Börjesson und streckte Edh den Topf und einen Holzlöffel entgegen, »aber nichts zu machen. Du musst selber ran.«
Der Topf war mit dampfendem Kartoffelbrei gefüllt. Edh rührte um und stellte ihn auf den Tisch. Börjesson schichtete faserige Fleischscheiben auf einen Untersatz und goss eine graue Soße mit grünen Einsprengseln darüber.

»Für uns nur das Beste. Nicht schlecht, oder?«
Sie setzten sich. Edh schaute abschätzend auf das Essen.
»Sollten wir nicht was für den Vierten aufheben?«, fragte er.
»Wie denn?« Börjesson grinste ihn an. »Es reicht ja ohnehin kaum für drei.«

Sie aßen und tranken dazu kühles bitteres Bier, Börjesson hatte die Flaschen in den Schnee gesteckt. Edhs Blick fiel auf die Fliegen, die zwischen den Doppelfenstern lagen. Er betrachtete die Eiskristalle an den Scheiben und sah dann hinaus in die Finsternis. Schwarze Nacht, auch in der Ferne alles dunkel. Ein Außenthermometer schien es nicht zu geben, das Nachbarhaus war nur noch zu erahnen.
»Wie war noch mal dein Vorname?«, wandte Börjesson sich an Granvik.
»Per.«
Börjesson nickte vor sich hin.
»Wie läuft's denn an der Ostküste so?«
»Nicht besonders gut.«
»Ich hab über die Gegend kaum Berichte gehört. Wie sind die Leute dort? Taugen sie was?«
Granvik sah auf.
»Du scheinst noch relativ jung zu sein, meine ich.«
Granviks Blick irrte über den Tisch.
»Nichts für ungut.« Börjesson lächelte. »Ich hab mich nur gefragt, wie alt du bist. Das ist ja wohl nicht so schwer zu beantworten.«
»Dreiundzwanzig«, sagte Granvik.
»Dreiundzwanzig, ja? Ich bin sechsundzwanzig.«
Börjesson sah Edh fragend an.
»Ich werd bald fünfundzwanzig.«
»Fünfundzwanzig. Da gehen wir fast als Familie durch – und ich bin so was wie der große Bruder. Nicht schlecht. Ich hab tatsächlich zwei jüngere Geschwister, was direkt nach mir kam, war allerdings ein Mädchen. Das wärst dann wohl du, Edh.«

Börjesson lachte auf und sah zu Granvik, der kaum merklich die Lippen verzog.

»Ich dachte, wir wären zu viert«, sagte Edh und schaute Börjesson freundlich an. »Vielleicht musst du am Ende den Part übernehmen?«

Börjesson grinste, wischte sich über den Mund und schnalzte.

»Nicht schlecht, das Essen«, sagte er, »und was jetzt?«

»Chicago?«

Börjesson legte ein abgegriffenes Kartenspiel auf den Tisch. Auf der Rückseite des Blatts waren drei kleine Königskronen abgebildet. Er ging zum Bett und holte den Flachmann.

»Was meint ihr? Granvik? Du spielst doch Chicago?«

Granvik schüttelte den Kopf.

»Nein? Was für Spiele kannst du denn?«

Granvik zählte an den Fingern ab.

»Böse Dame kann ich. Skitgubbe. Und Piken.«

»Böse Dame und Piken? Was für ein langweiliger Mist.«

»Lass uns einfach was nehmen, was alle können«, warf Edh ein.

Börjesson leerte sein Bierglas und rülpste leise.

»Okay, von mir aus. Mau-Mau? Mogeln? Oder Skitgubbe.«

Er grinste erneut, zuckte die Achseln, lehnte sich zurück und teilte aus.

»Skitgubbe also. Oder Dummkopf, wie es bei uns heißt. Dummkopf ist okay. Kommt Chicago eben später.«

Er gab jedem drei Karten.

»Auf Ass, Zehn oder Zwei als letzter Karte bleibt man sitzen.«

Er schob jedem drei weitere Karten zu und deckte sie auf.

»Was für ein verdammtes Schwein du hast, Edh.«

»Du musst reden.«

Granviks Blatt fiel schlechter aus.

»Das hier gewinnst du, Granvik«, sagte Börjesson und schlug mit der Faust auf den Tisch. »Jede Wette, dass du gewinnst.«

Er drückte jedem von ihnen drei weitere Karten in die Hand und legte den Rest des Haufens auf den Tisch.
Edh kam raus. Sie spielten schnell. Außer dem Böllern der Heizung und dem Klatschen der Karten war nichts zu hören. Den ersten Stich musste Granvik aufnehmen, Börjesson die beiden folgenden.
Edh hatte ausschließlich hohe Karten auf der Hand, er wurde eine nach der anderen los und bald war der Haufen aufgebraucht, und vor ihm lag nichts als seine eigenen sechs Karten.
Börjesson schraubte den Flachmann auf und trank.
»Ein unglaubliches Schwein.«
»Du hast gemischt.«
Edh deckte als Letztes eine Dame auf und konnte sie abwerfen.
»Verdammt.«
Börjesson blickte zu Granvik, der wesentlich mehr auf der Hand hatte als er.
»Ich hab's gewusst. Du wirst der Dummkopf. Ich hatte es im Gefühl.«
Edh sah den beiden genau auf die Finger. Sie spielten mit einem Mal langsamer. Granvik ließ sich Zeit, ehe er die nächste Karte zog.
»Hältst du das etwa für ein taktisches Spiel?«, fragte Börjesson. Seine Augen waren zu Schlitzen verengt.
Granvik antwortete nicht. Börjesson betrachtete sein Blatt und überlegte, wie er reagieren sollte.
»Das ist ja nur Dummkopf, nichts weiter, was Einfacheres gibt's ja wohl nicht. Ist alles reine Glückssache.«
Edh verschränkte die Arme hinter dem Kopf und fixierte den Kartenhaufen auf dem Tisch. Nicht nur, dachte er, zu weiten Teilen ja, aber nicht nur. Wenn Granvik hoch reingeht, kann er alle guten Karten zu sich rüberziehen.
Granvik sah blicklos vor sich hin und taxierte dann umsichtig sein Blatt. Als er dran war, brachte er einen König

raus. Börjesson hielt einen Moment inne und streckte ihm dann den Flachmann hin.

»Nimm einen Schluck, Granvik, du hast's nötig.«

»Nein, danke.«

»Na komm schon, nimm was!«

»Nein, danke.«

»Was denn – werden dann die Krater in deinem Gesicht rot, oder wie?«

Granvik stierte Börjesson an.

»Ich nehm's dir nicht übel«, Börjesson grinste, »aber dein Gesicht sieht aus wie der Hintern vom Mond.« Er hob erneut die Flasche hoch. »Tupf's dir halt auf deine Schrammen, wenn du das Zeug nicht verträgst.«

Granvik schlug Börjesson den Flachmann aus der Hand, sprang auf und lief zur Tür. Edh stellte die Flasche flugs wieder auf. Der Schnaps rann über die Karten und die Farben begannen sich abzulösen.

»Was bist du bloß für ein Typ, kannst du nichts einstecken?«

Granvik fuhr ungestüm in die Stiefel. Er antwortete nicht, er riss und zerrte an den Schuhen. Börjesson musterte ihn aus schmalen Augen. Granvik warf sich die Jacke über.

»Nimm die Waffe mit, wenn du rausgehst! Das ist ein Befehl!«

Granvik riss das Gewehr an sich, stieß die Tür auf und knallte sie hinter sich zu.

Nach ein paar Minuten hob Edh den Kopf und sah Börjesson an.

»Musste das sein?«

Börjesson wischte die Spielkarten mit dem Hemdsärmel trocken, die Farben verschmierten.

»Wenn er sich drauf einlässt.« Er warf ein Ass vor sich auf den Tisch. »Und er soll verdammt noch mal nicht meinen Schnaps vergeuden.« Er nahm die Flasche und trank, mit der anderen Hand wühlte er in dem Kartenhaufen herum. »Wäre sowieso er gewesen, er wär's geworden, der Dummkopf.«

Börjesson erhob sich und kramte etwas aus einem Plastikbeutel unter seinem Bett hervor.
»Ich frag mich, wie sie so einen Typen auswählen konnten. Granviiiiik.«
Edh sah, dass Börjesson eine kleine, in Stanniolpapier gewickelte Schokoladentafel in der Hand hatte.
»Bei solchen Typen weiß ich sofort, was los ist«, sagte Börjesson, seine Stimme überschlug sich. »Sie tun bescheiden und schweigen sich aus. Und klar, für bestimmte Aufgaben sind sie zu gebrauchen, kein Problem. Aber dann muss es andere geben, die sich um den Rest kümmern. Um die wichtigen Dinge.«
Edh schaute zu, wie sich Börjesson Stück für Stück die Schokolade in den Mund schob.
»Ich hab ihn heut Nachmittag zum ersten Mal gesehn«, sagte er, »ich denke, er ist okay.«
»Aber so seltsam still, oder nicht? Mit der Sorte kenne ich mich aus. Keine Ahnung, vielleicht schien er denen was zu taugen, auf dem Papier zumindest. Aber doch nicht für …«
Vor der Baracke war ein lauter Knall zu hören. Sie starrten sich an, huschten zur Wand, griffen sich die Waffen und gingen an den Querseiten des Raums in Deckung. Wechselten erneut einen Blick. Entsicherten. Ihr Atem jagte.
»Ich bin's, Granvik.«
Die Tür schwang auf. Er rief noch einmal:
»Ich bin's!«
Er trat ein und deutete ein Lächeln an, ohne dabei auch nur in ihre Richtung zu sehen. Sein Gesicht war tiefrot. Er schnappte nach Luft und stotterte:
»Der Schuss hat sich von selbst gelöst, ich hab vergessen, zu sichern. Ist nichts passiert. Nichts passiert, ich hab's einfach vergessen.«
Hastig klaubte er einen Plastikbeutel aus seinem Rucksack, setzte sich mit dem Rücken zu ihnen auf die Erde und lehnte

sich gegen ein Tischbein. Mit einem Ruck klinkte er den Verschluss aus dem Gewehr.
»Du hast hoffentlich entladen und gesichert?«
Granvik nickte.
»Wo ging der Schuss hin?«
»In den Schnee, beim Brunnen drüben, ich hatte vergessen zu sichern. Reine Nachlässigkeit.«
Börjesson schaute Edh an, zog eine Grimasse und schüttelte den Kopf.
»Man ballert nicht einfach so in der Gegend rum, Granvik. Ein Schuss zieht mehr Aufmerksamkeit auf sich als irgendwas sonst. Das ist ja wohl das Erste, was man lernt, verdammt.«
Granvik antwortete nicht. Er hantierte mit den Waffenteilen und fettete die Reinigungskette ein. Er saß vornübergebeugt und arbeitete konzentriert, ohne den Blick zu heben, es schien ihn nicht zu kümmern, dass sie ihn beobachteten. Es dauerte lange, bis sich sein Atem beruhigt hatte.

Eine Weile blieb es still. Edh und Börjesson lagen auf ihren Betten, Granvik kauerte auf dem Fußboden. Er rieb seine Stiefel mit Lederfett ein. Von draußen kam kein Laut. Der Lichtschalter an der Wand surrte leise.
Edh richtete sich auf und schob sich das Kopfkissen als Ballen hinter seinen Rücken. Er blickte Börjesson nachdenklich an.
»Wie lange wird es dauern, bis die Operation anfängt, was meinst du?«
Börjesson wälzte sich auf die Seite.
»Keine Ahnung. Ein paar Tage noch?«
Edh kehrte sich Granvik zu und versuchte zu lächeln.
»Ist dir das eigentlich klar, Per? Börjesson, der Mistkerl, weiß, was auf uns zukommt, aber er sagt uns nichts. Eine

Frechheit, oder? Er sollte das große Geheimnis ruhig mit uns teilen. Vielleicht hat er sogar einen Plan oder irgendwas in der Art, das er uns zeigen könnte, einfach so zeigen, wenn er nur wollte.«

Börjesson sah auf, hob zu einer Erwiderung an und lächelte plötzlich.

»Alles, was ich euch sagen kann, ist: Hier geht's um keinen gewöhnlichen Auftrag, deswegen gibt's auch keinen Plan, den ich euch verraten könnte, gar nichts gibt es, weil nichts vorhersehbar ist. Entspann dich also und geduld dich ein bisschen, noch ist ja nicht mal klar, ob das Ganze überhaupt stattfindet.«

Edh blickte unbeirrt in Granviks Richtung und wartete auf eine Reaktion, aber Granvik verzog keine Miene.

»Ich kann einfach nicht aufhören, drüber nachzudenken.«

Börjesson sah vor sich hin.

»Was, wenn ich dir Folgendes sagen würde.« Er schwieg einen Moment. »Der Himmel. Wenn du ständig dran denken musst, dann schau in den Himmel. Oder schnuppere ein bisschen in der Luft herum. Oder guck dir den Schnee an. Es ist kalt, geradezu ungewöhnlich kalt, und das nun schon seit einigen Wochen. Und die ganze Zeit haben wir Ostwind, Ost-Nordost. Stabile Wetterlage, Hochdruckgebiet. Oder etwa nicht?«

»Ja und?«

Börjesson verstummte.

»Nein, mehr sag ich nicht.« Er seufzte. »Mehr darf ich euch schlichtweg nicht sagen.«

Edh ließ den Blick zum Bettpfosten wandern.

»Nehmen wir was anderes: Wer hat das Kommando? Das wirst du uns doch wohl sagen können!«

Börjesson schwieg.

»Der Vierte?«, fragte Edh. »Der Vierte, der noch kommen soll, wird der uns befehligen?«

Börjesson reagierte nicht.

»Weißt du wenigstens, wer es ist?«
Börjesson verlagerte sein Gewicht, die Pritsche quietschte.
»Was spielt es denn für eine Rolle, ob ich das weiß?«
Seine Stimme klang hart. Für einige Minuten blieb es still.
Unvermittelt schwang die Tür auf und Forsberg trat ein, ihr folgten sechs Soldaten. Granvik erhob sich und Börjesson salutierte. Kälte drang in den Raum.
»Neue Befehle von Radd«, sagte Forsberg. »Heute Abend sind ein paar unerwartete Dinge passiert. Ich und mein Trupp quartieren uns deshalb in der Nachbarbaracke ein. Eine reine Routinemaßnahme. Zwei von uns werden schichtweise die Nacht über draußen Wache halten. Ihr drei habt nichts zu tun, als euch auszuruhen. Morgen früh um neun meldet ihr euch bei Radd. Die Operation beginnt voraussichtlich übermorgen. Alles klar?«
»Und der Vierte?«, fragte Edh.
Es gab eine kurze Pause, einen Augenblick der Stille, in dem alle ihn ansahen. Er straffte sich und blickte aufmunternd zu Börjesson.
»Sie haben gesagt, Sie würden heute Abend den Vierten herbringen.«
»Der Vierte … kann nicht länger an der Mission teilnehmen«, sagte Forsberg. Sie räusperte sich und nickte Edh zu. »Der Vierte hat es nicht … bis Tessenøy geschafft. Ihr bekommt jemand anderen zugewiesen, morgen wahrscheinlich.«
Sie teilte den Soldaten den Dienstplan aus, dann schloss sich hinter dem Trupp die Tür. Edh drehte sich zu Börjesson um, aber der schaute rasch zur Seite.
»Kann nicht länger teilnehmen«, sagte er. »Der Vierte kann nicht länger teilnehmen. Was soll das heißen?«
Börjesson breitete die Arme aus.
»Keine Ahnung, ich weiß nicht mehr als du.«
Granvik setzte seine Stiefel ab und stellte sie neben die der anderen. Er sah zu Boden und schien in Gedanken weit weg

zu sein. Edh streckte sich erneut auf dem Bett aus und starrte die Metallösen über sich an.

Börjesson stand mit einer Schachtel Zigaretten in der Hand an der Tür.
»Ich geh nur noch schnell pinkeln. Dann legen wir uns schlafen.«
Granvik sortierte den Inhalt seines Rucksacks. Als sich die Tür hinter Börjesson geschlossen hatte, gähnte Edh ausgiebig.
»War ein langer Tag. Nicht schlecht, sich wenigstens abends satt gegessen zu haben.«
Granvik flüsterte etwas vor sich hin, packte ein zerschlissenes Handtuch und eine Seifendose aus und trat vor die Waschschüssel in der Kochnische. Er zog sich das Hemd über den Kopf, ließ Wasser ein und wusch sich behänd im Gesicht und unter den Armen.
»Ich bin gestern von der F 28 runtergekommen. Danach haben sie das Gelände bombardiert. Hast du davon gehört? Es muss passiert sein, unmittelbar nachdem ich weg war.«
»Aha? Nein, das wusste ich nicht.«
Granvik trocknete sich ab. Edh wartete, sah auf die Uhr und zögerte einen Moment, ehe er fortfuhr.
»Ich versteh überhaupt nicht, was ich hier draußen eigentlich zu suchen hab. Ich hab erst vorgestern Bescheid bekommen. Sie haben mich befördert, dann musste ich zum Arzt, mein Zeug zusammensammeln – und los ging's. Hat man dir gesagt, warum du ausgewählt worden bist?«
»Nein, ich hab keine Ahnung. Es ging alles sehr schnell. Ich konnte mich nicht mal verabschieden.«
Er hängte das Handtuch über die Heizung und nahm eine Tube aus seiner Waschtasche.
»Kennst du Radd?«, fragte Edh. »Immer heißt es Radd, Radd, Radd. Hast du ihn schon mal gesehen?«

Granvik hustete ein paar Mal, seine Wangen glänzten.
»Nein, nur die Stabsgefreite, Forsberg. Und ein paar Leute vom Bataillonsstab.«
»Morgen um neun also. Ist nicht mehr lang hin.«
Granvik wandte sich zur Seite und rieb sich eine durchsichtige Salbe ins Gesicht, die Augenbrauen leuchteten auf der rauen roten Haut. Edh sah, dass Granvik zur Wand neben der Tür schaute. Drei. Es waren drei Gewehre, die dort standen. Edh zählte ein weiteres Mal nach. Er fragte sich, ob Granvik etwas gemerkt hatte oder sein Blick nur zufällig hinübergeglitten war. Aber Granvik kehrte sich ungerührt in eine andere Richtung.
Edh überlegte.
»Und dann der Vierte …«, sagte er nach einer Weile. »Sie haben hier draußen Tote gefunden, Soldaten, die erschossen worden sind. Hast du davon gehört? Ob der Vierte …«
»Noch dazu war gestern anscheinend ein Leutnant dabei.«
Granvik schüttelte den Kopf.
Edh fluchte.
Einen Augenblick lang schwiegen sie.
»Wenn ich das richtig verstanden habe«, sagte Granvik, »sollen wir etwas ziemlich … also, ich dachte … Die Leute im Stab haben jedenfalls so ausgesehen, als ginge es um was ganz Besonderes.«
Er kletterte an der Querseite des Betts hoch und fiel auf seine Pritsche, das Gestell schwankte.
»Aber Genaueres weiß ich nicht. Vielleicht war das auch nur …«
Die Tür wurde aufgerissen und Granvik brach ab. Börjesson trat ein und begann sich auszuziehen.
»Halb eins schon. Schlafenszeit.«
Er spuckte in die Waschschüssel. Edh drehte sich zur Wand. Börjesson warf seine Hose über einen Stuhl.
»Hast du Angst im Dunkeln, Granviiiiik? Jetzt heißt es Licht aus, das ist dir klar, oder?«

Granvik antwortete nicht, sondern drückte einfach auf den Schalter. Von Börjessons Bett war ein lautes Knarren zu hören, die Sprungfedern ächzten.
»Verdammt, so war das nicht … gemeint«, sagte er. »Ich hab nur gedacht … wir brauchen alle unseren Schlaf. Und ihr wisst doch, wie's läuft: Wenn man nicht zuerst weg ist, hört man die anderen schnarchen.«
»Hoffentlich träum ich heut Nacht nichts«, sagte Edh. »Es ist viel leichter aufzuwachen, wenn man nicht geträumt hat.«
Die anderen beiden reagierten nicht. Edh schüttelte den Kopf und biss sich auf die Zunge.
»Forsberg steht morgen acht null null vor der Tür«, sagte Börjesson.
Von den Betten kam Geraschel, sie legten sich zum Schlafen zurecht. Edh holte tief Luft, hob die Decke an und ließ kühle Luft darunterströmen. Sein Puls hämmerte.
Granvik und Börjesson atmeten gleichmäßig, sonst war es still.
Er schaute in die Richtung, in der er das leere Bett über Börjesson vermutete, und versuchte mit dem Blick die Dunkelheit zu durchdringen. Nichts. Er rieb sich die Augen. Langsam traten Konturen hervor. Das Geländer am Kopfende, das Kissen, ein Deckenzipfel.

II

An der Spitze liefen drei Soldaten aus Forsbergs Gruppe. Edh marschierte hinter der Stabsgefreiten und Börjesson, dann folgte Granvik. Die drei anderen Soldaten der Wachmannschaft bildeten den Schlusstrupp.
Die Männer vorn hielten die Waffen im Anschlag und spähten achtsam nach allen Seiten. In der Ferne war zwischen den Kiefern der Sonnenaufgang zu erahnen. Die Luft starrte vor Kälte und machte jeden Atemzug zur Tortur, die Binsenbüschel am Boden beugten sich unter der Frostschicht. Auf Baumstämmen und Steinblöcken saß dichter Raureif, der das frühe Licht zurückwarf und die Schneedecke glitzern ließ.

Das Frühstück hatten sie hastig hinuntergeschlungen: Knäckebrot, dünnen Kaffee, getrocknete Apfelstücke.
»Zieht alles an, was ihr habt«, sagte Börjesson, »heut Nacht waren gut und gern zwanzig Grad unter null. Und nehmt eure Sachen mit, vielleicht kommen wir nicht hierher zurück.«
Der Himmel war noch immer von einer bläulich schimmernden Schwärze.
»Wir richten uns nach dem Wachtrupp«, fuhr Börjesson fort, »und kein Wort! Vor allem nicht, wenn wir im Wald sind! Kein Wort, wenn es nicht absolut notwendig ist. Im offenen Gelände bei den Klippen können wir wieder reden. Außerdem will ich euch in Kasaviken etwas zeigen.«
Als sie aus der Hütte traten, hatten sich Forsbergs Leute schon am Brunnen versammelt, alle in weißer Schneekleidung. Auf Forsbergs Befehl legten die Soldaten darüber hinaus einen weißen Gesichtsschutz an.

Sie liefen durch einen dicht bewachsenen Waldabschnitt mit Unterholz und hohen Büschen. Die Vorhut schwärmte aus, erkundete die Gegend und bedeutete dann dem Rest, ihr zu folgen. Edh presste das Kinn gegen das Halstuch und versuchte, ruhig ein- und auszuatmen, seine Blase drückte. Ein paar Mal kreuzte sich sein Blick mit dem eines der Wachsoldaten. Es fiel ihm schwer, Forsbergs Männer auseinander zu halten, alles was er im Halbdunkel ausmachen konnte, waren runde Löcher in weißen Masken, durch die sie ihn ansahen. Er versuchte, nicht mehr zu ihnen hinüberzuschauen.
Der helle Streifen am Horizont verbreiterte sich zusehends. Als sie die Klippen erreichten, sog Edh tief die Luft ein. Es roch nach Salz und etwas Metallischem. Das muss ein Traum gewesen sein, dachte er. Geträumt hab ich, letzte Nacht … Von jemandem, der … der jemand anderem den Mund zuhält. Irgendjemand. Ein Fremder.

»Können wir reden?«
Sie liefen über einen flachen Felsen. Börjesson nickte Edh bejahend zu.
»Kennst du hier draußen auf Tessenøy jemanden, der Pedersen heißt?«
Börjesson sah kurz auf. Die Grübchen in seinen Wangen leuchteten feuerrot, sonst war sein Gesicht bleich.
»Wieso? Pedersen?«
Edh ließ einen Augenblick verstreichen. Die Kälte trocknete die Haut aus, straff spannte sie sich über die Wangenknochen und verengte die Augen zu Schlitzen.
»Ich hab einem Mädchen, das ich getroffen hab, versprochen, einen Pedersen von ihr zu grüßen. Ob er ausgerechnet hier in der Gegend stationiert ist, weiß ich natürlich nicht.«
»Wo hast du das Mädchen getroffen?«
»In Daga drinnen.«
»Und dieser Pedersen soll hier auf Tessenøy sein?«

Edh bedachte sich einen Moment.
»Ich hab keine Ahnung, sie konnte nichts Genaueres sagen. Ich habe ihr nur versprochen, mich umzuhören – egal, wo ich landen würde. Nicht mehr und nicht weniger.«
»Solche Grüße geben wir selbstverständlich nicht weiter, das ist dir sicher klar.«
Sie setzten sich wieder in Bewegung, die Stiefel glitten durch eine dünne Schicht aus Raureif und Schnee.
»Davon mal abgesehen weiß ich nicht, ob es hier einen Pedersen gibt. Ich glaube nicht, dass ich jemanden kenne, der so heißt. Pedersen? Nein.«
Edh fiel ein Stück zurück, sah sich forschend um und tastete nachdenklich mit dem Handschuh über die Innentasche der Jacke.
»Was solltest du diesem Pedersen denn ausrichten?«, rief Börjesson.
»Nichts Besonderes, nur einen Gruß.«
»Und das Mädchen, wie hieß sie?«
»Das … hat sie nicht gesagt. Sie hat gemeint, Pedersen wüsste schon, worum es geht. Das war alles.«

»Hoffentlich gibt's was Warmes zu trinken, wenn wir ankommen.«
Granvik hatte zu Edh aufgeschlossen. Auf seinem Kinn und unter seinen Wangenknochen glitzerten helle Bartstoppeln, an denen der Atem zu winzigen Kristallen gefroren war.
Sie liefen ein Stück nebeneinander her. Einige der Klippen waren vereist und sie mussten sie umgehen, wenn sie nicht abrutschen wollten.
Forsberg stoppte. Sie deutete auf eine Plattform, von der aus ein steiler Steg an der Felswand entlang zum Wasser hinunterführte.

»Und jetzt schaut genau her«, sagte Börjesson.
Er wartete in einer eisfreien Ecke an der Spitze des Stegs. Am Horizont hinter ihm erstreckte sich eine Inselkette, auf der Wasserfläche davor lag eine glänzende Eisschicht.
Er kletterte eine schmale Badeleiter hinunter, machte einen letzten langen Schritt und stand auf dem Eis, lief zurück zum Ufer und brach einen länglichen Brocken ab, der aus einer Spalte ragte. Er warf Edh und Granvik einen Blick zu, beugte sich vor, holte Schwung und schoss den Klumpen über die Eisfläche. Er raste mit einem feinen Kratzen davon, das bald in ein gedämpftes Sirren überging. Edh folgte ihm mit dem Blick, der Brocken glitt weiter und weiter, bis er nicht länger zu erkennen war. Licht und Eis, Himmel, Sonne und spiegelnde Fläche flossen ineinander, weit draußen sauste etwas dahin. Das Brausen wurde schwächer, war aber nach wie vor vernehmbar.
»Ich wollte, dass ihr das seht«, sagte Börjesson, als er wieder neben ihnen auftauchte. Seine Augen waren leicht gerötet und blitzten, und sein Mund hatte sich zu einem Lächeln verzogen. Er klaubte etwas aus der Jackentasche und reichte es Edh.
»Teilt sie euch.«
Edh wickelte das Stanniolpapier auseinander und hielt eine kleine dünne Schokoladentafel in der Hand. Börjesson wies auf die Inseln und das Meer, in die Richtung, in die das Eisstück verschwunden war. Edh ließ eine Ecke Schokolade im Mund zergehen und gab Granvik die andere Hälfte der Tafel.
»Wie gesagt.« Börjesson zwinkerte Edh zu und lief dann die Brücke hinauf zu Forsberg.
»Das war's, was ich euch zeigen wollte.«
Edh rührte sich nicht vom Fleck. Er sah hinaus aufs Meer. Sie wissen Bescheid, dachte er. Die Wettkämpfe, das Eis. Dass ich gelaufen bin, sie wissen von den Rennen.
Das Eis?

»Zehn vor neun«, sagte Forsberg an Börjesson gewandt.
Sie hatten zwei weite abschüssige Felder passiert, waren auf einen Hügelkamm gestiegen und machten in einem Karree niedriger Kasernen Halt. Unter einer dunklen Persenning reihten sich Panzer und Tankwagen.
»Stabsgefreite«, sagte Edh, »bitte auf Toilette gehen zu dürfen.«
Forsberg deutete auf die Rückseite des nächsten Gebäudes.

Edh trat ein, öffnete eine erste Tür, dann eine zweite. Über einen der Waschplätze neigte sich ein älterer glatzköpfiger Mann in Unterwäsche. Er rasierte sich.
»Wer sind Sie?« Die Frage kam laut.
Edh stand bereits vor dem Pissoir. Er stutzte und richtete sich auf.
»Karl Edh, Unteroffizier.«
Der Mann näherte sich. Neben seinem Adamsapfel lief Blut den Hals hinunter, dicker Rasierschaum bedeckte das Gesicht bis zu den Ohrläppchen. An der Hand, die den Rasierer führte, fehlten offenbar einige Finger. In die Stirn waren tiefe Querfalten eingegraben, die sich über den Augenbrauen zu Bögen rundeten. Er betrachtete Edh aus schmalen, klaren blauen Augen.
»Edh? Einer von denen, die man herbeordert hat!«
Er verschränkte die Arme vor der Brust, der Rasierer klemmte zwischen Daumen und Handteller.
»Ja«, sagte Edh.
»Weshalb hat man Sie abkommandiert?«
Edh zögerte.
»Ich weiß nicht. Es handelt sich um einen Auftrag. Welcher Art ist mir nicht bekannt.«

»Sie wissen nicht, worum es geht, und lassen sich trotzdem herschicken? Wie das?«

Frage und Antwort folgten ohne Pause aufeinander. Der Tonfall war streng, die Stimme schneidend.

»Wie kommt es, dass Sie sich auf so was einlassen?«

Edh räusperte sich und versuchte, ein Lächeln zu unterdrücken.

»Ich habe den Befehlen Folge zu leisten.«

Der Mann ging zu seinem Waschbecken zurück.

»Richtig. Selbstverständlich haben Sie den Befehlen Folge zu leisten. Wie alle anderen auch. Das stimmt. Gut. Aber Sie vergessen zwei wichtige Dinge. Erstens: Das hier ist die Offizierstoilette.«

Edh knöpfte die Jacke zu, schaute sich um und fluchte leise.

»Zweitens haben Sie mich mit Oberstleutnant anzusprechen.«

Edh blickte auf. Der Mann hatte ihm erneut den Rücken zugekehrt, im Spiegel sah Edh, wie er den Rasierer über die rechte Wange zog.

Oberstleutnant?

Edh wich hastig zur Tür zurück.

»Ich bitte um Verzeihung, Herr Oberstleutnant.«

Der andere fuhr ungerührt mit der Rasur fort.

Edh stand kaum wieder an seinem Platz in der Reihe, als ein Mann in Felduniform aus einer der kleineren Baracken kam. Forsberg ließ Hab-Acht-Stellung einnehmen. Edh starrte geradeaus, verwünschte sich und versuchte, den Druck in der Blase zu ignorieren. Er hatte den Mann erkannt.

Der Adjutant trat vor den Trupp und hüstelte. Forsberg übergab ihm das Kommando.

»Edh, Börjesson, Granvik«, sagte er, »folgen Sie mir.«

Er führte die drei in das Gebäude und durch einen hell erleuchteten Raum bis vor eine Flügeltür. Auf dem Kontrollschirm rechts davon leuchtete eine grüne Lampe auf, die Verrieglung fuhr zurück.
»Direkt zu ihm«, sagte der Adjutant.

Sie durchquerten den Saal und postierten sich vor einem niedrigen Podest, hinter dem eine überdimensionale schwarze Tafel an der Wand hing. Der Teil des Raumes wurde einzig von einer kleinen Leselampe auf einem Stehpult erhellt.
Radd trug eine viereckige Brille. Schweigend umrundete er das Pult, stieg vom Podest herunter und schritt langsam ihre Reihe ab.
»Alles, was ich Ihnen jetzt mitteile, ist geheim, darf also unter keinen Umständen an Dritte weitergegeben werden. Ist das klar?«
»Jawohl, Herr Oberstleutnant.«
Radd blieb vor Edh stehen und sah ihn vielsagend an.
Er war bleich, sein Gesicht von tiefen Falten zerfurcht, der Rasierschaum sorgfältig entfernt.

Der Adjutant schob ihnen Stühle hin. Radd nahm eine Fernbedienung und richtete sie auf einen Punkt an der Wand. Ein Großbildprojektor sprang an, das blaue Licht spiegelte sich in seinen Brillengläsern.
»Das Folgende wird Sie sicher überraschen.«
Radd machte eine Pause und verschränkte die Arme.
»Um mich kurz zu fassen: Die Lage ist äußerst ernst.«
Auf der Tafel leuchtete eine Karte auf. Radd betätigte erneut die Fernbedienung und die Karte färbte sich in goldene und schwarze Abschnitte.
»Die Bilder stammen aus der vergangenen Nacht. Die schwarzen Bereiche haben wir bereits verloren oder werden es in Bälde tun. Insgesamt mehr als ein Drittel unseres

Gebietes. Die goldenen Abschnitte unterliegen nach wie vor unserer Kontrolle. Wie Sie sehen, existieren mehrere Frontlinien, der Feind bringt uns auf beiden Seiten in schwere Bedrängnis.«

Auf dem länglichen Kartenbild gab es zwei ausgedehnte schwarze Felder. Das eine füllte das gesamte nördliche Ende aus, das andere lief im Süden in einer breiten Zone von der West- zur Ostküste. Der Südzipfel und eine große Partie im nördlichen und nordöstlichen Teil waren golden.

Edh starrte sekundenlang auf die Karte und wandte den Kopf. Granvik hatte den Mund geöffnet, Börjesson schlug die Beine übereinander. Ein Drittel, dachte Edh, und fühlte, wie sein Atem heftiger ging, ein Drittel. Konnte das stimmen? So viel? Bis jetzt hieß es immer *Wir haben die Lage völlig unter Kontrolle* oder *Gemeinsam halten wir stand.* Er inspizierte erneut die Karte, schüttelte den Kopf und suchte den Blick der anderen.

»Wir befinden uns exakt hier.«

Ein neues Bild leuchtete auf, eine Vergrößerung der Planquadrate an der Westküste. Radd ließ den Zeigestock gemessen über die schwarze Fläche nach Süden gleiten, bis er den goldenen Küstenabschnitt erreichte.

»Die Hälfte der Westküste muss als verloren gelten, der Feind hat unsere Bataillone in kurzer Zeit weit zurückgedrängt, die Rede ist von mehreren hundert Kilometern.«

Er schaltete den Projektor aus.

»In letzter Zeit haben wir mit enormen Problemen bei der Informationsübermittlung zwischen den Verbindungsstellen und den Streitkräften zu kämpfen. Eigentlich sollten die Nachrichten ohne Störungen oder feindliche Abhörmanöver hin- und hergehen, aber offenbar greift man von der anderen Seite immer wieder in das System ein.«

Radd straffte sich.

»Wir vermuten, dass es undichte Stellen gibt, und tun unser Bestes, sie zu finden. Aber mittlerweile existieren keine

Codes mehr, die als sicher gelten könnten, sie sind entweder längst in Benutzung oder schon entschlüsselt, und einige Verbände haben so gut wie keinen Kontakt mehr miteinander.«

Er nahm ein paar Schluck Wasser aus einem Glas auf dem Schreibtisch.

»Sie verstehen bestimmt, dass uns kaum Schlimmeres passieren kann, speziell hier im Westen. Wenn wir die Küste verlieren, ist die Gefahr groß, dass wir auch die Gebiete südlich und östlich davon räumen müssen, und das würde wahrscheinlich – wahrscheinlich, sage ich – bedeuten, dass überall, das heißt im ganzen Land, der Widerstand zusammenbricht. Kurz und gut, die Situation ist untragbar. Wir haben den gesamten Winter über an dem Problem gearbeitet, ohne eine Lösung zu finden. Und die Sache drängt. Hier kommen Sie ins Spiel.«

Radd nickte dem Adjutanten zu und dieser trug einen größeren Gegenstand zum Pult, legte ihn ab und trat an die Längsseite des Raumes zurück. Radd nestelte an der dicken Plastikhülle herum, in die das Ding eingepackt war.

»Selbstverständlich ist es kein Zufall, dass man Sie gerade nach Tessenøy beordert hat. Nur wenige Kilometer südlich von hier«, sagte er und streckte den Arm aus, »vierzehn Kilometer in diese Richtung, verläuft die Frontlinie. Genau darum geht es.«

Er winkte sie auf das Podest herauf und zog die Plastikhülle beiseite. Vor ihnen stand ein rechteckiger mit Wasser gefüllter Glasbehälter, in dem ein großes Stück grauweißes Eis schwamm. Radd klemmte sich den tropfenden Brocken in seine verstümmelte Hand und hob ihn hoch.

»Das ist Eis, denken Sie. Und natürlich haben Sie Recht. Aber es ist mehr als das. Es ist Salzwassereis.«

Radd hielt ihnen das Stück in Augenhöhe hin. Die Oberfläche war glatt und hart, die Unterseite porös und zerklüftet.

»Kennen Sie sich mit Eis aus? Wussten Sie beispielsweise, dass Salzwasser, wie wir es hier draußen haben, nicht bei null Grad friert, sondern erst bei minus anderthalb?«
Niemand antwortete.
»Sehen Sie sich an, wie dick es ist. Und? Etwa sechzehn, siebzehn Zentimeter. Richtig?«
Radd ließ den Brocken wieder ins Wasser schwappen. Tropfen sprühten ihnen in die Gesichter.
»Meerwasser mit einem Salzgehalt von dreikommafünf Prozent – und trotzdem ist die Eisschicht im Durchschnitt fünfzehn Zentimeter dick. All die Strömungen hier draußen, Ebbe und Flut und dann dieser Salzgehalt – das klingt eigentlich nach schlechten Voraussetzungen. Aber die Berichte sagen, dass die See bis weit in den Süden zugefroren ist, die ganze Westküste entlang. Das Eis ist zwischen elf und neunzehn, zwanzig Zentimeter dick. Und es liegt keine Schneedecke darüber. Das scheint Sie nicht besonders zu beeindrucken.«
Er sah sie an, einen nach dem anderen, im Dämmerlicht schienen sich die Faltenbögen über seinen Augenbrauen zu vertiefen.
»Ein solches Eisfeld hier an der Westküste hat es das letzte Mal vor zweiundvierzig Jahren gegeben.«

Er trat an den Schreibtisch und nahm die Brille ab.
»Ihre Mission kann die Kämpfe an der gesamten Westküste entscheiden. Das möchte ich ausdrücklich betonen. Und folglich auch – das ist mehr als möglich – die Lage im gesamten Land.« Er schwieg einen Moment. »Wenn Sie es schaffen, wird man davon auch auf höchster Ebene erfahren. Und Sie entsprechend belohnen. Für den Rest Ihres Lebens. Verstanden? Sehen Sie her.«
Er kletterte auf das Podest und trat hinter das Pult. Das Licht der Leselampe traf ihn von schräg unten und seine Armbewegungen ließen Schatten über sein Gesicht gleiten. Er

schaltete einen Overheadprojektor ein und verdeckte mit der verstümmelten Hand die Mitte der quadratischen Lichtfläche. Vier Finger fehlten völlig, vom Daumen war nur noch ein Stummel übrig.
»Sie bilden einen Vierertrupp, der Letzte wird in Kürze zu Ihnen stoßen, er ist bereits über alles informiert.«
Unvermittelt hob er die Hand und entblößte ein Tier mit schmalen Beinen, dicken Scheren und langen Fühlern – eine Krabbe. Ihr Schatten wurde an die Wand projiziert. Sie saß reglos, rührte nur leicht die Fühler. Radd klopfte mit dem Daumenstumpf auf den Panzer, und das Tier machte hurtig ein paar Schritte und hob eine Schere. Dann bedeckte er die Krabbe erneut mit der Hand, ihre Beine stachen links und rechts darunter hervor.
»Haben Sie gesehen? Was ist das Wichtigste? Ich wollte Ihnen zeigen, wie sie sich bewegt. Und wie bewegt sie sich? Sie läuft weder vorwärts noch rückwärts, sondern sie weicht zur Seite aus. Krabben bewegen sich seitwärts, das ist ihre spezielle Taktik, wenn sie fliehen müssen oder angreifen wollen.«
Er lächelte.
»Und genauso sollen Sie es halten. Im Blickfeld des Feindes heißt es, sich weder offensiv noch defensiv zu gebärden, sondern das Unerwartete zu tun und sich seitwärts davonzumachen.«
Er fixierte einen Punkt vor sich auf dem Fußboden und blickte dann erneut zu ihnen hinüber.
»Noch eine Sache: Die Operation wird nachts durchgeführt, das ist unabdingbare Voraussetzung dafür, dass sie wunschgemäß verläuft.«
Er hob die unversehrte Linke und akzentuierte seine Worte mit dem Zeigefinger.
»Also: Erstens: eine Krabbe. Und zweitens: ein Auftrag im Schutz der Dunkelheit. Der Deckname für Ihre Mission ist *Schwarze Krabbe*, das ergibt sich quasi von selbst. Die gleiche Bezeichnung gilt für Ihren Trupp. Ist das klar?«

Edhs Blick hing am Projektor. Die Krabbe bewegte vorsichtig die Beine. Börjesson und Granvik bejahten mit gedämpften Stimmen.

»Ist das klar?«, wiederholte Radd.

»Jawohl, Herr Oberstleutnant!«, sagten sie zu dritt.

Radd blendete das Kartenbild ein und tippte auf ihren Standort.

»Ihr Auftrag: spezielles technisches Material von Tessenøy über das Eis die Küste entlang bis … dort hinunter zu transportieren«, der Zeigestock glitt auf das goldene Gebiet im Süden, »zu einer unserer Verbindungsstellen. Sie liegt auf Gallö, genau hier. Es ist die letzte Zentrale in den Schären, die noch in unserer Hand ist, sieht man mal von denen auf dem Festland ab. Ich muss wohl nicht betonen, dass die Objekte, die Sie überführen werden, von höchster Wichtigkeit sind.«

Er ließ das Licht im Saal anschalten und machte eine Geste über ihre Köpfe hinweg.

»Die Wetterlage ist stabil. Halten Sie sich bereit, in einer der nächsten Nächte fahren Sie los. Ich möchte Ihnen jetzt Ihren vierten Mann vorstellen.«

Als die Neonröhren aufleuchteten, hob Edh die Hand vors Gesicht. Er schloss sekundenlang die Augen, zwinkerte und versuchte zu erkennen, was vor sich ging. Hinten am Eingang unterhielten sich zwei Offiziere. Bei dem einen handelte es sich um den Adjutanten, der andere war weit größer und musste eben erst hereingekommen sein, das Gesicht war aus dieser Perspektive nicht zu sehen.

Radd rief nach ihnen und der hoch gewachsene Mann drehte sich um und kam auf sie zu. Er hatte einen braunen Bart und kräftige Augenbrauen. Sein Blick schweifte durch den Raum. Edh fluchte leise und fühlte, wie sich hinter seiner Stirn ein Nerv zusammenzog. Rasch blickte er zu Börjesson, um zu sehen, wie dieser reagierte.

»Fahnenjunker Nylund ist Ihre Nummer vier. Wie gesagt, er kennt den genauen Ablauf der Operation und wird Ihnen weitere Details erläutern, auch was Ihre Ausrüstung betrifft.«

Nylund stellte sich neben Börjessons Stuhl. Die drei erhoben sich und Radd baute sich vor ihnen auf.

»Schwarze Krabbe, Achtung!«

Edh starrte ins Leere, er musste noch immer blinzeln.

»Wir sehen uns, kurz bevor Sie sich auf den Weg machen. Voraussichtlich morgen Nachmittag.«

Die vier salutierten, machten kehrt und schritten auf die Flügeltür zu.

»Edh!«

Der Adjutant saß hinter einem Schreibtisch an der Längsseite des Saals. Edh trat näher.

»Hier ist etwas für Sie. Ist von Sårneå nachgesandt worden.«

Ohne aufzuschauen streckte er ihm ein Fax hin. Am oberen Rand reihten sich Zifferncodes und Chiffren.

Karl, wir haben mehrfach versucht dich anzurufen, seit wir von dem Unglück gehört haben, aber es ist nicht möglich, nach Sårneå durchzukommen, nicht mal zu den Krankenhäusern. Vater spricht von nichts anderem mehr und ich hab davon genug und …

Edh lief Richtung Ausgang. Radd stand in der Türöffnung, die anderen waren bereits draußen.

»Ich hab von Ihren Leistungen gelesen«, sagte Radd und reichte ihm die Hand. »Sie waren selbst bei den Nordischen Meisterschaften.«

Radds Griff war kräftig, die Haut über den Knöcheln fühlte sich knorpelig an.

Einen Augenblick sah er mit einem abwesenden Lächeln über Edhs Schulter.

»Ich habe ein paar Fragen«, sagte Edh.

»Ja, bitte.«

»Wenn ich unseren Auftrag richtig verstanden habe, sollen wir mit Schlittschuhen über das Eis.«

»Korrekt.«
»Gibt es nicht einen Küstenjägerverband, der ...«
Radd unterbrach ihn.
»Was ich Ihnen jetzt sage, ist geheim.« Er sprach schnell, die Worte jagten einander. »Sie vier waren unter den Besten, die wir abordern konnten. Von den Küstenjägern ist im Prinzip niemand mehr übrig.«
Edh nickte unschlüssig, sein Blick flackerte.
»Die Lage ist kompliziert. Es ist völlig ausgeschlossen, dass einer von Ihnen aus der Sache aussteigt. Das hätte für jeden von Ihnen persönliche Konsequenzen.«
Radd schob das Kinn vor. Edh war sich nicht sicher, wie er Radds Tonfall zu deuten hatte.
»War das alles, was Sie wissen wollten?«, fragte Radd bedächtig.

Edh ging zu den anderen in den Vorraum hinaus. Er suchte die Türen ringsum ab und beschleunigte seine Schritte. Endlich fiel sein Blick auf das Schild.
»Ich dachte, Sie hätten das vorhin schon erledigt?«
Ein Soldat aus Forsbergs Trupp trat vor die Toilettentür und versperrte ihm den Weg.
»Nein, da war nichts zu machen. Ich bin im falschen Raum gelandet.«
Der Soldat schwieg, kontrollierte seine Waffe und folgte Edh hinein.
»Sie müssen entschuldigen. Wir haben Befehl, Sie nicht aus den Augen zu lassen.«
Edh öffnete den Hosenschlitz und entleerte seine Blase. Aus dem Augenwinkel sah er, wie der Soldat aus einem Wasserhahn trank.
»Ist schon okay. Ist doch nicht schlecht, ein bisschen Aufmerksamkeit zu kriegen.«
»Sie scheinen nicht zu begreifen«, gab der andere tonlos zurück. Er rümpfte die Nase. »Wenn Sie glauben, ich komme

hier nur mit herein, um Sie zu beschützen, dann irren Sie sich.«
Edh wusch sich die Hände und warf ihm einen fragenden Blick zu.
»Wenn ich Sie wäre«, versetzte der Soldat, »wäre ich verdammt vorsichtig. Wir haben unsere Befehle. Wenn jemand von Ihnen beispielsweise versuchen sollte, sich aus dem Staub zu machen …«
Er hob seine Waffe. Edh sah ihn an, er wusste nicht, was er sagen sollte. Der Soldat deutete zum Ausgang und senkte seine Stimme zu einem Flüstern.
»Zurück zu den anderen jetzt. Sonst wundern sie sich.«
Hinter ihnen fiel sausend die Tür ins Schloss.

Börjesson und Nylund waren ins Gespräch vertieft, Granvik lehnte an der Wand. Als Edh eintrat, kam er zu ihm herüber.
»Nun wissen wir zumindest Bescheid.«
»Das war ganz schön viel auf einmal«, antwortete Edh.
»Glaubst du das?«, fragte Granvik. »Dass der Auftrag entscheidend sein kann … für das ganze Land. Sagen sie so was nicht immer?«
Eine kurze Pause entstand.
»Ich verstehe sowieso nicht, wie sie grad auf mich gekommen sind.« Granvik kehrte die Handflächen nach oben. »Es ist über ein Jahr her, dass ich Schlittschuhe an den Füßen hatte.«
»Bist du auch auf Freiluftbahnen gelaufen?«, fragte Edh.
»Nein, meistens in der Halle.«
»Also Eishockeyspieler, oder was?«
»Nein, ich war Eiskunstläufer. Unter anderem.«
»*Kunstläufer*? Richtig bei Wettkämpfen? Mit Pirouetten und dergleichen?«
»Sicher. Nachdem ich aufgehört hatte, bin ich nur noch der Kondition halber gefahren, im Winter auf Seen und so.«

»Kunstläufer … Ich frag mich, was Börjesson dazu sagen würde.«
Er bemerkte Granviks Blick.
»Entschuldige, war nicht so gemeint. Ich werd's für mich behalten.«
Er machte eine Kopfbewegung zur Seite.
»Wir sollten rübergehen.«
Börjesson nickte Nylund bestätigend zu, sie schienen sich einig zu sein. Nylund faltete hastig ein Dokument zusammen.
»Offensichtlich giltst du also als geeignet«, Nylund schlug Edh auf die Schulter, »kaum zu glauben.« Er lachte auf. »Wegen der Sache mit dem Zelt bist du doch hoffentlich nicht sauer? War nur ein Scherz, das versteht sich, oder?«
»Schon gut.«
Nylund wandte sich ab.
»Und du, Granviiiiik?«, fragte er und grinste.
Granvik blickte starr auf die Hand, die sich ihm entgegenstreckte.
»Granvik«, sagte er.
»Du kommst von der Ostküste?«
Granvik nickte.
»Ich hab gehört, denen von dort ist nicht zu trauen.«
Granvik sah sie an, einen nach dem anderen.
»Sollte ein Witz sein«, sagte Nylund und brach erneut in Gelächter aus.
Edh blickte zu Börjesson, der zustimmend lachte, und betrachtete dann Nylund und versuchte, ihren Gesichtsausdruck zu deuten.
»Wir haben eine Viertelstunde, dann sollen wir zum Kompaniefeldwebel. Er ist anscheinend noch auf einer Beerdigung.«

Die nächsten Minuten blieb jeder für sich. Edh ging zu einem der Fenster, rollte das Fax auseinander und fuhr mit dem Daumennagel über die Seitenränder, um das Papier zu glätten.

Karl, wir haben mehrfach versucht dich anzurufen, seitdem wir von dem Unglück gehört haben, aber es ist nicht möglich, nach Sårneå durchzukommen, nicht mal zum Krankenhaus. Vater spricht von nichts anderem mehr und ich hab davon genug und da er es nicht schafft, sich selbst hinzusetzen, hat er mich gebeten. Du kannst dich also nicht beschweren, dass ich es bin, die dir schreibt.
Die Zeitung ist voll von Bildern, wir haben nicht mal gewusst, dass es hier in der Umgebung solche Lagerhäuser gibt. Sei so gut und gib uns so schnell wie möglich Bescheid, ob bei dir alles in Ordnung ist, Vater hockt den ganzen Tag vor dem Fernseher und schaut Nachrichten und die sind alles andere als beruhigend, also lass von dir hören.
Wir sind bei Ulla in Ekberg. Die Polizei hat uns nicht länger erlaubt, in unserem Haus zu bleiben, falls es vom Werk erneut Niederschlag gibt. Das ist nur eine Vorsichtsmaßnahme, und die Instandsetzung wird nicht länger als ein paar Monate dauern. Zu unserem Glück liegt Ekberg außerhalb der Verbotszone, und auch wenn Vater anfangs nicht fahren wollte, habe ich darauf bestanden, dass man uns mit dem Bus herbringt, Ulla hatte uns ja schon letzten Monat Unterkunft angeboten. Hier gibt es eine Unmenge Schnee und mehr als ausreichend Platz in der oberen Etage, auch wenn Ulla natürlich zu wenig heizt, und ich Probleme habe und Wärmedecken um den Rücken lege, meine Gelenkschmerzen sind stärker geworden, seit wir von zu Hause weg sind, und ich muss auf eine bestimmte Weise sitzen, damit die Hüften nicht ununterbrochen wehtun.
Dann wollte ich dir noch mitteilen, dass William hier bei uns ist. Ich bin im letzten Jahr regelmäßig bei meinem Arzt gewesen, und auch er ist zu dem Schluss gekommen, dass es das Beste für mich ist, von meinen engsten Freunden unter-

stützt zu werden, darüber gibt es also nichts zu diskutieren. Will hatte zudem momentan keine Bleibe, und auch Vater hatte keine Einwände, als ich den Vorschlag gemacht habe. Es gibt also keinerlei Anlass, dahinter irgendetwas zu vermuten. Darüber hinaus hilft er Vater in den Stuhl hinein und wieder heraus und über all die Schwellen im Haus und allen geht es gut dabei.
Versuche doch, ein Wochenende Urlaub zu nehmen und komm her, Vater sitzt nur noch da und liest, er plant, eine Geschichte von Vereinen und Ähnlichem zu verfassen und ich habe keine Ahnung, wozu das gut sein soll, aber er sagt, dass er die Sache weiterverfolgen will, er hat sich eine Tastatur und einen Computer geliehen, an dem er schreibt. Wie früher will er nicht gern raus an die frische Luft, er sagt, es sei zu kalt und verschlimmere den Ausschlag, aber ich weiß, dass er einfach nicht möchte, dass die Leute ihn so sehen, es ist immer noch das Gleiche, auch wenn ihn hier niemand kennt. Wie dem auch sei, für uns ist es fast besser so, denn es ist nicht gerade leicht, den Stuhl durch den Schnee zu ziehen. Der Grafikerverband hat ihm eine ziemlich hohe Rente bewilligt und das Geld ist natürlich mehr als willkommen, zumal man unter diesen Umständen jetzt keine Kurse abhalten kann.
Wie gesagt, lass von dir hören und uns wissen, ob es dir gut geht.

Mutter

Schreib an folgende Adresse:
c/o Ulla Jacobson, Växelgatan 4, 58585 Ekberg

Edh faltete das Blatt zusammen und schob es zu den anderen Papieren in die Innentasche. Als er sich der Sitzecke näherte, sah Granvik auf.
»Hast du Post von daheim?«

Edh lehnte sich über einen der Sessel. Er wich Granviks Blick aus, seufzte, kreuzte die Arme vor der Brust und schaute aus dem Fenster.
»Der Brief ist von meinen Eltern, ja. Und?«
»Gute oder schlechte Nachrichten?«
Edh ließ die Frage im Raum stehen. Er war versucht, eine grobe Antwort zu geben, verkniff es sich aber im letzten Augenblick. Er holte tief Luft und schloss kurz die Augen.
»Ich weiß nicht recht. Meine Mutter hat geschrieben.«
Granvik nickte.
»Ich hab seit Wochen nichts von meinen Eltern gehört.«
Edh musterte ihn nachdenklich und schaute sich dann suchend um.
»Hast du einen Stift?«
Granvik durchstöberte seine Taschen.
»Nein, glaub nicht.«
»Ich brauche einen Stift. Und Papier.«
»Forsberg hat sicher was.«
Sie sahen sie draußen über den Platz laufen, unvermittelt winkte sie zum Eingang herüber.
»Antreten«, rief Börjesson. »Zum Kompaniefeldwebel.«
»Also später«, sagte Edh und richtete seine Jacke. »Aber ich muss Papier und Stift haben.«

Um deinen Brief zu beantworten: Ich bin noch am Leben, kein Unglücksfall also, nichts zu betrauern, ich war nicht mal mehr in Sårneå, als es passiert ist, und ich denke, du und William und Papa, ihr solltet im nächsten Krankenhaus anrufen und zusammen hinfahren und darum bitten, dass Vater untersucht wird und …

Er schüttelte den Kopf. Sie hatten zu den anderen aufgeschlossen.

Mutter und du, Vater, macht euch keine Sorgen um euren treuen Sohn, er befindet sich sicher und geborgen irgendwo im Land, an einem Ort, der von überwältigender Schönheit ist, und unter netten Kameraden, und spielt den lieben langen Tag Karten und abends …

Die Tür klappte zu, er zog das Halstuch enger und schlug die Ohrenklappen herunter.

In kleinen Trupps überquerten sie den Platz. Die Wand einer Lagerhalle warf das Geräusch der schweren, regelmäßigen Schritte, mit denen sie über den Kies und den dünnen Schnee stapften, als Gewirr abgerissener schneidender Laute zurück. Die Sonne stand hoch, der Himmel war dunkelblau, dünne Wolkenzipfel trieben darüber hin. Eisige Windstöße wehten ihnen entgegen, die den Geruch von Verbranntem mit sich brachten.

Edh und Granvik liefen nebeneinander.

»Mutter hat etwas über ein Unglück in Sårneå geschrieben, von dem sie gelesen haben. Geschwätz natürlich, die offizielle Version. Das in Sårneå war ein Angriff.«

»Ein Brief von zu Hause«, erwiderte Granvik. »Ehrlich, ich würde eine Menge dafür geben, einen zu bekommen.«

»Dann hat sie noch von radioaktivem Niederschlag bei uns in der Gegend berichtet«, sagte Edh. »Sicher auch nur ein Bluff, bestimmt werden auch dort Angriffe erwartet.«

»Meine jüngere Schwester ist bei den Pfadfindern«, sagte Granvik. »Das Ganze ist passiert, kurz bevor ich abgereist bin. Ein Blindgänger. Sie haben in der Nähe von einem See Holz gesammelt, dann gab es einen lauten Knall und eine Wassersäule, durch das Eis hindurch. Sie stand direkt daneben am Ufer und hat Splitter abbekommen. Ich hab nicht mal mehr im Krankenhaus anrufen können, ich musste los,

und ich würde eine Menge dafür geben, zu hören, wie's ihr geht, ich weiß nicht mal, ob sie Vater informiert haben.«
Edh beobachtete einen der Wachsoldaten, der das Zielfernrohr an seinem Gewehr justierte.
»Mein Vater hat einen Virus in der Wirbelsäule, oder etwas in der Art jedenfalls, er ist halb gelähmt, und niemand kann sagen, warum. Er sitzt im Rollstuhl.«
Sie bogen um die Hausecke und liefen auf ein langes flaches Gebäude zu. Das riesige Garagentor reichte bis zum Dach hinauf. Ein bulliger Mann trat in die Türöffnung.
Granvik breitete die Arme aus.
»Ich hab den Adjutanten gefragt, aber angeblich hatte er nichts für mich. Und wie es aussieht, sollen wir morgen los. Stell dir bloß mal vor, ich erfahr bis dahin nichts Neues.«
»Du bekommst gewiss vorher noch Bescheid.«
Edh merkte, dass er geantwortet hatte ohne nachzudenken.
»Glaubst du? Glaubst du wirklich?«
»Mach dir keine Sorgen, die Zeit wird schon reichen. Heut Abend weißt du sicher mehr.«

Forsberg ließ rühren, befahl dem Wachtrupp, draußen zu warten, und winkte den vieren einzutreten. Hinter ihnen sank mit schrillem Quietschen das Tor herab. Sie standen auf Zementboden, etwas seitlich öffnete sich eine Reparaturgrube. An der einen Hallenwand zog sich ein hohes Regalsystem mit kleinen Pappschubladen entlang, an den anderen waren Stahlstangen und Haken angebracht, an denen Kleidungsstücke und leere Bügel hingen.
Der Mann war mittleren Alters, groß und kräftig, seine Haut dunkelbraun. Er trug Latzhose und Vlieshemd, klemmte die Daumen hinter die Hosenträger, stellte sich zurückgelehnt vor sie hin und bedachte sie mit einem durchdringenden Blick.
»Die nennen mich Kompaniefeldwebel.« Er lächelte kaum merklich. »Aber hört nicht drauf. Ich bin Lagerarbeiter,

nichts sonst, Lagerverantwortlicher, wenn ihr so wollt, aber weiter reichen meine Befugnisse nicht.« Er stampfte mit den Holzsohlen auf den Boden. »Verstanden?«

Sie nickten, Börjesson gab ein leises »Ja« von sich.

Der Mann deutete mit ausholender Gebärde auf die Wände. »Das Einzige, was ich verwalte, ist das hier. Ein Haufen Zeug ganz einfach, so genannte Ausrüstungsgegenstände. Ein Teil wird requiriert, ein anderer kommt zurück, in einem Fluss, Tag für Tag, ein ständiges Hin und Her über die Theke. Und ich will euch was sagen.« Er zwinkerte ihnen zu. »Ihr vier sollt es wissen. Es gibt etwas, was man bei dieser Arbeit mehr schätzen lernt als alles andere. Ich bin seit fast zwanzig Jahren hier und ich weiß, wovon ich rede. Woran denke ich wohl? Na?«

»Dass es kein unnötiges Gerenne gibt«, sagte Nylund.

»Nja, falsch. Was meinst du?«

Granvik schluckte.

»Dass niemand was klaut.«

»Das kommt der Sache schon näher, trifft's aber auch nicht. Ihr beiden?«

Edh und Börjesson schüttelten den Kopf. Der Kompaniefeldwebel räusperte sich und spie aus.

»Dass die Sachen heil sind, wenn ich sie zurückbekomme. Klar, ich will sie zurückhaben. Vor allem aber in einem Stück. Fleckig, ölgetränkt, verschmuddelt – von mir aus, das soll mir egal sein, darum kümmert sich die Wäscherei. Aber *in einem Stück*. Habt ihr kapiert? Keine Löcher oder Risse, nicht zerfetzt oder zerlumpt. Ich zeig's euch.«

Er ging zur Theke und nahm aus einer Schublade ein baumwollenes Unterhemd heraus, das auf der Rückseite mehrere runde schwarzumrandete Löcher aufwies.

»Das kam dieser Tage rein. Ihr seht, der Kerl hat sich keine großen Gedanken um seine Ausrüstung gemacht und sich auf sonderbare Art und Weise diese seltsamen kleinen Löcher zugezogen. Wie immer das zugegangen ist, ich kann's nicht begreifen. Ihr etwa? Wie dem auch sei, es ist einfach zu dumm. Wie kann man nur so schludrig sein, zumal wenn man die Klamotten nicht selbst bezahlt hat. Das Hemd ist futsch, ab in den Müll damit. Und der Kerl ist nicht der Einzige. Fast jeden Tag hab ich in letzter Zeit mit solchen Lumpen zu tun.«

Er rückte zu Börjesson vor. »Jeden Tag krieg ich durchlöcherte Kleider zu sehen. Die Leute missachten einfach, was man ihnen anvertraut hat, und lassen ihre Sachen vor die Hunde gehen, Jacken, Uniformhosen, Unterwäsche.« Er näherte sich Edh und starrte ihn aus schmalen Augen an. »Selbst die Helme sind durchsiebt. Kapiert ihr? Unnötig ist der falsche Ausdruck – eine *unerhörte* Verschwendung ist das. Mehr hab ich dazu nicht zu sagen. Man hat sich um seine Ausrüstung zu sorgen, um jedes einzelne Stück, mit dem man ausgestattet wird.« Er stampfte erneut auf. »Kapiert?«

»Jawohl!«

»Besonders ihr vier solltet euch das einschärfen. Bei all der Spezialausrüstung, die ich für euch rangeschafft hab. Ihr habt ja einiges vor euch, immerhin sollt ihr … ja … War ja ein Leichtes, das der Requirierungsliste zu entnehmen. Ich hab mich ganz schön drehen müssen, das könnt ihr mir glauben, wir schöpfen hier draußen nicht grad aus dem Vollen. Und wenn ich euch das Zeug jetzt aushändige, dann habt ihr mir eines zu versprechen: Dass ihr unterwegs Acht drauf gebt! Seid vorsichtig, lasst die Sachen nicht verludern und nichts unnötig zum Teufel gehen, solche kleinen runden Löchlein da will ich nicht sehen. Versprecht ihr mir das?«

»Jawohl!«

Er nickte und machte eine unbestimmte Armbewegung zu einer Metalltür am Hallenende.

»Gut.«

Der Hinterraum war wesentlich kleiner, in der Mitte stand eine breite Werkbank.

»Ich hatte eure Größen«, sagte er, »mehr nicht. Hoffentlich ist alles beisammen, Ersatz haben wir keinen. Wer was bekommt, müsst ihr allerdings unter euch ausmachen, das war bei einigen Sachen schwer zu entscheiden.«
Er lief in die Halle zurück und rief von dort herüber:
»Wenn was ist, ich bin nebenan.«

Edh trat vor einen der Haufen auf dem Tisch: Rucksack, Eishaken, Stiefel. Ein Pendeln schwang durch seinen Kopf, er atmete tief ein, hielt die Luft an, sah auf den Steinboden und wartete, bis sein Puls sich beruhigt hatte. Und die anderen?, die anderen müssen doch auch … wieso sollt's denn nur mir so gehn? Er wartete noch einen Moment, schluckte und sah auf. Die drei wühlten schweigend in den Ausrüstungsgegenständen.
»Die hier muss für mich sein«, sagte Nylund und schwenkte eine Tarnjacke. »So groß seid ihr alle nicht.« Er lachte. »Oder was meinst du, Edh? Du zum Beispiel dürftest ja wohl kaum lang genug dafür sein. Für dich ist sie also jedenfalls nicht, oder?«
»Wenn ich mir den gigantischen Scheißfleck auf der Brust so angucke … du hast Recht, die muss wohl für dich sein.«
Börjesson grinste. Nylund schnob kurz und stimmte dann in das Gelächter ein.
»Jaja, schon gut. Schon gut, Edh.«
Edh strich mit der Handfläche über eine Baumwollgarnitur und lächelte still vor sich hin.
»Es gilt also, die richtigen Klamotten zu wählen, wenn ich recht verstanden hab«, sagte Nylund und krempelte den Anorak um, so dass der weiße Futterstoff sichtbar wurde. »Immerhin hatten wir in den letzten Nächten fünfundzwanzig Grad unter null.
»Ich wusste ja gar nicht, dass du so ein Experte bist, was das Laufen auf Natureis angeht«, sagte Edh und zerrte prüfend an einer Rettungsleine.

»Du musst ziemlich viel gelaufen sein, wenn du dich so gut auskennst.«

Nylund schaute auf und strich sich durch den Bart.

»Wovon redest du da eigentlich, verdammt noch mal?«

»Ich hab mich nur gefragt … ob du gut genug läufst. Ich hab einfach keine Lust, mit jemandem da draußen zu sein, der keine Erfahrung hat. So was kann ganz schön riskant sein. Wenn man ständig auf jemanden warten muss zum Beispiel – das kann die Sicherheit der gesamten Gruppe gefährden.«

Nylund sah von einem zum andern.

»Verflucht, Edh«, sagte Börjesson und wandte den Kopf zu Nylund.

»Das ist nun mal wichtig. Oder etwa nicht?« Edh fixierte Granvik. »Wir müssen als Läufer in der gleichen Liga spielen, wie willst du sonst die Gruppe zusammenhalten?«

Erneut kam von Nylund ein Schnauben.

»Denkst du, es war Zufall, dass Radd mich ausgewählt hat?«

»Scheint so. Du bist der Ersatzmann.«

Nylund wechselte einen Blick mit Börjesson.

»Was soll das heißen?«

»Der Vierte hat es nicht bis nach Tessenøy geschafft, irgendwas ist schief gegangen unterwegs. Und du hast ihn ersetzt.«

»Es stand nie in Frage, dass Nylund der vierte Mann ist«, sagte Börjesson.

Edh ließ ihn nicht aus den Augen.

»Ach ja?«

Schweigend starrten sie sich an. Ein Wort genügt, sag es, sag das Wort, und er weiß, dass ich weiß, dass er lügt, komm schon, sag es.

»Forsberg«, sagte er.

Unter Edhs Blick wurde Börjesson unsicher.

»Es spielt keine Rolle, was du glaubst oder nicht glaubst, Edh«, sagte Nylund. »Ich war von Anfang an als vierter Mann eingeteilt, völlig nach Plan. Und jetzt halt dich zurück.«

»Ich hab nur eine begründete Frage gestellt. Seit wann ist das ein Problem? Und abgesehen davon bin ich der Meinung, dass niemand von uns hier drinnen das Recht hat, irgendetwas vor den anderen zu verheimlichen. Schon gar nicht, wenn er der Ersatzmann ist.«
»Es *gibt* hier drinnen keinen Ersatzmann«, sagte Nylund.
»Ich versteh dich ja, ist sicher nicht leicht, damit zu leben. Dass man nicht von Anfang an eingeteilt war.«
Börjesson lief zu Edh und zog ihn in die Halle hinüber. Sie stellten sich hinter einen hohen Rollkleiderständer.
»Verdammt noch mal«, flüsterte er, »worauf willst du hinaus?«
Edh seufzte und blickte zum Kompaniefeldwebel, der an seinem Schreibtisch saß und arbeitete.
»Wie gesagt, ich will lediglich wissen, ob wir uns als Läufer miteinander messen können.«
»Das ist nicht deine Aufgabe. Nicht du führst hier Befehl.«
»Was hat das damit zu tun?«
Börjesson legte ihm die Hand auf die Schulter, holte tief Luft und presste kurz die Lippen zusammen.
»Einer muss für den andern einstehen, das begreifst du doch, oder? Wir können nicht ständig streiten. Also beruhig dich. Nylund ist, wie er ist, das weiß ich, und auch du hast dich damit abzufinden. Versuch es – und er muss dir auf halbem Weg entgegenkommen. Ich werd später mit ihm reden.«
Edh spürte, wie sich in seinem Kopf erneut das Pendel in Bewegung setzte. Behutsam schöpfte er Luft, rieb sich die Augenbrauen und nickte.
»Okay«, er senkte die Lider, besann sich und sah Börjesson dann offen an. »Ich werd mich zurückhalten.«

»Da steht mein Name drauf«, sagte Granvik.
Als sie eintraten, hob Nylund ein paar Schlittschuhe hoch und prüfte mit dem Fingernagel die Schärfe der Kufen.

»Meine Füße sind ein ganzes Stück länger als deine. Was hast du für eine Größe? Siebenunddreißig? Ab in die Damenabteilung!«
»Bei der Art Schlittschuhe spielt die Schuhgröße keine Rolle«, sagte Granvik.
»Du hast leicht reden. Mit Größe siebenunddreißig.«
»Erstens habe ich einundvierzig und zweitens spielt das, wie gesagt, keine Rolle, sie passen an alle Stiefel.«
Nylund hielt ihm ein anderes Paar hin.
»Da, nimm meine.«
Granvik wandte sich ab. Er schluckte. Edhs Blick blieb stur auf die Werkbank gerichtet. Er nahm das Oberteil eines dunkelgrünen Schutzanzugs in die Hand, prüfte die Armlänge, breitete es auf dem Tisch aus und kontrollierte, ob der Kragen weit genug war. Granvik gab sich nicht geschlagen. Er insistierte erneut, Nylund antwortete knapp, Granvik parierte. So ging es eine Weile hin und her. Edhs Wangenmuskeln spielten, er versuchte, sich auf die Ausrüstung zu konzentrieren.
»Worüber palavert ihr eigentlich?«, fragte Börjesson.
»Granviiiiik hat Mädchenfüße«, sagte Nylund, »aber er will es einfach nicht akzeptieren.«
Granvik räusperte sich.
»Seine Schlittschuhe sind nicht gut geschliffen und da hat er sich meine genommen.«
»Wer zuerst kommt, mahlt zuerst«, sagte Nylund.
»Aber mein Name steht drauf.«
»Falsch. Hier steht Granvik – und nicht Granviiiiik.«
Börjesson klaubte hektisch Knüllpapier aus seinen Stiefeln. Es wurde still. Nylund kehrte Granvik abrupt den Rücken zu.
»Zum Teufel, ich denke, du solltest ihm seine Schlittschuhe zurückgeben«, sagte Edh.
Seine Augenlider flatterten, es dauerte einen Moment, bis sich sein Mund wieder schloss. Nylund tat nicht dergleichen. Börjessons Blick ging von einem zum andern.

»Ich denk das eigentlich auch«, sagte er. »Du solltest sie ihm zurückgeben.«
Nylund lächelte breit, seine Wangen waren von Falten zerfurcht.
»Okay, wir losen es aus. Das ist fair.«
Er fingerte ein größeres Geldstück aus der Tasche und warf es Börjesson zu.
»Zahl«, sagte er.
Börjesson rieb die Münze in Magenhöhe über die Uniformjacke.
»Nimmst du Kopf?« Nylund sah Granvik an.
»Ich versteh nicht ganz«, sagte Edh. »Du hast doch ein eigenes Paar, warum solltest du dir das von jemand anderem unter den Nagel reißen können?«
Börjesson hüstelte.
»Für so was haben wir keine Zeit. Also losen wir. Er hat ja gesagt, das mit den Sachen sollen wir unter uns ausmachen.«
Schnurrend stieg die Münze zum Dach hoch und sauste dann zurück. Börjesson fing sie und schlug sie sich klatschend auf den Handrücken.
»Zahl?«, sagte Nylund mit fragendem Blick. »Gut. Dann gehören sie mir.«
Er klopfte mit den Knöcheln gegen die Stahlschienen. Granvik holte sich Nylunds Schlittschuhe. Er fluchte vor sich hin, nicht laut, aber doch so, dass alle es hören konnten.
»Nimm's nicht so schwer, Granvik«, sagte Nylund. »Bestimmt kannst du sie schleifen lassen. Frag den Kompaniefeldwebel, der kennt sicher jemanden, der das für dich erledigt.«
»Das hättest du genauso gut machen können«, sagte Edh.
Börjesson stöhnte auf.
»Ich dachte, das hätten wir hinter uns.«
»Ich wusste nicht, dass du so ein Streithammel bist«, sagte Nylund.

»Und ich wusste nicht, dass du so ein Amateur bist, was Schlittschuhe angeht.« Edh wirkte gelassen.

Sie starrten einander quer durch den Raum an. Nylund leckte sich die Lippen und lehnte sich gegen die Tischplatte.

»Und du, du bist ein Vollprofi, was«, sagte er. »Der beste Schlittschuhläufer der ganzen Armee. Ich hab deine Akte gelesen, die Zeitungsausschnitte und so weiter. Klar, du warst eins der vielversprechendsten Talente im ganzen Land – bis vor drei Jahren zumindest, dann hast du plötzlich aufgehört. Einer der Besten des Jahrgangs und gibt mitten in seiner ersten Landesmeisterschaft einfach auf. Direkt vor dem Finale hinzuschmeißen … Obwohl alle dachten, du würdest gewinnen …«

Edh senkte den Blick, formte an einem Satz, unterbrach sich – über seine Lippen kam ein kurzer unverständlicher Laut. Er hustete und setzte von Neuem an.

»Da hast du … was missverstanden.«

»Ach ja? Dann steht also was Falsches in den Akten? Dort heißt es, dass du an den Tagen zuvor eine ganze Reihe Rennen gewonnen hattest und alles bestens stand, selbst beim Aufwärmen noch. In, wie hieß es doch gleich … Tingsvallen?«

»Ja, aber …«

»Und warum bist du dann das Rennen nicht gelaufen?«

»Weil …«

»Weil?«

Weil er dort aufgetaucht ist, dachte Edh gehetzt, *er*. Saß auf einmal auf der Tribüne, im Rollstuhl. War gekommen, ohne dass ich es gewusst hatte.

»Das tut hier nichts zur Sache«, sagte Edh. »Was ich sage, ist: Ja, ich denke, dass ich besser laufe als die meisten. Du wirst ja sehen morgen.«

»Das ist keine Antwort auf meine Frage: Warum hast du aufgehört, wenn du der Wunderknabe der Eislaufwelt warst?«

Edh ließ die Zungenspitze über die Innenseite der Vorderzähne gleiten.

»Viel wichtiger ist doch die Frage nach *deinen* Fähigkeiten. Ich bin jahrelang Wettkämpfe gelaufen, Granvik übrigens auch. Und was ist mit dir? Was qualifiziert dich eigentlich für unseren Auftrag? Hast du überhaupt Ahnung von Eis?«
Nylund fluchte und blickte zur Seite.
»Was uns erwartet, ist ja nun alles andere als eine gepflegte Eisbahn«, sagte Börjesson. »Und davon mal abgesehen: Für so einen Auftrag wird nicht einfach irgendjemand X-Beliebiges ausgewählt. Oder willst du Radds Urteilsvermögen infrage stellen?«
»Bist du sein Kindermädchen, Börjesson? Er wird ja wohl für sich selbst sprechen können.«
Sie sahen Nylund an.
»Ich versteh nicht ganz, wieso ich mich rechtfertigen muss. Ich bin in die Gruppe beordert, man hat mir Vertrauen geschenkt. Reicht das nicht?«
»Mein Vertrauen hast du erst, wenn ich dich laufen gesehen hab«, sagte Edh.
»Seit wann hast du hier das Kommando?«
»Ich kommandiere nicht, ich versuche lediglich, auf dem Boden der Tatsachen zu bleiben.«
»Dann wart's ab.«
»Soll ich warten, bis offenkundig ist, dass die gesamte Operation wegen eines Amateurs zum Teufel geht?«
»Ich warne dich, Edh.«
»Von mir aus – ich warne lieber die anderen: vor einem Ersatzmann mit gestohlenen Schlittschuhen.«
Nylund sprang in langen Sätzen auf Edh zu und riss mit einem Schrei die Arme hoch. Börjesson warf sich dazwischen und zerrte ihn zurück. Nylund hörte nicht auf zu schreien, drüben in der Halle fiel knallend eine Tür ins Schloss.
»Du verdammter …«
Börjesson hielt Nylunds Schultern mit eisernem Griff umklammert, Edh hatte die Hände zu Fäusten geballt. Ein

lautes Kommando war zu hören und dann die Stimme des Kompaniefeldwebels:
»Jawohl, Herr Oberstleutnant!«
Börjesson wünschte sie leise zur Hölle, Nylund erstarrte mitten in der Bewegung und lief zackig in seine Ecke zurück.
In der Türöffnung stand Radd.
»Und, kommen Sie voran?«
Nylund räusperte sich, Edh sah zu Boden und salutierte. Sein Atem ging schnell.
»Wir sind gerade dabei, die Ausrüstung zu überprüfen«, sagte Börjesson.
Radd ließ einige Sekunden verstreichen und sah die anderen drei der Reihe nach an.
»Und Sie?«
»Edh hat Probleme mit der Ausrüstung«, sagte Nylund. »Er hält sie für unzulänglich. Und lässt es an uns aus.«
»Das stimmt nicht«, sagte Edh, »Nylund …«
»Das reicht«, unterbrach Radd.
Niemand rührte sich.
»Für so was ist keine Zeit«, sagte er. »Hören Sie zu. Sorgfältig zu. Es gibt neue Befehle.«
»Achtung!«, befahl er laut.
Die vier nahmen Haltung an. Knallend schlugen ihre Absätze zusammen. »Völlig neue Befehle«, sagte Radd. Er schloss die Tür. »Die Meteorologen glauben, dass sich die Wetterlage ändern wird. Uns bleibt nur noch wenig Zeit. Die Operation kann nicht durchgeführt werden. Will heißen: nicht morgen. Stattdessen«, er nickte ihnen zu und reckte den Kopf vor, »sollen Sie schon heute los. Bei Einbruch der Dunkelheit.«
Er umrundete den Tisch.
»Es ist jetzt genau zwölf Uhr einundzwanzig. Kurz nach halb vier geht die Sonne unter, dann müssen Sie abmarschbereit sein. Noch drei Stunden also.« Sie standen reglos. »In Kürze gibt es für Sie in der Messe nebenan Mittag. Danach treffen

wir uns hinten am Roten Tor im Berg für letzte Instruktionen. In voller Montur. Verstanden?«

Er wandte sich zu Edh und streckte die verstümmelte Hand aus.

»Und Sie, Edh … Sie will ich unter vier Augen sprechen, ehe Sie fahren.«

Er ging hinaus und gab auf dem Weg durch die Halle dem Kompaniefeldwebel Anweisungen. Börjesson und Granvik begannen hastig ihre Rucksäcke zu packen, Nylund hielt lächelnd die Schlittschuhe vor sich hin. Edh stieß ein deutlich vernehmbares Schnauben aus.

»Heute schon«, sagte Granvik leise zu Börjesson, »darauf war ich nicht vorbereitet.«

»Wer *verflucht* war das schon«, sagte Börjesson.

Ungestüm rafften sie ihre Sachen zusammen. Edh faltete den Schutzanzug zu einem Bündel und stopfte ihn in die Seitentasche. Ihm war heiß, er fühlte sich beobachtet und sah hoch zum Dach. Die Neonröhre schien mit einem Mal viel dichter über ihren Köpfen zu hängen. In seinen Eingeweiden zuckte ein Schmerz auf. Er stützte sich mit einer Hand am Tisch ab und packte weiter. Er hatte das Bedürfnis, laut zu schreien.

Sie nahmen die Eisstäbe in die Hand und liefen hinüber in die Halle. Der Kompaniefeldwebel schlotterte, er nickte ihnen zu.

Edh trat vor ihn hin.

»Hast du Papier und Stift für mich?«

Der Mann ließ den Blick über die Bänke hinter sich schweifen. Vom Eingang her rief jemand:

»Tut mir leid. Ohne Radds Erlaubnis darf hier keiner was schreiben.«

Einer der Wachsoldaten hatte ein Bein über die Schwelle gesetzt.

»Nicht mal das? In unserer Lage?«, sagte Edh und versuchte zu lächeln.

Der Kompaniefeldwebel hob die Augenbrauen und reichte ihm die Hand.
»Viel Glück jedenfalls.«
Edh schlug ein.
»Danke.«
Er spürte, wie etwas gegen seine Handfläche gedrückt wurde, ein schmaler harter Gegenstand von ein paar Zentimetern Länge, dessen eines Ende in einer scharfen Spitze mündete. Auch ohne nachzusehen war er sich sicher. Das Ding war aus Holz, die Spitze aus Kohle oder Blei. Er umschloss es mit den Fingern und suchte den Blick des Kompaniefeldwebels, aber der schaute an ihm vorbei und lief zur Tür, wo die anderen warteten.
Radd war verschwunden.
»Denkt dran«, sagte er, »was ich euch gesagt habe. Keine Lumpen. Keine kaputten Sachen!«

Edh setzte sich als Erster. Es gab ein dünnes Steak mit Kräuterbutter, frittierte Kartoffelecken und Tomatensalat.
»Großer Gott, was für ein Mahl«, rief Börjesson.
Auf jedem Tablett stand ein durchsichtiger Plastikbecher mit einer ovalen roten Tablette.
»Was ist das?«, rief Börjesson Richtung Küche.
Der Koch beugte sich durch die Luke.
»Die Pille? Vitamine, eine Extraration. Für Zapfen und Stäbchen, du weißt schon.«

Edh sah zum Fenster hinaus, kaute und ließ die anderen reden.
»Wir sollten die Route auswendig lernen, jeder von uns«, sagte Börjesson leise. »Soviel ich gehört hab, bekommen wir speziell präparierte Seekarten. Fluoreszierend oder wie es heißt.«

»Und die alternativen Routen auch«, sagte Nylund. »Für die paar Stunden, die wir noch haben, gibt's eine ganze Menge zu lernen. Außerdem müssen wir ...«

Edh fuhr mit der Hand über die Hosentasche. Der Stiftstummel war noch da. Die anderen redeten und redeten. Er tat, als wolle er sich kratzen, strich sich über die Jacke und ertastete durch den Stoff hindurch den Brief. Vorsichtig steckte er die Hand in die Tasche und schob den Stift zurecht. Er wollte vermeiden, dass sich die Spitze in einer Naht verfing.

»... Hörst du überhaupt zu, Edh?«, fragte Börjesson.

»Ja, klar.«

»Wir haben einiges zu bereden.« Börjesson wies Richtung Meer. »Nylund und ich sind schon eine Weile hier – ihr beiden hingegen kommt von außerhalb.«

»Aber du kennst die Schären hier draußen doch, Edh, oder?«, fragte Nylund.

Edh zerdrückte die letzten Kartoffelstückchen zu Brei.

»Die im Süden zumindest, ja.«

Börjesson breitete eine Seekarte vor ihnen aus und erklärte den Maßstab. Edhs Aufmerksamkeit ließ nach. Stimmen neben ihm, Finger, die Routen zwischen den Inseln abfuhren. Er betrachtete einen Moment nachdenklich den Plastikbecher und führte ihn dann zum Mund.

Die anderen waren bereits bei der Nachspeise. Langsam tunkte er den Löffel in den Schokoladenpudding.

Die braune Masse war lauwarm und schmeckte nach nichts.

Sie wurden in einen Raum im Inneren des Berges geleitet, gingen durch eine Reihe von Türen und stiegen eine eiserne Wendeltreppe hinab. Die Luft war kühl, ihr Atem vermengte sich zu kleinen weißen Wolken, die sacht zerstäubten, sobald sie eine der grellen Lampen an der braunschwarzen Felswand passierten.

Nach einigen Minuten betraten sie einen niedrigen, gut geheizten Saal. Radd ließ sie an einem runden Konferenztisch Platz nehmen.
»Gehen wir das Ganze noch einmal von vorn bis hinten durch«, sagte er und las einen Augenblick schweigend in seinen Papieren. »Eigentlich ist die Sache einfach. Der Auftrag lautet, dass jeder von Ihnen einen von denen hier an einen bestimmten Ort transportiert.« Er gab einen flachen, fünfzig Zentimeter langen Behälter mit schwarzen Nylonriemen herum.
»Wir nennen das Ding Doppelkapsel. Oder Doppeltubenkapsel. Sieht nach nichts Besonderem aus, und das ist es auch nicht. Solange sie leer ist zumindest. Wenn wir sie erst mal gefüllt haben ... Die Kapseln sind relativ leicht, wie Sie merken. Man trägt sie unter dem Rucksack, voll wiegen sie ungefähr fünf Kilo. Sie sind luft- und wasserdicht und mit einem digitalen Schloss versehen, aber das muss Sie nicht interessieren, denn das sollten Sie ohnehin nicht anrühren. Mit einer Ausnahme: Wenn Gefahr besteht, dass die Kapsel in die Hände des Feindes fällt, haben Sie den Inhalt sofort zu vernichten. Dazu braucht es nur wenige Handgriffe – wir zeigen sie Ihnen. Falls Sie nicht rechtzeitig ans Ziel gelangen, zerstört sich der Inhalt von selbst.«
Er ging zu einer Tafel, nahm einen Stift und schrieb *13.40.*
»Ihr Ziel hat sich geändert, Sie müssen ein Stück weiter nach Süden. Das hat seine Gründe, ohne dass ich jetzt ins Detail gehen kann.« Er warf ihnen einen wachsamen Blick zu. »Ihr Zielort heißt von jetzt an Ödö, wo sich einer unserer zentralen Stützpunkte befindet, wie Sie vielleicht wissen. Bedauerlicherweise kann man das gar nicht oft genug betonen, denn es kursieren Gerüchte, dass Ödö nicht mehr in unserer Hand sei. Also noch einmal: Noch immer sind wir es, die Ödö kontrollieren. Verstanden?«
»Ja.«

Edh sah, wie Nylund und Börjesson einander anschauten.
»Ferner die Wetterlage«, sagte Radd. »Stabil, leicht bewölkt, etwa minus zwanzig Grad. Wind sechs bis sieben Meter aus Nordost – Nordnordost. Also im Prinzip Rückenwind.«
»Eine Frage, Herr Oberstleutnant.«
Börjesson hob den Arm.
»Ich nehme an, dass wir mit Tessenøy in Funkverbindung stehen werden?«
»Jeder von Ihnen bekommt ein Funkgerät, das versteht sich von selbst. Aber Sie dürfen es nur im Notfall benutzen, prägen Sie sich das ein, nur im äußersten Notfall, das Risiko ist einfach zu hoch. Den Code erfahren Sie erst kurz vor der Abfahrt.«
»Noch etwas.« Radd holte seine Brille hervor. »Weder GSC noch DLM dürften funktionieren. Wir verzeichnen immer wieder gravierende Störungen, den Daten ist nicht zu trauen. Sie müssen sich also auf Karte und Kompass verlassen.«

»Eine andere wichtige Sache: die Parole. Die Parole für Ihre Mission.« Radd senkte die Stimme. »*Offene Augen.* Wiederholen Sie bitte leise: *Offene Augen.*«

Er wies zur Tafel.
»Wir haben es jetzt dreizehn Uhr … sechsundvierzig. Den Nachmittag über halten Sie sich hier im Berg auf, Ihnen fehlt noch einiges an Ausrüstung. Fünfzehn Uhr dreißig werden Sie zum Ausgangspunkt am Meer gebracht. Und bis«, er zögerte und ergänzte eine Angabe auf der Tafel, »bis acht Uhr dreißig morgen früh müssen Sie an der Bake auf Ödö sein. Acht Uhr dreißig, dann geht die Sonne auf. Sie haben also exakt siebzehn Stunden Zeit.«
Er winkte vom anderen Ende des Raums einen Offizier heran.

»Johansson wird jedem von Ihnen noch ein paar Spezialinformationen geben.« Er wandte sich ab, verstaute die Papiere in der Uniformjacke und sagte:
»Allen außer Ihnen, Edh. Mit Ihnen möchte ich, wie gesagt, unter vier Augen sprechen.«
Sein Blick ging ins Leere.

Radd thronte in einem hohen Ledersessel hinter einem wuchtigen Schreibtisch. Das Zimmer war klein, die Wände außer einigen von Ordnern überquellenden Regalen kahl.
Edh saß Radd auf einem Bürostuhl gegenüber. Er hatte die Hände in den Schoß gelegt, sein Blick war auf den Fuß der Schreibtischlampe gerichtet. Radd warf ihm eine kleine viereckige Pappschachtel zu.
»Bonbons? Hustenbonbons?«
Edh klaubte eins heraus. Das Bonbon war rosa.
»Heute Morgen«, begann Radd und schlug die Beine übereinander, »betreten Sie einfach so die Offizierstoilette. Sie haben nicht den Eindruck gemacht, als hätten Sie sich viel dabei gedacht. Und später bekomme ich zu hören, dass Sie und Nylund … ja.« Er stockte und schraubte an der Kontrollvorrichtung eines Lüftungsventils herum. »Lassen Sie es mich so sagen. Ich habe lange über eine bestimmte Frage nachgedacht. Sie ist vielleicht nicht besonders konkret, die Frage, und sicherlich ist sie auch nicht leicht zu beantworten. Aber ich werde sie Ihnen trotzdem stellen.« Er straffte sich, ein Lächeln huschte über sein Gesicht. »Also, ich hab überlegt – dieser Edh. Karl war Ihr Vorname, oder? Dieser Karl Edh also. Was ist das eigentlich für ein Typ? Wie tickt er, wie analysiert er Dinge, welche Prioritäten setzt er? Ich seh schon, was Sie jetzt denken. Das ist mehr als nur eine Frage.«
Er griff nach der Bonbonschachtel und rasselte damit.

»Also versuchen wir es noch einmal. Die Frage, die mich eigentlich umtreibt, ist alles andere als abstrakt. Sie ergibt sich quasi zwangsläufig aus dem bisher Gesagten. Und sie lautet: War die Entscheidung richtig?«
Er schwieg einen Moment und legte den Kopf zur Seite.
»Mit anderen Worten: Sind Sie für diesen Auftrag der richtige Mann?«
Er sah Edh in die Augen, hielt seinen Blick fest.
»Und jetzt gebe ich sie weiter. Sind Sie das. Der Richtige?«
Edh schaute an Radd vorbei und öffnete den Mund. Sein Blick fuhr über den Boden, er wollte antworten, zögerte.
»Sie wissen nicht, was Sie antworten sollen«, sagte Radd. »Das macht nichts. Sie müssen es nicht wissen. Noch nicht. Wissen Sie, Karl, ich werde Ihnen eine Geschichte erzählen.«
Er zog eine Schreibtischschublade auf, nahm ein silbergerahmtes Foto heraus und schob es Edh hin.
»Raten Sie, wer das ist.«
Die Fotografie war verblichen und zeigte einen braunhaarigen Jungen von ungefähr zwölf Jahren. Er lächelte breit, zwischen den Vorderzähnen klaffte eine Lücke. Auf seinem T-Shirt prangte in Brusthöhe ein kleiner rotpolierter Knopf: *Navigare*.
»Also«, unterbrach Radd nach ein paar Sekunden das Schweigen, »raten Sie.«
Edh betrachtete das Foto noch einmal genau und legte den Rahmen dann auf den Tisch.
»Ihr Sohn vielleicht.«
»Richtig. Mein Sohn. George. Er ist fünfundzwanzig jetzt, dass die Aufnahme gemacht wurde, ist mittlerweile einige Jahre her.« Er sprach langsam und deutete unablässig auf die Fotografie. »Und nun hören Sie zu. Als er etwa zwei Jahre älter war als auf dem Bild, haben wir zusammen Urlaub gemacht, nur er und ich. Wir waren in einem Badeort am Mittelmeer, ich hab vergessen, wie er hieß. Es war sehr heiß und es gab eine Menge Dinge, die George ausprobieren

wollte. Von einem Hügel neben dem Strandhotel konnte man über dem Meer Gleitschirm fliegen. Man flog nur ein kurzes Stück und auch nicht besonders hoch. Oder heißt es Segelfliegen? Man befestigt mit einem Gestell eine Art Flügel über dem Rücken und wirft sich hinaus. Drachenfliegen vielleicht? Jedenfalls wollte George es versuchen. Es sah einfach aus, wie die anderen durch die Luft schwebten, und es war billig und alle hatten Schwimmwesten an. Ich ging mit ihm hinauf. Es dauerte nicht lange, dann war er dran. Er zog sich die Segelflügel über, oder wie immer die Dinger auch heißen. Von den Tragflächen hingen dünne Leinen herab und ein paar dickere Seile, die zwei Anker. Der Mann, der das Ganze beaufsichtigte, bat mich, eins der Ankerseile zu halten, bis der richtige Zeitpunkt heran sei. Es ist wichtig, dass es ausreichend Wind gibt, wenn man sich hinauswirft.«

Radd wählte seine Worte sorgfältig, es klang, als würde er von einem Fremden sprechen. Er ließ Edh nicht aus den Augen.

»Dann kam ein Windstoß. Der andere ließ das Ankerseil los und rief mir zu, ich solle das Gleiche tun. Als ich es versuchte, merkte ich, dass es sich um meine Hand gewickelt hatte. George hob ab und ich wurde Richtung Abhang gezerrt. Lass los, schrien sie. Aber ich kriegte die Schlinge nicht von der Hand runter. Es war ein mit Tauwerk umwickeltes Stahlseil. Die Fäden des Stahls hatten angefangen zu reißen, das Tau zerspleißt und eine Schlinge gebildet, die sich von selbst enger zog. Georg hing noch immer oben in der Luft, allerdings quer und schief. Dann kam erneut eine Bö, es gab einen kräftigen Ruck und George war plötzlich frei. Die Schlinge hatte sich gelöst. Meine Hand fühlte sich komisch an und ich sah hin. Sie war über und über rot und es fehlten vier Finger. Ich blickte zu George und dem Segel, das unvermittelt nach unten stürzte, das Ankerseil war wie ein Gummi zu ihm hochgeschnellt und hatte sich um ihn

zusammengewickelt. Er fiel wenige Meter vom Sprungplatz entfernt hart in den Sand. Der Wind warf das Segel hin und her, und George wurde hochgerissen und knallte dann auf den Boden, wieder und wieder. Alle rannten zu ihm hin. Und Sekunden später sah ich meine Finger. Es klingt unglaublich, aber es war etwas Rotes in der Schlinge, die da unten vorbeihuschte. Für einen Moment sah ich meine Finger wieder. Dann schlug das Segel ein letztes Mal über und begrub Georg unter sich.«
Edh starrte ihn an, er versuchte, so leise zu atmen wie nur irgend möglich. Radd hielt den Rahmen hoch.
»Ich habe die alte Fotografie drin gelassen. Irgendwann nach ein paar Jahren ging es ihm besser. Aber es wurde nie wieder wie früher. Irgendwas hat einen dauerhaften Knacks abbekommen. Nicht, was Sie vielleicht denken. Er kann laufen und reden und auf sich selbst aufpassen und so weiter. Aber er kann nicht, wie soll ich sagen … arbeiten. Er kann zum Beispiel nicht in der Armee dienen. Niemand kann genau sagen, was es ist. Es hat mit seinem Gedächtnis zu tun. Es funktioniert nicht mehr, wie es sollte.« Radd legte das Foto zurück in die Schublade und schob sie zu. »Aber diese Aufnahme ist *vorher* gemacht worden.«
Er betrachtete Edh schweigend.
»Und was mich betrifft«, sagte er schließlich. »Die Leute gaffen und wundern sich, auch wenn sie mich nicht direkt fragen. So ist es. Ich habe mich daran gewöhnt, Erklärungen abzugeben. Erklärungen zu meinen Fingern.«
Er legte die verkrüppelte Hand auf den Tisch.
»Hätten sie die Finger nicht wieder annähen können, denken die Leute. Und wundern sich. Ich habe die Erfahrung gemacht, dass fast alle das Gleiche denken. Nur wenige haben den Mut zu fragen. Aber alle machen sich ihre Gedanken.«
In der Höhe der Knöchel lief eine wulstige gelbweiße Narbe über die Hand, die Wunde musste damals schlecht geheilt sein. Dunkelviolett schimmerten dicke Adern durch die Haut.

»Mindestens dreißig Mann waren bei der Suche nach den Fingern dabei. Sie wühlten im Sand herum, während wir auf die Krankenwagen warteten. Ein Krankenwagen für Georg, einer für mich. Aber die Finger waren am Strand verschwunden, begraben irgendwo im Sand. Und dann war es zu spät, um noch etwas zu unternehmen.«
Er zog die Hand zurück.
»Ich war Hauptmann damals. Ich musste lernen, mit links zu schießen. Sonst hätte ich meine Beförderungen nicht akzeptieren können.«
Er schlug leicht auf die Tischplatte, einmal und noch einmal.
»Die Hand ist hypersensibel geworden, ich muss vorsichtig sein. Das zum Beispiel, das würden Sie kaum spüren, für mich hingegen …«
Er schlug härter zu, ohne seine Schmerzen zu zeigen.
»Die Nerven reagieren viel stärker als normal. Überempfindliche Partien der Haut, leicht reizbar – und die Impulse werden weitergeleitet und auf dem Weg durch Arm und Schulter vervielfacht.«
Er stand auf, lehnte sich gegen die Wand und kreuzte die Arme vor dem Bauch.
»Wir haben nicht mehr viel Zeit. Bis jetzt habe ich erzählt. Nun sind Sie dran. Versuchen Sie, meine Frage zu beantworten. Können Sie sich daran erinnern?«
»Ja«, sagte Edh. Sein Blick flackerte. »Und ich …«
Er merkte, dass seine Stimme zitterte, und atmete tief durch.
»Ja«, sagte er lauter, »ich glaube, dass ich den Auftrag erfüllen kann. Besser, ich weiß, dass ich ihn erfüllen kann, zumindest nach dem zu urteilen, was ich bis jetzt darüber gehört habe.«
»Danach habe ich nicht gefragt. Die Frage lautete: Sind Sie der richtige Mann.«
Edh sah Radd in den Augen. Radd verzog keine Miene.
»Ich verstehe nicht ganz.«
Radd lehnte sich an einen Beistelltisch.

»Wenn ich es so formulieren würde: Für mich steht die Antwort fest.«
Nach kurzem Zögern sagte Edh:
»Sie denken also, dass ich der Richtige bin.«
Radd lächelte, wurde jedoch sofort wieder ernst.
»Schwarze Krabbe ist äußerst riskant.«
Edh nickte.
»Aber Sie denken, dass ich es schaffen werde? Dass wir es schaffen werden?«
»Ich führe nie eine Operation durch, von der ich nicht glaube, dass sie zu irgendeinem Ergebnis führen könnte. Und wie gesagt, das ist alles andere als ein normaler Auftrag.«
»Sie denken also, dass wir es schaffen werden.«
»Habe ich diese Frage nicht gerade beantwortet?«
Radd richtete sich auf, sein Gesicht war ausdruckslos. Irgendwo tickte leise eine Uhr.
Edh rang nach Luft.
»Darf ich Sie um einen Gefallen bitten?«
Es verstrichen einige Sekunden, dann nickte Radd.
»Wenn Sie das auch den anderen sagen könnten«, Edh deutete mit dem Kopf Richtung Korridor, »das, was Sie mir jetzt erzählt haben. Damit die anderen es auch wissen.«
»Was meinen Sie?«
Edhs Blick fuhr zur Tür, um zu sehen, ob sie noch immer geschlossen war.
»Es wäre vielleicht gut. Wenn auch sie wüssten, dass …«
Radd runzelte die Stirn. Er blähte die Nasenlöcher, spannte die Lippen und sagte mit sanfter Stimme und einem milden Lächeln:
»Sitzen Sie immer in Gegenwart Ihres Vorgesetzten?«
Edh sprang auf.
»Ich bitte um Verzeihung.«
»Und Sie sollen mich mit Oberstleutnant anreden.«
Er klang gelassen.

»Ja, Herr Oberstleutnant.«
»Ich kann Sie nicht hören.«
»Jawohl, Herr Oberstleutnant.«
Radd öffnete die Tür und wies mit der Hand hinaus. Edh machte sich auf den Weg. Aus dem Augenwinkel sah er, wie sich Radd über den Kopf strich.
»Edh«, sagte Radd, sein Tonfall hatte sich verändert.
Edh blieb am Türpfosten stehen.
»Sie können den anderen ausrichten …«, sagte Radd. »Richten Sie ihnen aus, dass es jetzt Viertel nach zwei ist.« Ihre Blicke trafen sich. »Sie bekommen zwanzig Minuten, um Ihre Briefe zu schreiben. Danach müssen Sie Ihr Marschgepäck ordnen. Das ist alles.«
»Ja, Herr Oberstleutnant.«

Johansson führte sie in einen kleineren Unterweisungsraum und teilte jedem einen Schreibtisch zu, auf dem Stift, Radiergummi und ein linierter Block bereitlagen.
»Billigeres Papier war wohl nicht zu finden?«, fragte Edh.
Der Klang seiner Stimme ließ ihn erschauern. Johansson schaute in seiner Zimmerecke auf, ohne eine Miene zu verziehen.
»Nur damit Sie im Bilde sind«, sagte er. »Was Sie schreiben, wird die Militärzensur durchlaufen.«
Edh sah Börjesson an, danach Granvik. Granviks Blick war leer.
»Neunzehn Minuten von jetzt an«, sagte Johansson.

Edh umklammerte den Stift, drückte hart auf und notierte mit knappen, beherrschten Bewegungen in der rechten oberen Ecke das Datum.

Mutter und Vater

Vielen Dank für euren Brief. Es gibt keinen Grund zur Sorge, ich war von dem Anschlag nicht betroffen. Ich bin in Sicherheit. Ein Auftrag reiht sich an den anderen, und deshalb war es für mich schwierig, mich bei euch zu melden, es tut mir leid, dass ich erst jetzt von mir hören lasse. Ich hoffe, dass

Edh blickte sich um. Granvik saß mit dem Rücken zu ihm. Börjesson schrieb mit zusammengepressten Lippen. Nylund fing gerade ein neues Blatt an.

ihr gesund bleibt und es euch gut geht, dort, wo ihr jetzt seid. Mutter, Vater – bis zum nächsten Mal, ich muss los. Ich melde mich, wann immer ich kann. Vielleicht sehen wir uns bald schon wieder.

Tschüss,

Karl

Edh riss die Seite ab und legte sie vor sich auf den Tisch.
»Noch sieben Minuten«, sagte Johansson.
Edh ging den Text durch. Dann fasste er das Blatt bedächtig mit beiden Händen, faltete es viermal zusammen und zerriss es sacht in kleine Stücke. Die anderen sahen auf, aber er kümmerte sich nicht darum, sondern riss und zerrte, bis die Schnipsel zu klein waren, um weiter zerteilt werden zu können. Jemandem, jemand anderem, wem auch immer, irgendjemandem *muss* ich schreiben.

An

Er betrachtete einen Moment konzentriert die Tischplatte und setzte den Stift aufs Papier.

Diurede

aus der Kantine im gelben Holzhaus gegenüber vom Bahnhof in Daga.

Vielleicht kannst du dich nicht mal mehr an mich erinnern. Wir sind uns gestern kurz begegnet. Ich bin der, dem du Suppe gegeben hast, der Soldat.
Ich wollte dir sagen, dass es schön war, mit dir zu reden, und dass ich an dich denke. Pass auf dich auf. Auf dich und das Kind

Er griff nach dem Radiergummi und tilgte den letzten Satz, füllte die Zeile mit neuen Buchstabenkombinationen. Sinnlos. Er radierte erneut.

Pass auf

Er ließ die Hand sinken. Auf den anderen Tischen kratzten die Stifte übers Papier.

das auf, was wichtig ist.

Er las den Satz unzählige Male.
»Darf ich Sie um Ihre Briefe bitten«, sagte Johansson. »Vergessen Sie nicht, die Adresse deutlich zu notieren.«

Sei umarmt
Karl Edh

Er faltete den Bogen zusammen und erhob sich. Johansson ging von Tisch zu Tisch und sammelte die Briefe ein. Edh hielt das Papier in Hüfthöhe, sah auf die ausgestreckte Hand und schüttelte kaum merklich den Kopf.
»Also was ist?«

»Nein«, sagte Edh. »Ich habe keinen Brief zu verschicken.«
»Ach ja?«, fragte Johansson und zeigte auf das zusammengefaltete Blatt. »Und was ist das da?«
Edh fetzte die gefalzte Seite in zwei Streifen. Johansson starrte ihn an, hinter ihm drängten sich die anderen.
»Keinen einzigen.«
Edh nickte vor sich hin.
»Du bist ja verdammt noch mal nicht dicht«, sagte Nylund.
»Es gibt einfach niemandem, dem ich was zu schreiben hätte. Oder vielmehr, ich weiß nicht, was man …«
»Du wirst es bereuen«, unterbrach ihn Börjesson.
»Wie willst du das beurteilen? Ich weiß nicht, was ich schreiben soll, ich kann ja schließlich nicht …«
Börjesson murmelte eine Antwort und lief zur Tür, die anderen waren längst draußen. Edh betrachtete die Schnipsel, unterdrückte einen Hustenreiz, warf erneut einen Blick auf die Brieffetzen, raffte sie blinzelnd zusammen und schmiss sie in den Papierkorb.
Er griff in die Innentasche der Feldjacke und holte das Kuvert hervor. *Olaf Pedersen.* Als er mit der Hand über die sanfte Wölbung strich, knisterte es kaum hörbar. Er nahm den Umschlag zwischen die Handflächen, drückte ihn, streichelte ihn, roch daran – das Geräusch von Fingerspitzen, die über raues Papier gleiten. So leise er konnte, riss er drei Blätter aus einem der Blöcke, faltete sie einmal, legte den Umschlag dazwischen und faltete die Bogen um den Brief zusammen. Vorsichtig schob er das Bündel in die Innentasche zurück.

»Die kenn ich doch«, sagte Granvik und hob eine Kapsel hoch. »Die Boten auf P 16 haben solche Dinger benutzt. Dort hießen sie Socken. Die hier sind allerdings ein bisschen größer. Auf P 16 waren fast immer Datenträger drin, CDs und so.«

»Socken, ja?«, sagte Nylund.
»Ja«, grinste Börjesson, »mit schicken rotblauen Streifen drauf.«
»Stinkende Schweißsocken, weißt du, aus einer gammligen Sporttasche.«
Sie standen in einer schmalen Kammer vor roh gezimmerten Holzbänken und breiteten die Ausrüstung aus. Edh schlüpfte in die wollene Unterwäsche, überprüfte, ob die Lederhandschuhe auch keine Löcher hatten, und stellte sicher, dass die Seekarte in der Brusttasche des Anoraks steckte. Er warf einen Blick in die Runde. Die anderen waren beschäftigt, sie unterhielten sich über irgendein Gerät. Rasch zog er den Brief aus der Jacke und verbarg ihn im Anorak. Die anderen redeten und lachten, niemand schien etwas gemerkt zu haben.
»Willst du was auf deine Achillesferse tun, Edh?«
Börjesson drückte ihm eine Rolle Pflaster in die Hand.
»Deine Stiefel sind hässlich wie die Nacht, also ist's wohl einerlei.«
Edh lächelte und setzte den Fuß auf die Bank.
»Also machst du die Krankenschwester? Hab ich's nicht von Anfang an gesagt! Zu guter Letzt bist du das Schwesterchen.«

Edh lief auf die Bank am Kammerende zu und erspähte aus dem Augenwinkel, wie Börjesson einen größeren Gegenstand in seinen Rucksack packte. Nylund mühte sich, ihn vor den Blicken der anderen abzuschirmen. Als sie Edh näher kommen sahen, gingen hastig ein paar Bemerkungen zwischen ihnen hin und her und Börjesson schlug die Rucksackklappe runter.
»Ist überall das Gleiche drin?«
Edh zeigte auf die Vorratsbeutel auf der Eckbank.
»Davon geh ich mal aus.«
Edh griff sich eine Thermosflasche und eines der Päckchen und machte dann unvermittelt einen Schritt zur Seite. Sein

rechter Unterschenkel drückte hart gegen Börjessons Rucksack und er spürte durch den Stoff etwas Großes, Vierkantiges. Ein dumpfes Geräusch schütterte auf, das auf dünnes Holz oder Plastik schließen ließ. Börjesson zuckte zusammen.

»Was verdammt noch mal hast du vor?«, fragte er und versuchte zu lächeln.

Er nahm den Rucksack und stellte ihn hinter sich.

»Wieso?«

Edh ließ ein paar Sekunden verstreichen.

»Es wird doch wohl jeder seine eigene Thermosflasche kriegen, oder?«

Börjessons Kiefernmuskeln spannten sich, dann setzte er ein Grinsen auf. Nylund trat neben Edh und klopfte ihm auf den Rücken.

»Nicht schlecht, die Kriegsbemalung, Edh«, sagte er. »Eine echte schwarze Krabbe, der wahre schwarze Krebs. Und Börjesson ist die schwarze Qualle.«

»Extraration«, rief jemand von der Tür her.

Sie verstummten. Der Adjutant trat ein. Schweigend sah er sie der Reihe nach an und händigte jedem eine flache runde Plastikdose aus. Das Material war durchsichtig. Auf die drei Segmente im Inneren waren acht Pillen verteilt.

»Die blauen helfen bei Schmerzen«, sagte er. Seine Stimme war ruhig und fest. »Das heißt, bei extremen Schmerzen. Nehmen Sie nie mehr als eine auf einmal. Die grünen bewirken einen Energiestoß, wenn ich's mal so ausdrücken darf. Einen richtigen Kick, das bitte ich Sie zu beachten. Alles andere als Traubenzucker, mit anderen Worten. Das werden Sie gut gebrauchen können. Also kein unnötiges Geziere, wenn es so weit ist, die Tabletten sind gut verträglich. Aber nehmen Sie erst welche, wenn es nicht mehr zu vermeiden ist, Ihr Körper macht mehr mit, als Sie denken. Die blauen haben kleine punktförmige Erhebungen, die grü-

nen sind geriffelt, prägen Sie sich das ein. Sie müssen sie auch im Dunkeln auseinander halten können.« Er fuhr sich durchs Haar. »Was die gelbe für eine Wirkung hat, dürfte Ihnen klar sein. Die Pille für den äußersten Notfall.«
Edh betrachtete das kleine gelbe Etwas. Über die glänzende Oberfläche streckte sich ein winziges schwarzes Emblem. Die Pille lag in einer Plastikhülle, die mit einem plombierten Metallring verschlossen war. Auch darauf prangte das Emblem, ein Totenkopf.
»Viel Erfolg«, sagte der Adjutant. »Ich sage das aus ganzem Herzen: Viel Erfolg.«
Er ging hinaus.

Sie standen vor den Bänken und zogen sich fertig an. Edh stellte die Riemen an der Kapsel ein und testete, ob das Gewicht gleichmäßig verteilt war. Er schwang den Oberkörper hin und her – die Kapsel saß.
Sorgfältig packte er Gegenstand für Gegenstand in den Rucksack. Kleidung, Taschenlampe, Ferngläser, zwei kleine Plastikbeutel mit Streichhölzern und Schmierfett. Er schaute zu Granvik, dann glitt sein Blick zu Nylunds Bank hinüber. Abgesehen von ein paar kleineren Gegenständen lagen dort nur Anziehsachen.
Erneut tastete er mit den Augen Börjessons Rucksack ab.

Durch ein Doppeltor traten sie ins Freie. Draußen warteten zwei Geländewagen, die Motoren liefen, die Scheinwerfer waren ausgeschaltet. Radd stand neben dem vorderen Fahrzeug und deutete auf den Rücksitz.
»Sie beide in den zweiten!«, rief er und schloss hinter Nylund und Börjesson die Tür.
Die Sonne verschwand hinter dem Horizont, durch eine Wolkenbank brachen hier und da letzte rötliche Streifen.

Edh und Granvik quetschten sich links und rechts neben einen Wachsoldaten auf die hintere Bank. Die Sitzpolster waren eiskalt, durch Edhs Oberschenkel liefen Schauer. Ein beißender Geruch hing in der Luft.
Radd stieg ein, gab dem Fahrer den Befehl, zu starten und unterbrach sich mitten im Satz.
»Was verdammt …«
»Benzin. Bei einem Kanister war der Deckel nicht festgeschraubt.«

Sie fuhren über ein weites Felsplateau, aus dem vereinzelt Klippen aufragten, der Boden war von einer dünnen Schneeschicht bedeckt. Alle paar Meter sanken die Vorderräder in Löcher und Spalten, fanden dann erneut Halt, der Fahrer zog den Wagen hoch und sie rollten langsam weiter. Der Boden schimmerte dunkelblau, dann wechselte die Färbung in ein düsteres Grau, der Himmel verfinsterte sich zusehends und der Mond verschwand minutenlang hinter ausgedehnten Wolkenfeldern.
Edhs rechtes Knie wurde hart gegen die Tür gepresst, das andere drückte gegen das Bein des Soldaten. Er versuchte, die Schultern zu bewegen, aber es war unmöglich, sich zu rühren.
Im Wagen herrschte Schweigen. Er atmete schneller, spürte die Pendelbewegung zurückkehren, durch seinen Leib schwingen, nahm Anlauf, etwas zu sagen, und blickte auf Radd. Der vordere Wagen rutschte im Zickzack über die Felsen, die sich allmählich zum Meer hin absenkten, geriet ins Schleudern, wurde abgefangen und glitt vorwärts.
»Bei einem Auftrag wie diesem kann man selbstverständlich nicht alles im Vorhinein planen.« Radd schrie gegen das Motorgeräusch an. »Sie können jederzeit in unvorhergesehene Situationen geraten. Was unsere alten Stellungen entlang der Küste angeht zum Beispiel: Wir wissen nicht, in welchen davon jetzt der Feind sitzt. Einige haben wir noch zerstören können, aber eben nicht alle.«

Edh spürte, wie ihm Schweiß über Nacken und Rücken lief, und presste die Kiefer zusammen, um nicht herauszuplatzen.
»Wir werden Ihnen helfen, wo immer wir können. Drüben haben sie Probleme mit dem Doppler und mit ihrem Infrarot und DAR, und heut Nacht werden wir stören, was das Zeug hält. Die Luftfeuchtigkeit ist extrem hoch, auf der anderen Seite dürfte man also jede Menge Probleme bekommen.«
Edh presste Speichel den Schlund hinunter, sacht zitterte das Pendel durch seinen Körper. Etwas drückte von innen gegen seine Kehle. Er hechelte.
»... spätestens nach zwanzig Minuten müssten sich Ihre Augen vollständig an die Dunkelheit gewöhnt haben«, fuhr Radd fort. »Überlegen Sie stets genau, wofür Sie sich entscheiden – und warum Sie genau diese Entscheidung fällen. Und wählen Sie nie einen Weg, den Sie vorher nicht konsequent zu Ende gedacht haben.«
Er wandte sich um und sah sie an.
»Darüber hinaus ...«
Er verstummte und warf Edh einen prüfenden Blick zu.
»Was ist?«
Edh stöhnte auf und suchte mit der Rechten nach dem Türgriff.
»Stop!«, rief Radd dem Fahrer zu.
Edh kippte ins Freie, sackte zusammen und hockte sich auf eine Klippe. Er hechelte noch immer, der Druck im Hals ließ nicht nach. Der Wind war eisig.
»Mit Benzin ist nicht zu spaßen«, sagte Radd und stieg aus.
Edh glitt in den Schnee und stierte vor sich hin. Wenn ich zuschlage, wenn ich zuschlage, renne ... ihn jetzt zu Boden schlagen, dann zum Baum laufen, zu den Bäumen da hinten, zuschlagen, laufen, sich verstecken, Dunkelheit, wenn ich ...
Radd griff ihn um die Schultern und half ihm auf.
»Besser? Frische Luft tut einiges.«
Edh suchte seinen Blick.

»Darf ich etwas sagen …«
»Machen Sie's kurz.«
»Börjesson«, stieß Edh hervor, »und Nylund …«
Er taxierte Radd.
»Ich habe mit den beiden geredet«, sagte Radd ruhig. »Darüber müssen Sie sich keine Gedanken machen.«
Er sah Radd schweigend an und hielt eine Erwiderung zurück.
Im Auto bat Radd den Fahrer, ein Fenster zu öffnen.

»Das Wichtigste«, Radd schaute abwechselnd zu Granvik und Edh und den dunklen Klippen hinaus, »ist eigentlich schnell gesagt. Sie müssen funktionieren wie *ein* Mann. Nicht nur auf dem Eis gemeinsam fahren, sondern auch im Kopf. Und alles andere von sich wegschieben. Sie haben einen Auftrag zu erfüllen, das ist das Einzige, was zählt.«
Der vordere Wagen geriet ins Schlingern und blieb in einer Bodensenke stecken. Der Fahrer fluchte und bremste ab.
»Macht nichts«, sagte Radd und wies nach vorn. »Die See. Keine fünfzig Meter mehr.«
Sie liefen Richtung Strand. Radd betrachtete Himmel und Mond.
»Dürfen gern ein paar Wolken mehr sein«, murmelte er.
Auf den Klippen war der Schnee zu dünnen Flecken zusammengeweht, die Bö um Bö zum Meer hinabwanderten.

Unweit vom Strand sammelten sie sich im Schutz einer hohen Bergwand. Der Wind pfiff durch die Felsen und brachte den Geruch von Salz und Fäulnis mit sich. Radd baute sich zusammen mit den Wachsoldaten und einem der Fahrer im Kreis um die vier auf und setzte erneut zu Erläuterungen an. Edh versuchte, den Blick der anderen zu erhaschen, und schaute in verbissene Gesichter, sie schienen sich auf Radds gedrängte Ausführungen zu konzentrieren.

»Es ist jetzt fünfzehn Uhr fünfzig. Selbstverständlich werden Sie auf Ödö erwartet, wir werden die entsprechenden Informationen heute Nacht überstellen. Seien Sie vorsichtig, aber denken Sie auch daran, dass Sie aufs Tempo drücken müssen. Sobald Sie weit genug vom Festland weg sind, können Sie sich in normaler Lautstärke unterhalten, dass es Laufgeräusche gibt, ist nicht zu vermeiden. Wir haben die sicherste Route ausgewählt, wissen allerdings nicht, welche Überwachungssysteme sie einsetzen und wo genau sich ihre Posten befinden ...«
Edh musterte erneut die anderen. Börjessons markantes Profil, die langgebogene Nase von Granvik, Nylunds bärtiges Antlitz. Unter der Tarnfarbe wirkten die Gesichter stumpf. Gerade noch rechtzeitig stützte er sich auf die Eisstäbe und drehte sich zur Seite. Er täuschte ein Niesen vor und fuhr sich mit den Handschuhen über die Augenbrauen, das Leder verfärbte sich dunkel. Radd teilte Funkgeräte und Codes aus.

»Bereits nach wenigen Minuten sind Sie auf feindlichem Territorium. Zwei, drei Seemeilen. Zehn Minuten vielleicht.« Er streckte ihnen die Hand hin.
»Viel Erfolg!« Seine Stimme war ernst. Bedächtig schüttelte er ihnen die Hände.
»Tun Sie Ihr Bestes.«
Edh war der Letzte in der Reihe. Durch seinen Kopf rauschte ein dunkler Klang, der allmählich anschwoll. Er räusperte sich und der Ton wurde leiser und vermischte sich mit dem Brausen des Windes. Eine Woge hob und senkte seine Brust, Geräusch und Bewegung fanden ihren Rhythmus. Er riss den Mund auf, stechend schoss die Luft in seinen Hals und er presste die Faust gegen die Lippen und verbarg einen lautlosen Schrei.
Radd nahm seine Hand und nickte behutsam.
»Ich bin überzeugt, dass Sie es schaffen werden. Viel Erfolg!«

Radd machte sich mit Wachsoldaten und Fahrer auf den Rückweg zu den Geländewagen. An der Uferböschung drehte Edh sich um. Sie standen weiter oben neben einer Klippe, dunkle Silhouetten vor dem Himmel. Er winkte. Einige hoben zur Antwort die Hand.

Er trat zu den anderen an die Eiskante. Auf der stillen Fläche vor ihnen verschwammen Hell und Dunkel, zogen Mondschein und Wolkenschatten über Reihen von Schären und Inseln. Weite. Finsternis. Trübheit und Glanz auf schwarzem Grund, so weit man sah.
Seine Wangen brannten. Er umklammerte Gewehr und Eisstäbe. Hockte sich nieder. Starrte.

III

»Weiter unten ist alles ein einziger Brei«, sagte Nylund und wand den Eisstab aus dem kleinen schwarzen Loch. »Aber zwölf, dreizehn Zentimeter dick ist es mindestens.«
Edh stand noch am Strand, vom Festland blies schneidend kalter Wind. Er hängte sich das Gewehr über den Rücken, den Lauf nach unten, der Kolben lag in Höhe der rechten Schulter. Er überprüfte, ob er gesichert hatte, sah ein zweites Mal nach, zerrte das Gummiband vom Lauf und wickelte die Persenning ab.
»Kommst du, Edh?«
Wer gerufen hatte, war nicht auszumachen. Neben den dunklen Konturen der anderen ragten Eisstäbe und Waffen in die Finsternis. Er schnürte die Kapuze fest und stellte die Länge des Waffenriemens ein.
»Sechzehn Uhr sechs«, sagte Börjesson und klappte die Seekarte auf. »Wir müssen los.«
Edh trat aufs Eis, machte ein paar gedrängte Schritte und zog dann hastig einen Ausfallschritt nach rechts, um die Balance zu halten. Die schwarze Fläche unter ihnen sah dünn und zerbrechlich aus. Er atmete tief durch, sein Herzschlag beruhigte sich.
»Bereit.« Seine Stimme war kaum zu vernehmen.
Die Farbe ließ jeden Ausdruck in den Gesichtern missen. Vom Eis kam ein durchdringendes Knirschen und Ächzen. Hinter ihnen toste der Wind durch die Klippen, durch Löcher in der Wolkendecke fiel Mondlicht aufs Eis. Über dem Land trieben dichtere Felder heran, aber nach Süden hin schien die Bewölkung aufzulockern.

Sie fuhren nach Westen.
»Das erste Stück bis runter nach Hals habe ich im Kopf«, sagte Nylund. Er übernahm die Führung.
Edh lief als Schlussmann. Er stieß sich kräftig ab, wurde schneller und spürte, wie sich seine Verkrampfung lockerte.
»Wir müssen weiter nach Westen.«
»Jetzt geht's direkt südwestlich.«
»Noch nicht schwenken, weiter West-Südwest. Wir sollten erst zwischen den Inseln raus.«
Leise Stimmen. Edh schwieg.

Granvik ließ sich zurückfallen.
»Wie steht's? Alles okay?«
»Ich hab mich noch nie so gefühlt«, sagte Edh. »Du?«

Sie glitten zwischen ein paar flache dunkle Inselchen, prüften mit dem Stab die Eisdicke, liefen weiter. Sie gewannen zunehmend an Fahrt. Das Eis knisterte, schimmerte graublau unter ihnen auf, glich dann wieder der Schwärze der Nacht.
Edh korrigierte das Zusammenspiel von Oberschenkel- und Wadenmuskeln und fand mit den Armen zu einer rhythmischen Pendelbewegung. Hitze stieg ihm den Rücken hoch, er war den anderen ein Stück voraus.

Über das Eis vor ihnen huschten Wolkenschatten. Für einen Moment glaubte er, sie liefen über offenes Wasser.
Er ließ die anderen passieren und beobachtete sie aus dem Augenwinkel. Granvik hielt mit seinen Kräften Haus, musste allerdings hier und da einen Extraschritt einbauen. Nylund gab ein hohes Tempo vor, aber seine Beinarbeit war mangelhaft, er ging nicht tief genug in die Hocke. Börjesson

war zu weit weg, die Dunkelheit verdeckte seine Bewegungen.

Sie lösten sich an der Spitze ab. Als die Reihe an ihm war, kehrte der Schwindel zurück, schmerzend pendelte ein Taumel durch seinen Kopf. Der Wechsel von links nach rechts fiel von Minute zu Minute leichter, abdrücken und gleiten, im Takt und geschmeidig, abdrücken, die Bewegungen flossen ineinander, und erneut abdrücken. Er verdrängte den Gedanken an das Eis und zog das Tempo weiter an. Nichts schien den Kufen mehr Widerstand zu bieten. Er ignorierte den Wind, konzentrierte sich darauf, die Geschwindigkeit zu halten, Tritt für Tritt, verminderte dabei sukzessive die Schrittfrequenz, ohne an Fahrt zu verlieren, und achtete darauf, auf Kurs zu bleiben. Schweben, dachte er, nicht berühren, nichts mehr berühren, keine Bewegung zu viel, nur weiter, weiter voran.

Die Kälte war aus seinem Körper gewichen, ab und an lächelte er.

Die anderen waren dicht hinter ihm.

»Wir müssen längst auf ihrem Gebiet sein. Sollten wir uns nicht ein bisschen vorsehen?«

»Du brauchst nicht zu flüstern«, gab Börjesson zurück.

Das Eis schien dünner zu werden. Landeinwärts breitete sich eine Skala von schwarzen und grauen Tönen aus – Eis, Inseln, dann wieder Eis.

»Trägt das Eis vor uns?« Edh ließ sich ausgleiten.

»Wir können nicht *zu* weit nach Westen raus, das ist klar«, sagte Nylund. »Da hab ich auch kein Vertrauen ins Eis.«

»Das hier«, sagte Granvik und stieß den Stab hinein, »sieht aus wie gefrorenes Apfelmus.«

Börjesson schaute sich um.

»Wir können nicht ständig piken, wir verlieren zu viel Zeit.«

»Börjesson und ich, wir haben letzte Woche nachts mal eine kleine Proberunde gedreht«, sagte Nylund, »und da hatten wir genau solches Eis. Schornsteinfeger-Eis nennt man das, oder Schwarzeis. Jedenfalls hat es getragen.«
»Okay, wir schwenken ein Stück Richtung Osten«, sagte Börjesson und gab die Route vor. »Aber denkt dran: Haltet Abstand, nach vorn und zur Seite. Keine Kolonnen oder Linien.«
Er legte Edh die Hand auf die Schulter.
»Gut, dass du aufpasst.«

Sie rasteten im Windschatten zwischen zwei Schären und packten die Thermosflaschen aus. Eine Wolkenbank hatte sich vor den Mond geschoben, die Inseln weiter südlich waren in der Finsternis verschwunden. Edh stierte in die Dunkelheit. Bilder tauchten auf, glitten heran und flossen vorüber, Tableaus wie aus einem Bilderbuch: Bärtige Männer aus dem Verband, donnernder Applaus, wirbelnde behandschuhte Hände, im Hintergrund Musik, Fahnen, die über der Tribüne im Wind knattern, Zinnpokale, Umschläge mit Geldscheinen, Blumensträuße.

Sie kamen an einem abgeschalteten Leuchtturm vorbei, der bis zur Spitze hoch von meterdickem kantigem Eis überzogen war. In halber Höhe hing ein riesiger Brocken, der jeden Moment herabzustürzen drohte.
Als der Mond durch die Wolken brach, kontrollierte Edh Seekarte und Kompass. Er fiel zurück und versuchte herauszufinden, wie die Insel hieß, die sie gerade passierten.

»Noch immer nichts.«
Sie kauerten mit dem Rücken zum Wind auf einer weiten Eisfläche.

»Es ist so still«, sagte Granvik. »Wo haben sie sich nur versteckt? Es ist einfach nichts zu entdecken. Wo sind die bloß?« Einen Augenblick lang blieb es ruhig.
»Die Dunkelheit«, sagte Nylund, »es liegt an der Dunkelheit. Und der Archipel ist alles andere als klein.«
»Ja, aber es ist idiotisch, so zu denken, sie können sich überall rumtreiben«, sagte Börjesson. »Wir müssen drauf eingestellt sein, niemand weiß, wo sie ihre Posten haben. Und was das Eis angeht: Vorhin sind wir ziemlich nah an einem Windloch vorbeigefahren, keine zehn Meter seitlich, wenn überhaupt. Wir müssen noch vorsichtiger sein – und trotzdem schnell. Irgendwo dort hinten liegt Hällsön und das Eis drumherum ist möglicherweise sehr dünn.«
Edh schätzte die Sicht auf maximal fünfzig Meter, vielleicht auch weniger.
»Ich komm kaum dazu aufzuschauen«, sagte Granvik, »ich seh nach unten und warte auf Risse, nur um zu wissen, ob das Eis überhaupt noch da ist. Durchsichtig wie Glas! Wie soll man sich denn trauen, über was zu laufen, das man nicht mal sehen kann?«

Einige Minuten fuhren sie schweigend, sie machten weit über zehn Knoten. Edh wartete ein paar Hundert Meter und glitt dann neben Börjesson.
»Wir sind irgendwo hier, oder?«, fragte er und klappte die Anoraktasche mit der Seekarte auf, »in der Nähe von Baldersö?«
Das Gebiet vor ihnen lag vollkommen im Dunkeln, sie verringerten das Tempo.
»Sind wir dann nicht zu weit seitlich abgekommen?«
Börjesson musterte die schwachen roten Linien auf der Karte.
»Du musst doch wohl selbst wissen, wo wir sind.« Börjessons Augen lagen tief in den Höhlen, erst als im Mondlicht die Tränenflüssigkeit aufblitzte, fand Edh seinen Blick.

»Davon mal abgesehen irrst du dich. Wir sind nicht mal in der Nähe von Baldersö.«
Er sah sich um.
»Wir sind weiter draußen, irgendwo bei Ramsholmen. Dieses verdammte Eis hat sich also …«
Edh betrachtete die Karte und starrte dann auf die dunkle Fläche. Die Finsternis wies keinerlei Schattierungen auf, Schwärze überall. Falsch gepeilt? Vermutlich. Konzentrier dich! Und Ausschau! Ausschau nach allen Seiten! Laufen, Ausschau und Technik. Die beste Technik von allen – und ruhig, bleib ruhig.

Sie glitten durch eine eisige Einöde, über eine endlose offene Fläche. Edh fixierte einen Punkt irgendwo vor sich, einen Punkt im Nichts, und summte Liedfetzen vor sich hin. Die Schlittschuhe griffen fest um die Stiefel und er beschleunigte, lief im Rhythmus, die Tonfolge wiederholte sich bei jedem vierten Schwung. Er schnaufte, fühlte, wie ihm Schweiß den Rücken hinabrann, und bemühte sich, nur durch die Nase zu atmen. Ab und an warf er einen Blick über die Schulter, um zu sehen, ob die anderen hinterherkamen.

»Runter!«
Sie warfen sich aufs Eis und rührten sich nicht. Sie waren geradewegs auf eine Insel zugerast. Edh spannte das Gesicht an und versuchte, sich vor den Windböen zu schützen. Kleine körnige Schneeflocken stoben auf seinen Kopf und schmolzen, er konnte nicht sehen, ob sie vom Himmel kamen oder von der Insel herüberwehten.

Lautlos strömten sie aus und inspizierten Küste und vorgelagerte Schären. Börjesson schlängelte sich heran. Er hatte eine breite Fahrrinne entdeckt, die vor der Insel auslief.

»Hier«, flüsterte er Edh zu und deutete auf einen Punkt auf der Seekarte, »hier sind wir. Bei Hornö und den Untiefen von Dragar.«
Eine kleine Schachtel mit Dropsen ging herum. Edh kniff sich in die Ohrläppchen. Er konnte nichts spüren. Seine Oberlippe war von Rissen übersät.
»Die Richtung stimmt halbwegs«, Börjesson schüttelte den Kopf, »aber die Entfernung zwischen den Inseln ist in der Dunkelheit schwer abzuschätzen. Das ist schon die dritte Fahrrinne, auf die wir stoßen, wir liegen also relativ gut in der Zeit. Aber wir können in Zukunft nicht mehr so oft anhalten.«
»Hier in der Gegend gibt es jede Menge Strömungen«, sagte Nylund. »Fahrt nicht zu dicht an die Inseln ran, und vor allem nicht in die Nähe von Steilküsten.«
Die Wolkendecke riss auf und das Mondlicht färbte die Landschaft in eine Palette von Blau, die Inselgruppen um sie herum hoben sich als schwarze Linien und graue Eis- und Schneefelder ab. Kurz darauf zog sich der Himmel wieder zu.

»Lasst uns fahren.«
»Warte.«
Edh klappte seine Seekarte auf und versuchte sich zu orientieren.
»Börjesson«, flüsterte er, »bist du dir sicher? Hornö?«
»Ja.«
Edh klickte den Kompass auf, bestimmte den Kurs und überprüfte die Peilung ein zweites Mal.
»Aber dann fahren wir in die falsche Richtung! Wir müssen uns mehr nach Südwesten halten, oder zumindest nach Süden. Sonst kommen wir nicht aus den Schären raus, wir laufen ja direkt nach Osten!«
»Was?«
»Wenn wir diese Richtung beibehalten, rennen wir mit Sicherheit direkt in eine ihrer Stellungen rein.«

»Es ist nicht leicht, zwischen all den Inseln hier die Abstände richtig einzuschätzen – gut!«, sagte Börjesson. »Aber ich hab mir diese Route mindestens fünfzehn Mal angeschaut und ich weiß genau, wie wir fahren müssen.« Er zischte die Worte zwischen den Zähnen hervor. »Der Weg stimmt.«
Edh schluckte.
»Aber …«
»Für Diskussionen ist keine Zeit. Wir haben noch über hundert Seemeilen vor uns.«
»Lass gut sein, Edh«, flüsterte Nylund, »wir müssen weiter.«
Börjesson stieß sich ab, die anderen spähten durch ihre Ferngläser. Edh schwankte, er rieb sich die Augen, um das Flimmern loszuwerden. Ruhiger, schoss es ihm durch den Kopf, nicht so viel reden. Falsch gepeilt, nicht aufgepasst, die Orientierung verloren – okay. Trinken, ausreichend Flüssigkeit, und Traubenzucker, mehr Traubenzucker nehmen.
»Wahrscheinlich hab ich den Kompass falsch gehalten.«
Nylund und Granvik glitten in die Dunkelheit.
Edh ließ den Blick über die Insel und die dunklen Konturen im Umkreis streichen und schaute dann erneut auf den Kompass. Die Nadel stand fast exakt im rechten Winkel zur Fahrtrichtung. Die drei Silhouetten vor ihm bewegten sich zielgenau nach Osten.

»Unheimlich, die Stille.«
Sie passierten eine Gruppe langgestreckter Inseln. In den Felsspalten leuchtete im Vorüberfahren dünner Schnee auf. Rechts von ihnen schien sich eine ausgedehnte Eisfläche zu öffnen, die mit dem Dunkel des Himmels verschmolz. Für Sekunden schimmerte der Mond zwischen den Wolkenstreifen hervor. Unter ihnen glänzte klares schwarzes Kerneis.
Edh hatte zu Granvik aufgeholt, der vornübergebeugt vor sich hin lief und mit wässrigen Augen aufs Eis stierte.

»Die Stille ist unheimlich. Dabei sind sie in der Nähe, das weiß ich, ich weiß es einfach! Vielleicht legen sie grad auf uns an.«
Weiter vorn wogten Börjesson und Nylund als schmale Schatten durch die Nacht, ab und an wirbelte im Fahrtwind feiner Schnee auf.
Granvik schüttelte den Kopf.
»Nein, ich denke, er hat Recht, der Archipel ist riesig. Bestimmt haben sie Posten aufgestellt, aber wenn du dir's recht überlegst: Sie können unmöglich das ganze Gebiet bewachen. Klar, auf dem offenen Wasser draußen patrouillieren sicher Boote. Aber ich denke nur an das Eis und dann geht's mir wie dir: Auch ich schaff's nicht, die Orientierung zu behalten.«

Sie waren außer Atem. Börjesson schwenkte in einen weiten Sund ein. Nach allen Seiten sichernd glitten sie an einer Reihe Plastikbojen entlang, die vom Eis in die Höhe gedrückt worden waren.
»Auf dem Radar haben sie uns auf jeden Fall. Wir müssen tief in ihrem Gebiet sein.«
»Wird gestört, hat Radd gesagt.«
Edh fuhr mit der Oberseite des Handschuhs über den Schleim, der auf seiner Oberlippe klebte. Das Rinnsal war angefroren.

»Ich versteh, was du meinst«, fuhr Granvik fort. »Aber ich hab mich dran gewöhnt, an der Ostküste war es nicht anders. Man hat es die ganze Zeit mit sich rumgeschleppt: Da vorn ist die Front. Nur ein paar Kilometer weiter. Auch wenn ich nie bis dorthin gekommen bin. Sie haben mich in den hinteren Linien platziert, jedes Mal, ich war nicht einen einzigen Tag vorn. Aber ich wusste ja, was vor sich ging, auch ohne Fronteinsatz, ich wusste, dass sie kämpften, die Granaten waren zu hören und die Leichensäcke beka-

men wir schließlich auch zu Gesicht. Aber manchmal war es … auf irgendeine Weise zu still, unwirklich still. So wie jetzt.«
Eine Weile liefen sie schweigend nebeneinander her. In der Ferne tauchte eine Bake auf, an der sich dicke ineinander verkantete Eisschollen aufgetürmt hatten, ein gigantischer Bau, der beim Näherkommen immer weiter in die Höhe zu wachsen schien.
Edh sah auf die Uhr.
»Fast drei Stunden schon«, sagte er.
Er schöpfte Atem, zögerte.

»Du brauchst nicht zu antworten. Nicht, wenn du nicht willst. Aber da ist was, das ich dich fragen möchte.«
Er blickte geradeaus. Sie passierten ein huckliges Eisfeld mit allen möglichen Einsprengseln, die Schlittschuhe kratzten über den Boden. Dann glitten sie erneut geräuschlos dahin.
»Nur ein Frage also«, sagte Edh.
Er wartete einen Moment. Aus dem Augenwinkel nahm er wahr, dass Granvik ihn anschaute. Er war unschlüssig, ob er weiterreden sollte, rieb sich die Wangen und spähte mit zusammengekniffenen Augen nach vorn in die Finsternis. Nylund und Börjesson waren außer Hörweite.
»Ich hab mich gefragt …«, stieß Edh hervor. Er rang nach Worten. »Ich hab mich gefragt … ob du mir vertraust? Du brauchst nicht zu antworten. Aber ich hab drüber nachgedacht.«
Granvik glitt schweigend dahin, räusperte sich. Für eine Weile war es zwischen ihnen still.
»Jedenfalls sollst du wissen …«, Edh suchte Granviks Blick. »Also, nur dass du's weißt. Falls es so weit kommt, falls was passiert, also: *falls*, werd ich mich an dich halten. Verstehst du, was ich meine? Nein, sag nichts. Du musst nicht antworten. Aber denk drüber nach.«

Nylund ließ sich zurückfallen und beorderte Granvik an die Spitze.
»Ablösung! Wir müssen uns gegenseitig ziehen. Und haltet Abstand!«
Sie umrundeten weitläufige Schneefelder, die Kristalle gleißten als lichtes Grau zu ihnen herauf. Edh beobachtete seinen Schatten, schwarz und stark geschrumpft huschte er dahin, auf dem hellen Untergrund zeichneten sich scharf die Konturen ab.

»Habt ihr's gemerkt«, sagte Börjesson und stieß die Kufe ins Eis, »hier ist es härter. Muss älter sein, eine andere Sorte. Wird wieder eine Flussmündung in der Nähe sein, Süßwasser.«
Sie hatten Halt gemacht. In der Nähe schimmerten zwei Stangenbojen durch die Nacht. Nylund spie Schleim aus. Sie tranken. Die Sicht hatte sich verschlechtert, feiner Nebel lag über dem Eis, der Himmel war bedeckt.
»Wir müssen verdammt gut aufpassen, zunächst hier lang, dann ein Stück in die Richtung und in den Sund rein. Habt ihr's? Wahrscheinlich stehen Posten bei Hymplar, vielleicht auch da drüben, keine Ahnung, wahrscheinlich wär es besser, nicht hier durchzufahren, aber wir müssen die Landzunge draußen meiden, dort gibt's sicher Strömungen und vielleicht auch wieder Windlöcher.«
Sie berieten sich über ein eigentümliches Muster aus kleinen Kreisen und Linien, auf das sie wiederholt im Eis gestoßen waren, jemand fluchte über den Wind.
Als sie weiterfuhren, versuchte Edh unauffällig auf den Kompass zu schauen. Granvik, Börjesson, Nylund – einer nach dem anderen wurde von der Dunkelheit verschluckt. Er starrte auf die Nadel und behielt gleichzeitig den Kurs im Auge, er durfte nicht den Anschluss verlieren. Der Kompass verschwand im Gepäck.

Am Ausgang des Sunds trafen sie wieder zusammen. An Edhs Kinn hing gefrorener Speichel, die Vorderseiten seiner Oberschenkel waren eiskalt. Sie lauschten. Der Wind hatte aufgeböt. Nicht weit von ihnen entfernt lag ein größeres Eiland, dahinter liefen die schwarzen Konturen einer Inselkette Richtung Festland.
Sie erhöhten das Tempo. Als sie über ein großflächiges Eisfeld glitten, drang aus der Tiefe ein lautes Geräusch herauf, ein Kanon verschiedener Stimmen, ein langgezogenes Gellen, das allmählich anstieg und in den Diskant kippte, gleichzeitig rollte ein dunkles Grollen durch das Gatt vor ihnen und verlor sich als dumpfes Knacken und Sausen in der Ferne.
Das Eis, dachte Edh, ist nur das Eis, und wenn es sich dreimal wie ein Echolot anhört, ein Echolot oder Hydrofone, nichts weiter als das Eis, Risse die sich fortpflanzen, muss das Eis sein.
Da war es wieder, noch wuchtiger diesmal, eine Tonlage tiefer.

Edh glitt zu Granvik vor.
»Lass mich übernehmen.«
Granvik murmelte etwas und zog die Hand mit dem Eisstab dicht an die Waffe.
»Und wie machen sich die Schlittschuhe?«, fragte Edh. »Ich hab gesehen, dass du ab und an deinen Abstoß korrigierst. Und wenn du's stattdessen mal so probierst …«
Granvik nickte und blieb bei seinem Stil. Edh tat, als würde er nichts merken.
»Hast du wunde Füße? Viele laufen so, wenn sie sich aufgerieben haben. Oder wenn die ersten Krämpfe kommen. Sie haben sie dir doch geschliffen?«
Er erhielt keine Antwort.

»Haben sie dir die Schlittschuhe geschliffen?«
Granvik nickte.
»Ja, schon. Aber …«, er zuckte mit den Schultern, »ich bin mir nicht sicher, ob das viel geholfen hat.«
»Im Ernst?«
»Es geht schon«, versetzte Granvik, »sie fahren sich gut.«
Er richtete sich auf, glitt in einem Bogen zur Seite und überließ Edh die Führung.
»Du wolltest übernehmen.«
Der Mond blitzte durch die Wolken, die Helligkeit überrumpelte sie. Das Eis schien wieder dünner zu werden und war von vollendeter Schwärze.
»Wirklich, sie fahren sich gut«, kam es erneut von hinten.

Nylund ließ die Messerspitze über eine der roten Linien auf der Karte gleiten. Edh rang nach Luft. Er klappte seine eigene Karte auf, legte den Kompass an und ging in Gedanken die Route durch. Da sind wir langgefahren, dann dort lang, die gefrorene Brandung, der Leuchtturm, Stäckers Gap, Axelbrottet, Eldarna, gut.
»Okay?«, fragte Nylund, »alles klar?«
Edh hielt seinen Kompass hoch und winkte die anderen heran.
»Nein«, sagte er leise, aber bestimmt, »nichts ist klar.«

Aus der Finsternis blinkten ihm ihre Augen entgegen.
»Ich hab keine Ahnung, wo wir sind.«
Er fingerte an den Eishaken auf der Brust herum. Die Gesichter der anderen wirkten wie zum Zerreißen gespannte schwarzgrüne Masken, von Äderchen durchwucherte weiße Flecken darin die Augen, der Himmel über ihnen eine Kuppel aus dunklen Wolken.
»Osten«, sagte Edh und zeigte auf die Kompassnadel. »Stunde um Stunde sind wir nach Osten gelaufen.«

Er versuchte gleichmäßig zu atmen.
»Früher oder später fahren wir frontal in ihre Stellungen rein.«
»Was redest du da?«
Nylund holte seinen Kompass hervor. Börjesson verzog das Gesicht und bleckte die Zähne.
»Wieso Osten?«
Börjesson machte Granvik ein Zeichen und auch er nahm den Kompass aus der Anoraktasche.
»Aber …«
Edhs Kompass wich um exakt neunzig Grad von den anderen ab.

»Seltsam«, murmelte Granvik.
Edh starrte das Gerät an. Eine Weile blieb es still.
»Deviation, Edh«, sagte Nylund und hielt den Daumen an die Nadel. »Drei gegen einen. Weißt du, was Deviation ist, Edh?«

»Hast du was in den Taschen?«
Börjesson fuhr mit den Handschuhen über Edhs Anorak, strich über die linke Seite, wo die Papiere steckten, und betastete die Wölbung. Edh ruckte die Schultern vor.
»Da ist nichts.«
»Kein Metall? Bist du sicher?«
»Ja.«
»Steckt wohl einfach zu viel Eisen in deinem verdammten Schädel«, sagte Nylund.
Börjesson grinste, Edh zwang sich zu einem Lächeln.

Langsam glitten sie auseinander.
»Was für ein Idiot, dieser Kompaniefeldwebel«, sagte Börjesson. »Aber du hast ja das Funkgerät.« Er sah auf die Uhr. »Allerdings nur für den äußersten Notfall. Wenn wir uns verlieren, dann …«
Der Satz schwang aus.

»Jetzt sind wir jedenfalls hier, bei Stäckers«, er wies auf die Seekarte, »gut zu wissen für die weitere Fahrt.«
Er legte Edh die Hand an den Rücken.
»Ob du's glaubst oder nicht, seit wir los sind, hatte ich den Verdacht, dass es mein Kompass ist, der abweicht, aber in die andere Richtung eben – nach Westen.«
Edh gab das Lächeln zurück, es geriet ihm zur Grimasse. Er wartete, bis Börjesson seine Hand wegnahm, hatte noch immer ein Lächeln im Gesicht und stierte dumpf auf den Abzug des Gewehrs.
»Ich hab mal was Dummes gehört«, sagte Granvik, und seine Stimme überraschte Edh. »Wenn das Eis an einer Stelle nicht trägt, dann ist deine einzige Chance, so schnell zu fahren wie nur irgend möglich. Sobald du stehen bleibst, brichst du ein, nur wenn du drüber wegrast, kommst du bis zur anderen Seite.«
Nylund nahm einen Schluck aus einer dunklen Plastikflasche.
»Das stimmt nicht.«
»Ich weiß, ist völliger Quatsch.«
»Ich hab so was auch schon gehört«, sagte Börjesson, »aber das ist natürlich blanker Unsinn, wenn die Sache auf Messers Schneide steht, verhält es sich genau andersrum.«
Sie verstummten. Edh wollte etwas sagen. Er suchte nach Worten und blickte die anderen der Reihe nach an. Das Lächeln war aus den Gesichtern verschwunden, die Blicke gingen ins Leere. Er schüttelte den Kopf und presste die Kiefer aufeinander. Sacht strich er sich Eisstückchen von den Stahlkufen. Sein rechter Fuß pulsierte.
Um sie war nichts als endlose winddurchtoste Dunkelheit.

Bei der Weiterfahrt hatten sie den Wind im Rücken, wieder und wieder wehten zerrende Böen heran. Streckenweise war das Eis von grobkörnigen Reifkristallen überzogen. Sie drosselten die Geschwindigkeit, nahmen jedoch schon bald ihr ursprüngliches Tempo wieder auf. Erneut war eine Reihe von Geräuschen zu hören, ein eigentümliches Grollen, zu dem sich ein schütterndes Dröhnen gesellte, das sich allmählich in der Ferne verlief.

»Das war alles mal unsres, begreifst du das?«
Edh erhaschte im Dunkeln eine Armbewegung und erkannte Nylund, sie liefen Seite an Seite. Nylunds Stimme klang gedämpft, er schnappte nach Luft.
»Und jetzt alles weg, futsch, verloren.« Einen Moment lang glitten sie schweigend dahin. »Verlorenes Gelände. Und dass … dass wir uns wie Feinde durch unser eigenes Land schleichen müssen. Begreifst du das? Obwohl es doch eigentlich *uns* gehört?«
»Ich kenne die Gegend«, versetzte Edh. »Als ich klein war, sind wir oft hergekommen und mit dem Segelboot rausgefahren, Vater und ich. Irgendwo hier.«
»Ist eine komische Vorstellung, dass man …«
Vor ihnen stieg ein Schrei aus der Dunkelheit. Hastig schwenkten sie ein und hielten an. Ein Stück weiter draußen stand eine Gestalt, die heftig gestikulierte, hinter ihr lief quer zur Fahrtrichtung eine dunkle Fläche durchs Eis.
»Aaaaahh!«
Edh machte in der Mitte des dunklen Abschnitts einen glitzernden schwarzen Streifen aus. Die Gestalt kam auf sie zu, es war Granvik.
»Er ist im Wasser, er ist eingebrochen!« Er glotzte sie aus großen Augen an und hob die Arme. »Eingebrochen! Passt bloß auf, nicht näher heran, keinen Schritt weiter!«
Nylund fluchte und ließ sich zu Boden sinken, Edh wich ein Stück zurück und erkannte in dem glimmernden Streifen einen Umriss, der sich bewegte. Erneut war ein Schrei zu hören – und noch ein anderes Geräusch. Er vermeinte zu sehen, wie Börjessons Arm durch die Luft fuhr, aufschlug,

wedelte, aufprallte – endlos. »Aaaaahh.« Nylund rollte die Rettungsleine aus.

»Ich bin am größten«, zischte er.

»Pass bloß auf, verdammt.«

Edh zerrte das Fernglas hervor, suchte rasch die Umgebung ab und spähte dann zu dem dunklen Schatten hinüber, der sich zappelnd im Wasser bewegte. Er vernahm, wie Eis zerbrach – dann ein weiterer Aufschrei, Plätschern, das Knirschen von Schollen, die sich übereinander schoben. Windstöße peitschten ihm gegen die Stirn.

»Scheiße, verdammte Scheiße«, flüsterte er und schaute sich erneut um. Die nächste Insel war meilenweit entfernt, sie befanden sich mitten auf einer mächtigen ebenmäßigen Eisfläche, nichts, woran das Auge hängen blieb, Finsternis, wohin man blickte.

Nylund lag als dunkles Bündel neben der schimmernden Wasserrinne. Börjessons Silhouette wuchs in die Höhe, sein Oberkörper wurde sichtbar, er schien zur Hälfte draußen zu sein. Erneut das Geräusch von splitternden Schollen, unter lautem Gurgeln sank Börjesson zurück ins Wasser. Nylund rief nach ihm, rief noch einmal, ein dumpfer Laut schwang durchs Eis. Der Mond kam hervor, Börjesson zog sich über die Kante, kroch in einer Art Schwimmbewegung vorwärts und plumpste auf die Eisfläche. Nylund robbte Stück für Stück zurück, Börjessons Beine wurden sichtbar, er strampelte, glitt auf den Rücken und war aus dem Wasser heraus. Ein lautes Ächzen wehte herüber, Börjesson wälzte sich zur Seite und entfernte sich langsam vom Loch. Beide hangelten sich liegend voran, zwei schmale schwarze Schatten, und begannen dann zu kriechen. Sie waren im Mondlicht jetzt deutlich zu erkennen, die Waffen waren ihnen auf die Brust gerutscht und kratzten übers Eis. Vorsichtig schlängelten sie sich heran.

Nylunds Augen hatten sich zu Schlitzen verengt, er keuchte mit aufgerissenem Mund, krächzte etwas, schnallte Börjesson die Schlittschuhe ab und half ihm auf. Aus Börjessons Kehle kamen rasselnde Geräusche, er rang qualvoll nach Luft. Seine Kleidung tropfte, über sein Gesicht lief Blut, er hatte tiefe Schnitte unter den Augen. Er schwankte und drohte erneut umzukippen und Edh und Granvik stützten ihn. Sein Blick ging ins Leere, sein Kopf sackte nach hinten weg.

Sie stellten sich dicht an dicht um ihn herum auf, um ihn gegen den Wind abzuschirmen.
»Tempo jetzt, beeilt euch.« Nylund zerrte Börjesson mit zitternden Händen den Rucksack herunter.
»Tempo, verdammt noch mal, nun helft ihm schon!«
Granvik warf zwei Innenhandschuhe und den Sack der Rettungsleine aufs Eis und ließ Börjesson darauf sinken. Geschwind wanden sie ihm Kapsel und Anorak von den Schultern und zogen ihn bis auf die Haut aus. Nylund trocknete ihn mit einem Handtuch ab, so gut es ging, und redete dabei ununterbrochen in einem monotonen Singsang auf ihn ein, sein Blick irrte umher. Er wickelte die Ersatzkleidung aus den Plastiksäcken und goss aus der Thermoskanne Suppe ein. Börjesson brachte noch immer keinen Ton hervor, er trank, verschluckte sich, die Hälfte tropfte daneben, der Becher wackelte und auf dem Eis ringsherum breiteten sich dunkle Flecken aus.

»Eine Spalte«, sagte Nylund. Er schaute durchs Fernglas. »Hier ist das Wasser über zweihundertneunzig Meter tief, wir hätten es wissen müssen. Tiefe und Druck.«
»Er blutet«, sagte Granvik und zeigte auf Börjesson. »Du blutest, Börjesson.«
Börjesson hob stockend den linken Arm. Aus zwei tiefen Schnitten an der Innenseite des Handgelenks schoss Blut hervor, Edh entdeckte zwischen den dunklen Strömen dünne Fasern. Bis auf die Sehnen aufgerissen? Granvik

presste das Handtuch darauf. Sofort drängten neue Rinnsale hervor. Sooft sie die Wunden auch zu trocknen versuchten, unablässig kam neues Blut nach. Das Handtuch war voll gesogen.

Nylund hockte sich auf die Fersen, sprang auf, flüsterte etwas vor sich hin, stieß einen Fluch aus, trappelte über das Eis, kauerte sich erneut nieder, durchstöberte murmelnd seinen Rucksack und hatte plötzlich eine eingeschweißte zylinderförmige Kompresse in der Hand.

Er schüttelte den Kopf.

»Die Wunden sind sicher nicht tief.«

Granvik beugte sich über Börjesson.

»Aber auch nichts, was man auf die leichte Schulter nehmen sollte«, sagte er.

»Er hat sich geschnitten, nichts weiter. Mist, verfluchter.«

Nylund zwirbelte ein Taschentuch zusammen, wickelte die Mullbinde um Arm und Kompresse und zurrte das kleine Bündel mit dem Stoffband um Börjessons Handgelenk fest.

»Wir sollten warten, bis es aufhört zu bluten«, flüsterte Edh.

»Nein«, keuchte Börjesson. »Nein«, wiederholte er und nahm einen Schluck aus dem Becher. Er schlotterte und rieb sich das Kinn, auf dem ein großer dunkelroter Fleck saß. »Nein, ... ist schon ... okay, ... ist okay ... kein ... Problem.«

Er atmete noch immer stoßweise und presste dazwischen die Worte hervor.

»Wir müssen ... weiter ... die Zeit ...«

»Willst du die Wärmedecke haben?«, fragte Nylund.

»... Nein. Nein.«

»Die Stäbe«, flüsterte Börjesson. Er streifte ein zweites Paar trockener Socken über. »Ich habe die Stäbe verloren ... Ich brauch sie.«

»Ich hol sie dir«, sagte Nylund.

Börjessons Atem beruhigte sich allmählich.
»Sei vorsichtig«, sagte er, »obwohl das Eis einiges hält …, selbst weiter vorn … wenn du dich lang ausstreckst … und pass auf die nassen Stellen auf.«
Nylund lag bereits auf dem Eis, schlängelte sich auf die Spalte zu und fuhr tastend mit den Eisstäben über die Fläche vor sich. Die Rinne wurde Richtung Westen zusehends breiter. Landeinwärts war außer den undeutlichen schwarzen Umrissen einiger Inseln nichts zu entdecken.
Börjesson sah Edh an und nickte mit dem Kopf Richtung Wasser.
»Als wäre ich reingesprungen. Ich bin mit vollem Schwung reingeklatscht. Und wenn man dann weiß … dreihundert Meter … dreihundert Meter bis zum Grund.«

»Wir haben nur noch drei Ersatzausrüstungen«, sagte Granvik. »Sollten wir nicht langsamer fahren? Sonst landen wir irgendwann alle vier im Wasser.«
Sie tranken aus einem Flachmann Wasser und spülten starke Mentholtabletten hinunter. Edh war seltsam ruhig.
»Trotz allem müssen wir vorankommen«, sagte Nylund.
Börjesson nickte.
»Wir müssen einfach Acht geben. Dieses verdammte Eis … Wir können nicht ständig anhalten und testen und piken und Löcher bohren. Wenn wir nicht schnell genug sind … können wir ebenso gut gleich umkehren. So ist es doch.«
»Was macht deine Wunde?«
Edh wies auf Börjessons Arm.
»Ist kein Problem.«
»Blutet es noch?«
Börjesson zerrte den Anorakärmel über das Handgelenk und zog ihn bis zu den Fingerknöcheln herab.
»Keine Ahnung. Wird sich schon beruhigen. Die Wunde ist nicht tief.«

»Glaub ich auch«, kam es von Nylund.
Einen Moment herrschte Stille.
»Aber sollten wir nicht Tessenøy informieren?«, fragte Granvik, »und einen Arzt konsultieren?«
»Nein, nein«, Börjesson spie aus. »Es hieß doch, nur im äußersten Notfall. Und da sollen wir uns wegen einer Kratzwunde verraten? Die nicht mal mehr blutet?«
Er schaute sich um.
»Wir müssen weiter.« Er deutete auf die Wasserrinne. »Landeinwärts können wir sicher irgendwo rüber.«

Sie glitten an der schwarzglänzenden Fläche entlang, bis die Spalte sich verengte. An den Rändern türmten sich zertrümmerte Eisbrocken und eine Unmenge fast symmetrisch runder Schollen mit zerklüfteten, schon im Schme-zen begriffenen Kanten. Sie stützten sich auf ihre Stäbe, jeder suchte sich eine größere Scholle und dann schoben sie sich balancierend auf die andere Seite. Börjesson nahm sofort volle Fahrt auf und auch Granvik und Nylund stießen sich ab.
Edh sah ihnen nach. Rücken und Gesicht waren eiskalt. Flüche, tausend geflüsterte Flüche – er konnte sich nicht erklären, woher sie kamen.

Mitten auf der weiten einsamen Fläche stoppte Nylund. Sie waren ungefähr zwanzig Minuten gelaufen. Er wartete, bis die anderen aufgeschlossen hatten, und ließ seinen Blick auf Börjesson ruhen, der sich in die Armbeuge schnäuzte.
»Es ist kurz vor acht. Wenn keiner von euch was dagegen hat, schlage ich vor, dass wir draußen bei Kalhättan eine Rast einlegen und was zu uns nehmen.«
Niemand hatte etwas einzuwenden.

Kurz vor der Insel ließen sich Nylund und Edh zu Boden gleiten, krochen bis an die Klippen heran und klommen über eine flache Felsplatte an Land. Geduckt spähten sie über das Eiland, die Waffen im Anschlag. Dunkelgrau lag der Kalhättan im Mondschein. Die Schäre war ein paar Hundert Meter lang und ohne größere Erhebungen. Sie tasteten mit den Augen die Klippen nach ungewöhnlichen Konturen ab, gaben sich gegenseitig Deckung und robbten abwechselnd vorwärts.
»Ist ruhig, oder?«
»Ja, kein Rauch oder so. Scheint niemand hier zu sein.«
»Unterstände vielleicht?«
»Hier gibt's keinen Strom.«
»Holen wir die anderen.«

Sie lagerten sich in den Windschatten einer felsigen Anhöhe und zogen die Schlittschuhe aus, Granvik postierte sich ein paar Meter hangaufwärts in einer Spalte und beobachtete mit dem Fernglas die Umgebung. Schluckweise tranken sie aus der Verschlusskappe der Thermosflasche heiße Suppe und hielten alle paar Sekunden inne, damit ihnen kein fremdes Geräusch entging.
»Wie sieht's aus, Börjesson?«
»Alles okay. Es hat aufgehört zu bluten.« Er hustete und lächelte breit. »Mir geht's bestens. Die viele frische Luft – ich war schon immer gern draußen. Ist außerdem gut für die Haut, oder?«
Sie lachten auf. Um sie herum war es vollkommen still.

»Ich würde euch gern …«, Nylund verschränkte die Arme hinter dem Kopf, »ja, ich würde euch gern was zeigen. Haltet mich für albern – aber ich muss es euch einfach zeigen. Ich muss!«
Er klaubte etwas aus seiner Anoraktasche und schloss die Hand darum.

»Ich hab einen kleinen Bruder. Konrad. Er ist fünfzehn Jahre jünger als ich.« Er klang, als wäre er außer Atem.
»Meine Eltern haben sich erst scheiden lassen und dann wieder geheiratet und dann kam Konrad. Als die Sache passiert ist, war er ungefähr acht und ging das zweite Jahr zur Schule. Er konnte als Einziger aus seiner Klasse noch nicht schwimmen. Aber eines Tages hatte er den Bogen raus. Oder konnte sich zumindest über Wasser halten. Und er rief mich an, um es mir zu erzählen. Ich war mittlerweile aus der Stadt weggezogen, aber er rief mich an. Er wolle es unbedingt Lena vorführen, sagte er, unserer Mutter, offenbar hatte er schon tagelang gequengelt, dass sie vorbeikommen solle. Die Schwimmhalle lag direkt neben der Schule. Wie auch immer, sie verabredeten sich an einem der folgenden Nachmittage. Nach dem Unterricht setzte er sich auf die Treppe vor der Schwimmhalle und wartete. Er saß und saß. Nach einer Weile fragte er jemanden nach der Uhrzeit. Es wurde allmählich dunkel, aber er rührte sich nicht vom Fleck. Irgendwann kam das Mädchen raus, das in der Cafeteria bediente, und fragte ihn, was er denn da herumhocke. Am Ende riefen sie Vater auf der Arbeit an und der schnappte sich unseren alten Simca und sammelte Konrad ein. Wo Lena war? Vater hatte keine Ahnung und ...«
Er verstummte. Granvik flüsterte von seinem Ausguck herab:
»Was soll das? Müssen wir nicht langsam weiter?«
»Gleich«, sagte Nylund. Er fasste sich und fuhr fort:
»Sie kam spät nach Hause. Konrad wartete oben an der Treppe und hörte, wie sie zu Vater sagte, sie habe eine Freundin getroffen und sei mit ihr essen gegangen. Vater hat wohl nichts geantwortet, er stand einfach nur vor ihr und schwieg, aber Konrad rannte runter und schrie sie an. Sie gab zurück, er solle bloß nicht so viel Wesens um das Ganze machen, und er griff sich aus dem Wandregal einen der Porzellanteller, die sie auf einer Auktion ersteigert hatte,

so einen mit Früchten bemalten, und schleuderte ihn gegen die Zimmerdecke. Die Scherben flogen nur so durch den Raum. Sie rannte hoch in sein Zimmer, zerrte seinen Plüschfrosch aus dem Bett, fetzte den Kopf ab, schmiss den Rest aus dem Fenster in den Garten und drückte ihm den Kopf in die Hand. Er boxte ihr in den Bauch, sie knallte ihm ein paar, und er schlug zurück, schlug ein um das andre Mal zu, bis Vater eingriff und die beiden auseinander trieb.«

Edh saß still. Das Essen hatte den Kreislauf angeregt, er fühlte sich jetzt wacher, aufnahmefähiger. Nylund schob sich den Rest seiner Schnitte in den Mund.

»Kurz danach haben sie ihn in ein Heim gesteckt, in irgendein Haus vom Sozialamt, und dort blieb er für die nächste Zeit. Ich hab den Frosch aus dem Garten geholt und mich eines Abends hingesetzt, ihm den Kopf angenäht und ihn Konrad ins Heim gebracht. Als ich ihn auspackte, starrte er mich an und lachte. Dieses Lachen werd ich mein Leben lang nicht vergessen. Dann nahm er den Frosch und riss den Kopf wieder ab. Acht war er damals.«

Nylund streckte die Hand aus.

»Ich hab ihn seither immer bei mir getragen, überall. Seht ihr?« Auf dem Handschuh lag ein grünes Plüschhaupt. »Er hat gesagt, er wolle das Ding nie wieder sehen und hat es in den Korridor geschmissen, drei Mal. Ich musste es wieder mit nach Hause nehmen. Und seitdem hängt es mir irgendwie an, wo immer ich auch bin, keine Ahnung. Bis heute. Dieser Kopf. Nun wisst ihr Bescheid.«

Behutsam nahmen sie einer nach dem anderen den kleinen Stoffballen in die Hand. Edh zog einen Handschuh aus und strich über den Plüsch. Die Augen waren groß und weiß und in ihrer Mitte saß ein schwarzer Klecks, vom Hals baumelten lose Zwirnfäden herab.

»Er hat ihn eigenhändig abgerissen«, sagte Nylund.

»Hattest du nicht gesagt, es hat aufgehört?«
Nylund zeigte auf Börjessons Anorak. Der linke Ärmel war vom Bund bis zum Ellenbogen hoch nass und glänzte dunkel.
»Ist wirklich kein Problem.«
»Bist du sicher?«, fragte Edh und beugte sich über ihn.
Am Anorak klebte ein langer Streifen geronnenes vereistes Blut.
»Das ist ganz schön viel Blut.«
»Ich hab schon Schlimmeres gesehen.«
»Aber wie willst du denn …«
»So oder so können wir nicht länger rasten, wir haben keine Wahl. Wir fahren weiter, ich schaff das schon.«
Edh blickte zu Nylund, der sich nur mit Mühe zurückzuhalten schien und die Augen rollte.
Börjesson stemmte sich hoch.
»Wir müssen los. Also …«
Nylund schwieg.

Sie schwärmten aus, huschten die Klippenwand entlang und umrundeten den nächsten Felsen. Wenige Meter hinter dem letzten Vorsprung gab jemand ein Warnzeichen und ihre Köpfe fuhren zur Seite.
»Runter.«
Edh ließ sich auf den Stein fallen, entsicherte, lauschte. Atmete. Vor ihnen öffnete sich ein kleines Felsental, auf dem kreuz und quer ein Durcheinander von dunklen Gegenständen aus dem Boden stak. Über das Eis davor ragte eine wuchtige viereckige Silhouette auf.

Sie warteten einen Moment und hasteten dann in kurzen Sprüngen zum Strand hinunter, an verbogenen Stahlschienen und zersplitterten Schwellen vorbei und hinaus aufs Eis. Ein Stück weiter draußen stießen sie auf eine Reihe steifgefrorener Körper.

»Erschossen. Liegen seit mindestens einer Woche hier«, flüsterte Nylund. »Welche von uns. Drittes Bataillon.«
Er stand neben einem halb im Eis versunkenen Transporter, der schwarz war vor Ruß, und deutete auf das Führerhaus.
»Zwei weitere da drinnen.«
Edhs Blick hing an einem der Körper. Der Tote lag auf dem Bauch, die Arme angewinkelt. Solche Uniformen trugen sie normalerweise auch. Die Mütze war zur Seite gerutscht, der Soldat hatte kurzes blondes Haar. Edh sicherte seine Waffe und hockte sich nieder. Der Kopf des Toten war am Eis festgefroren. Er beugte sich tief hinab und versuchte, ihm von der Seite ins Gesicht zu schauen, die Haut schimmerte bläulich weiß.
»Sieh nicht hin!«, sagte Granvik. »Nie ihnen in die Augen sehen. Du bereust es.«
Nylund rieb mit dem Handschuh über die Motorhaube und schmierte Ruß auf seine Schlittschuhkufen.
»Sie glänzen so verdammt.«
Die anderen kamen heran und taten es ihm nach.

Sie schnallten sich die Schlittschuhe an.
»Du kannst so einfach nicht weiterfahren.«
Granvik betrachtete Börjesson ernst.
Börjesson schüttelte den Kopf.
»Nein, vielleicht hast du Recht.«
Nylund und Granvik schabten ihm das gefrorene Blut von der Jacke, knoteten den Verband auf und erneuerten die Kompresse. Pulsierend quollen dunkle Rinnsale aus den Wunden.
»Sollen wir nicht doch Tessenøy anfunken?«, fragte Granvik.
»Nein, ich bin okay, wirklich, wir sollten uns damit nicht aufhalten. Das ist Blut, nichts weiter. Wie spät haben wir es?«
Börjesson schloss den Hüftgurt des Rucksacks und peilte mit dem Kompass.

»Fahren wir. Da entlang.«
Er lief los. Edh glitt zu den anderen hinüber. Er sah Granvik an und fing dann einen Blick von Nylund auf. Sie schauten Börjesson hinterher und sahen sich erneut in die Augen.

Börjesson kauerte vornübergebeugt in einem Felsspalt und hielt sich den Bauch, er atmete schwer.

Sie hatten mehrere Fjorde und einen hohen Markierungsmast passiert, waren in ein Gatt eingeschwenkt und an einer Ansammlung kleinerer Inseln vorübergeglitten. Edh versuchte, Granviks Lauftechnik zu deuten, es war schwierig, er musste sich in einem bestimmten Winkel zu ihm halten. Die Bewegungen des linken Beins sahen normal aus, aber das rechte schien er nicht voll einzusetzen.
Unvermittelt hatte Börjesson auf die nächstgelegene Schäre gedeutet und war geduckt zwischen die Klippen geschlittert.

»Mir geht es dreckig.«
»Es blutet noch immer, oder?«
Sie schauten sich an. Börjesson musste ihr Schweigen spüren.

Nylund zog das Funkgerät hervor und blickte fragend von einem zum anderen. Sie nickten. Börjesson stieß einen schwachen Protestlaut aus, aber Nylund tippte sorgfältig den Code ein.
»Schwarze Krabbe an Hütte. Schwarze Krabbe an Hütte. Kommen.«
Seine Stimme war kaum zu hören.
»Schwarze Krabbe an Hütte. Kommen.«
Er drückte eine Anzahl Tasten.
»Schwarze Krabbe an Hütte. Kommen.«

Fragend kehrte er die Handflächen nach oben, probierte es noch einmal und drehte ihnen den Sender zu. Auf dem Display leuchteten kurze Buchstabenfolgen rot auf: *Verbindung kann nicht hergestellt werden.*
»Ich nehme eine Tablette«, Börjesson krümmte sich, »und dann fahren wir weiter.«
»Aber du blutest.«
»Ich nehme eine Tablette. Hier können wir nicht bleiben.«
Sie griffen nach den Ferngläsern. Edh meinte weit draußen im Westen eine durchgehende dunkle Linie auszumachen. Nylund drehte sich zu Edh und Granvik.
»Er hat Recht, hier können wir wirklich nicht bleiben.« Er hängte Börjesson die Wärmedecke über die Schultern und half ihm auf. »Wir ziehen dich, bis wir einen Platz finden, wo du dich ausruhen kannst. Bis die Blutung zum Stillstand kommt.«
Börjesson hatte die Lider gesenkt. Nylund hielt ihm seine Eisstäbe hin und Börjesson griff mit der Linken danach und kramte mit der anderen Hand die Plastikdose hervor.

Schleppend nahmen sie Fahrt auf. Edh fühlte die Kälte durch Füße und Hände surren, sein Gesicht war stellenweise taub. Müdigkeit überkam ihn. Börjesson hing vornübergebeugt hinter Nylund und umklammerte die Eisstäbe. Lange glitten sie ungeschützt über schwarzes Eis, ohne dass Land in Sicht kam. Der Wind böte auf und schlug unvermittelt um.

»Edh, übernimm du«, sagte Nylund.
Sie rangen nach Atem, Börjesson drückte sich schützend die Hand auf den Mund.
»Das Eis sieht gar nicht gut aus«, sagte Nylund. »Habt ihr die Fraßlöcher gesehn? Übernimm du, Edh«, wiederholte er. Sein Blick flackerte.

Edh klemmte sich die Stäbe unter den rechten Arm. Er spürte, dass Börjesson zitterte. Sie liefen im Takt, Granvik war ein paar Meter voraus.

»Mehr nach Süden«, flüsterte Börjesson, »das hab ich noch nicht gesagt. Mehr nach Süden, Katanabben, Usøy, Håskär ... die Inseln in der Gegend sollten wir meiden, das Eis dort ist sicher dünn wie Glas. Und nicht zu weit raus von jetzt an, wenn der Wind weiter dreht, beginnt das Eis zu brechen. Wenn er aus West oder Süd bläst, geht das wie im Flug.« Ein unverständlicher Laut folgte.

»Aber ... auch nicht zu weit landeinwärts.«

Zum Festland hin wurde für ein paar Sekunden eine dicht bebaute Insel sichtbar, die Dächer der Häuser reihten sich zu einer langen kantigen Silhouette, alles schien dunkel zu sein.

»Red nicht so viel«, sagte Edh, »versuch dich auszuruhen, ich fahre, lass dich einfach ziehn.«

Sie glitten schneller und schneller dahin. Vom Eis kamen erneut sonderbare Laute, sie schwollen an und pflanzten sich in verschiedene Richtungen fort, ehe sie in der Ferne verebbten.

»Hört sich wunderlich an«, sagte Börjesson, »das macht das Salzwasser, solches Eis klingt anders.«

»Sie sagen, es gibt ein Wort«, fuhr er fort, »das ... ich hab vergessen, wie es lautet ... aber es gibt ein Wort, hier in der Gegend und auf Tessenøy, vielleicht ist das auch nur Geschwätz, ein Name war es, ein Name für das Eis, das nicht trägt, aber auch nicht bricht, ich hab's nie richtig kapiert, aber es soll ... ein Eis geben, das weder trägt noch bricht. Vielleicht ist das so ein Eis, das hier, vor uns.«

Mondlicht fiel auf die spiegelnde Fläche, Nylund und Granvik waren weithin zu sehen. Edh warf einen Blick über die Schulter. Börjessons Gesicht wirkte ausdruckslos, blindlings glitt er hinter ihm her, in den Augenbrauen und unter der

Nase große Reifbüschel. Er schien von Minute zu Minute schwerer zu werden.
»Diese verfluchte Spalte«, versetzte Edh, »so ein verdammtes Pech aber auch.«
»Das war kein Pech.«
Edh stieß sich kräftig ab, Tritt links, Tritt rechts, und von vorn, seine Beinmuskeln begannen zu erlahmen.
»Wie meinst du das?«
»Kein Pech … Schludrigkeit, meine eigene … Fahrigkeit … war das.«
Vor ihnen hob sich der langgestreckte Umriss einer Inselgruppe aus der Dunkelheit, dahinter herrschte tiefe Schwärze.
»Es tut mir nur so verdammt leid für dich«, sagte Edh.
»Muss es nicht. Lass gut sein, das muss es nicht.« Börjesson hustete. »Spar dir die Zeit. Lass schon gut sein.«

Ein Ruck ging durch Edhs Körper. Börjesson hatte die Stäbe losgelassen. Die anderen kauerten neben einer der Schären über der Seekarte.
»Hier lang«, sagte Nylund. »Danach dort rüber. Kaljenö, Klåvskär und Usøy sollten wir besser meiden.«
Börjesson lag auf dem Eis, den Oberkörper halb aufgerichtet, und reckte als Antwort auf ihre Blicke einen Daumen in die Höhe.
»Was ist das denn?«, flüsterte Edh.
Auf einem Hügel oder Felsen ungefähr hundert Meter südwestlich vor ihnen glühte etwas auf, das nach wenigen Sekunden verschwand. Sie warfen sich zu Boden. Edh setzte das Fernglas an.
Zwei kleine leuchtende Punkte, die sich rasch seitwärts bewegten, der eine erlosch für einen Augenblick und glomm dann erneut auf.

»Zigarettenglut«, zischte er. »Mindestens zwei Posten.«
»Haben sie uns gehört?«, flüsterte Granvik.
»Der Wind kommt von drüben.«
Nylund blickte zum Himmel. Der Mond verschwand hinter etwas, das wie eine Windhose aussah, Schicht auf Schicht von wogenden grauschwarzen Schleiern.
»Wir müssen hier weg. Bevor das Wolkenloch da ran ist. Sieben, acht Minuten, vielleicht auch weniger.«
Die Lichtpunkte rührten sich nicht vom Fleck. Edh deutete mit dem Kopf nach hinten. Auf einer größeren Schäre zeichnete sich ein massiver länglicher Gegenstand gegen den Himmel ab – ein dickes Rohr.
»Flugabwehr.« Nylund lugte durchs Fernglas. »Verdammt, wir sind direkt in sie reingerannt.«
Edhs Körper pulsierte, hinter den Ohren war sein Haar zu schmalen Flechten gefroren. Er presste die Beine ans Eis, die Haut brannte, die Muskeln fühlten sich hart und kantig an.
»Dort rüber.« Nylund rutschte näher. »Seht ihr die Steilküste?« Er schaute erneut zum Himmel. »Dort rüber, ehe der Mond rauskommt.«
Er zog sich auf die Knie und schnallte leise die Schlittschuhe ab. »Ich zuerst. Haltet Abstand. Und keinesfalls schießen. Was immer passiert, nicht schießen. Wir sehen uns drüben.«
Er robbte davon.

»Schaffst du das?«, flüsterte Edh.
Börjesson schloss einen Moment die Augen.
»Ich bin müde. Aber es wird schon gehen.«

Börjessons Bewegungen hatten etwas Ruckartiges, er kam nur langsam voran. Auf halbem Weg kippte er auf die Seite und Granvik musste ihm aufhelfen. Edh ließ ihnen einige Meter Vorsprung. Wachsam schlängelte er sich vorwärts und schob Schlittschuhe und Rucksack vor sich her. Hier und da glänzten dunkle Streifen und Blutspritzer auf dem Eis.

Edh kauerte sich neben Nylund an die mondabgewandte Seite der Klippe und lehnte sich an den Stein. Über ihnen stieg senkrecht der Fels auf, die Spitze verlor sich in der Dunkelheit.
Börjesson hatte sich flach ausgestreckt und stützte sich mit den Ellenbogen ab, sein Mund stand offen, sein Blick wanderte unstet hin und her. Der Wind drückte sie gegen das Geröll. Sie zogen das Kinn an die Brust und warteten auf Granvik, der auf die Schäre hinaufgekrochen war.
»Habt ihr gesehen?«, er glitt zu ihnen herab. »Da hinten? Eine Rinne, nicht grad schmal. Läuft West-Ost.«
»Hört ihr?«
Börjesson kam herangerutscht und hob eine Hand.
»Hört ihr das?«
Sie lauschten.
»Was denn?«, flüsterte Nylund.
»Hört ihr das denn nicht? Gebt acht!«
Edh vernahm nichts als das Rauschen des Windes, er zitterte vor Kälte, Anorak und Hose knisterten. Draußen schwebten riesige Schatten über das Eis.
»Ich wechsle noch mal den Verband«, murmelte Nylund.
»Wickel so straff es geht«, wisperte Granvik zurück. »Und sieh zu, dass er nicht auf dem blanken Eis liegt.«
»Ich bin kein Trottel.«
Nylund faltete seine Reservekleidung auseinander und breitete sie auf dem Eis aus, wälzte Börjesson behutsam darauf und deckte ihn mit seinem Ersatzanorak zu.
»Wenn wir einen Schlitten hätten«, flüsterte Granvik.
»Gleich kommt ein neues Wolkenfeld«, sagte Nylund, »eine gute Gelegenheit, die Lage zu sondieren.« Er sah erst Granvik an, danach Edh. Edh zögerte einen Augenblick.
»Okay«, sagte er dann. »Ich kann gehen.«

Er schob sich neben einer rauen Klippe nahe der Eiskante in einen Felsspalt, lehnte den Kopf an den Stein und suchte mit dem Fernglas die Umgebung ab. Ein Stück vor ihm lief die Fahrrinne als dunkles glitzerndes Band durch die Finsternis. Über die Insel gegenüber waren kompakte rechteckige Gebilde verteilt, er konnte nicht erkennen, ob sie zum Fels gehörten. Die Lichtpunkte waren verschwunden. Die Rinne war tatsächlich sehr breit, schien aber landeinwärts schmaler zu werden.

Die Wolken verdichteten sich, von Norden her trieb ein größeres geschlossenes Feld heran. Sacht blies er in seine Handschuhe und rollte die Zehen in den Stiefeln auf und ab.

Nylund kauerte auf den Fersen, als er Edh kommen hörte, erhob er sich.

»Die Rinne ist verdammt breit«, flüsterte Edh. »Wir müssen überlegen, wie wir am besten ...«

Nylund nahm Edhs Hand und drückte etwas hinein, er schaute an ihm vorbei, sein Blick war schwer zu deuten. Edh verstummte.

Die Konturen waren durch den Mondschein entstellt. Etwas Durchsichtiges, Rundes. Die Dose. Sie war offen. Er kippte sie leicht zur Seite und verstand. Eine fehlte. Die Plombe war erbrochen. Eine der Tabletten ... die gelbe, es war die gelbe Pille, die fehlte.

Nylunds Augen blitzten auf, seine Lider waren zu Schlitzen verengt.

»Was ...«

Edh sank auf die Knie, griff nach Börjessons unverletztem Arm und tastete nach dem Puls. Seine Hose verfärbte sich dunkel. Er fuhr hoch, suchte Halt am Felsen, fühlte eine Hand auf seiner Schulter und verbiss sich ein Stöhnen.

»Ist nicht dein Blut, das ist nicht deins, Edh«, flüsterte jemand.

Er stand reglos, riss den Mund auf und presste ein Keuchen hervor, um nicht laut in die Finsternis zu schreien.

Noch immer das Klopfen auf der Schulter und kalte Windstöße, die in der Kehle bissen. Er starrte hinaus in die Dunkelheit, zwinkerte und starrte erneut. Schloss die Augen – und starrte. Keine Veränderung.

»Granvik hatte Magenschmerzen und hat sich da drüben hingehockt.« Nylund hob leicht die Thermoskanne an. »Und ich hab ihm kurz den Rücken zugedreht, ich hatte ihm was Warmes zu trinken gegeben und hab ihm dann den Rücken zugedreht. Verdammter Mist … Hab mich nur kurz umgedreht, Börjesson wollte was zu trinken haben und danach hab ich mich umgedreht, weil ich noch mal versuchen wollte, nach Tessenøy durchzukommen. Zum Teufel auch. Er hat gesagt, er will was zu trinken haben, das war alles. Und ich dachte, ich geb ihm besser was Warmes. Und später hab ich dann das Ding da gesehen … die Dose.«

Edh ging langsam in die Hocke. Börjessons Mütze war nach hinten gerutscht, der Bart unter Reif und Schnee verschwunden. Seine Lippen waren bleich, einige Hautpartien leuchteten weiß. Edh zog einen Handschuh aus und legte die Finger an Börjessons Gesicht.

»Er hatte gut und gern einen Liter Blut verloren.« Nylund kauerte sich neben Edh. »Einen Liter, das hat er gesagt, ehe wir losgekrochen sind. Er wollte wohl niemandem zur Last fallen.«

Er gab Edh das Funkgerät. Seine Augen waren gerötet, der Ausdruck in seinem Gesicht war Edh fremd. Er wirkte verschlossen.

Verbindung kann nicht hergestellt werden

Edh sah Granvik an, der Augenblick schien sich ins Unendliche zu dehnen.

Sie tasteten sich die Eiskante entlang, prüften alle paar Meter die Eisdicke und schleppten Börjesson in eine Felsspalte.

»Das ist das Beste, was wir machen können«, murmelte Nylund.
»Wir hätten verdammt noch mal eher was machen sollen, bevor er …«
»Was denn zum Beispiel?«

Nylund drehte Börjessons Gesicht zum Stein.
»Hier wird ihn niemand finden. Das ist ein guter Platz.«
Sie senkten die Köpfe, Nylund brabbelte etwas vor sich hin, Edh fiel in das Gemurmel ein, dann auch Granvik. Edh überlegte, was er da eigentlich redete, aber er kam nicht darauf. Die Worte flossen aus ihm heraus, ohne dass er sagen konnte, woher sie stammten. Dass sie sehr alt waren … und dass sie sich reimten – war das Einzige, was er von ihnen wusste.

Sie spähten zu den Nachbarinseln hinüber. Edhs Fernglas zitterte, er hatte das Gefühl für die Kälte verloren.

Hastig rafften sie ihre Sachen zusammen.
»Es ist nicht unser Fehler«, flüsterte Nylund, »lasst uns versuchen, das Ganze zu vergessen. Wir *müssen* es vergessen, für die Dauer der Fahrt zumindest, irgendwann später mal können wir drüber reden. Pures Pech alles. Meine Füße tun so verdammt weh, ich versteh's einfach nicht. Und dieser Wind – wir müssen weiter. Und die Zeit. Und die Krabbe. Wir können hier nicht hängen bleiben. Das seht ihr doch genauso? Wir müssen einander helfen, so gut es geht. Nicht drüber reden jetzt!«
Eilig gingen sie Börjessons Ausrüstung durch und teilten Essensvorräte, Reservemagazine und Handgranaten unter sich auf.
»Ich muss umpacken«, sagte Nylund. Er kehrte ihnen den Rücken zu.
Edh beobachtete ihn scharf. Gegenstand um Gegenstand verschwand im Rucksack, dann nahm Nylund plötzlich alles

wieder heraus und schichtete von Neuem, er presste und zerrte, aber der Platz schien nicht zu reichen. Er begann von vorn, probierte ein neues System aus, um ihn herum verstreuten sich Sachen auf dem Eis. Schließlich klemmte er sich den Sack zwischen die Schenkel, sammelte Stück für Stück alles ein und quetschte es übereinander.
Mit ein paar schnellen Griffen tastete Edh Börjessons Rucksack ab, aber außer einigen Riemen war er leer. Er suchte Granviks Blick, aber der sah zur Seite. Ich sollte mit ihm reden, dachte Edh, allein, abwarten, eine Gelegenheit finden.
Wieder und wieder kämpfte er gegen den Impuls an, in die Spalte zu schauen.

»Dann nehme ich den jetzt.«
Edh steckte Börjessons Kompass ein. Von den anderen kam keine Antwort. Mit gerunzelter Stirn hielt Nylund ihnen die runde Dose hin und jeder steckte seinen Anteil Pillen ein. Granvik schnallte sich Börjessons Schlittschuhe an. Sie schwiegen noch immer.

»Was machen wir damit?«
Granvik schwenkte Börjessons Kapsel. Einer reichte sie dem anderen weiter.
»Ist reichlich schwer. Wir lassen sie hier. Oder was meint ihr?«
Einen Augenblick herrschte Stille.
»Dann müssen wir sie zerstören. Oder?«
Sie sahen einander an. Niemand widersprach.

»Soll ich?«
Edh und Nylund nickten. Granvik drückte den oberen Gehäuseteil herunter, schob gleichzeitig den Splint unter der Kapsel zur Seite und drehte danach an zwei Reglern. Aus dem Inneren war ein leises Surren zu hören. Sie warteten,

bis das Geräusch verklang. Granvik blickte sich nach einer weiteren Felsspalte um.

»Was …«

Er hielt die Kapsel von sich ab, so weit er konnte, und schien sie jeden Moment loslassen zu wollen. Das Plastikgehäuse schwang auf. Granvik legte das Gefäß ein paar Meter entfernt aufs Eis. Edh und Nylund rückten näher.

»Vorsicht!«

Die Kapsel klappte auseinander und teilte sich in zwei Hälften, die durch ein schmales Plastikband an der Rückseite zusammengehalten wurden. Ein schwacher Schimmer ging von ihnen aus. Sie holten die Taschenlampen aus dem Gepäck. Die eine Hälfte war angefüllt mit etwas, das wie eine Unzahl kleiner Magazine aussah.

»CDs.«

Nylund fuhr mit dem Handschuh in den zweiten Hohlraum, Granvik leuchtete ihm.

»Heb es hoch.«

Granvik nahm ein paar kleinere Gegenstände heraus, flache, durchsichtige Plastikdosen. Sie waren versiegelt und mit langen Zifferkombinationen versehen. Im Inneren zeichneten sich winzige schwarze Punkte ab.

Der Lampenstrahl zitterte. Sie kauerten dicht nebeneinander und schauten sich an. Edh hielt Dose um Dose in den rötlichen Schein. Winzige hauchdünne Streifen wurden sichtbar.

»Sieht fast aus wie … Haut.«

Sie erstarrten. Edh drehte sich rasch zur Seite. Sein Blick glitt zwischen Fels und Kapsel hin und her, ohne dass er etwas wahrnahm.

Granvik und Nylund verbargen die Kapsel unter einem Überhang.

»In unseren wird dasselbe Zeug sein, oder was denkt ihr?«

Nylund war kaum wieder zu erkennen.

Erneut herrschte Stille.

»Versucht, nicht dran zu denken. Wir tun einfach, als gäbe es sie nicht.«
Edh schimpfte vor sich hin. Er wandte sich ab und stierte blicklos aufs Eis. Das Schwarzblau wirkte mit einem Mal intensiver.

»Schon halb zwölf.« Nylund steckte sich hastig eine blaue Tablette in den Mund. »Es zieht sich zu.« Er nahm einen Schluck aus der Wasserflasche. »Ich hab so seltsame … Schmerzen. Nehmt auch welche, wenn ihr braucht.«
»Ich mag die Dinger nicht«, sagte Edh. »Ich werd keine nehmen, bis ich's nicht absolut nötig hab.«
»Ich auch nicht«, sagte Granvik. »Kein Bedarf.«
Sie stießen sich ab. Im Angleiten warf Edh einen Blick über die Schulter und ließ ihn kurz auf dem dunklen Bündel in der Felsspalte ruhen.

»Verdammt breit.«
»Aber machbar.«
»Sie werden nicht damit rechnen, dass jemand mitten durch ihre Stellungen rennt, darauf sind sie nicht vorbereitet, nicht auf eine Krabbe, sie werden nicht mal auf die Idee kommen, dass jemand so was wagen könnte.«
Meter um Meter schlängelten sie sich zu einer schmalen Felsinsel vor. Die Wasserrinne war noch etwa zwanzig Meter entfernt. Nylunds Raunen war kaum zu verstehen.
»Egal wie, wir müssen rüber.«
Edh betrachtete die dunkelgrauen Wolken über ihnen, ein Dunstfetzen riss sich los und driftete davon. Es war unmöglich zu sagen, ob das Wolkenfeld, das sich von Norden her heranschob, noch eine geschlossene Decke bilden würde, wenn es über ihnen war.

Sie lauschten konzentriert in die Finsternis. Von den umliegenden Inseln kam kein Laut.
»Wenn wir uns verlieren«, flüsterte Nylund, »treffen wir uns in fünfunddreißig Minuten zweihundert Meter hinter der Untiefe vor Segelberg. Alternativ eine Viertelstunde später.«
Edh und Granvik verglichen die Uhren.
»Jetzt«, zischte Nylund, »jetzt kommen die Haufenwolken.«

An den Rändern der Rinne war Wasser übergeschwappt und zu einer unebenen Kruste gefroren. Nylund deutete auf eine meterlange Eisscholle, die ruckweise herangetrieben wurde. Sie glitt näher und es gelang ihnen, sie mit den Stäben festzuhaken. Nylund tippte Granvik an und der rollte sich hinüber. Die Scholle schwankte, Wasser floss über die hintere Kante.
»Ich nehm die hier«, Nylund zerrte an einer anderen Platte und nickte Edh zu. »Bei Segelberg also.«
Nylund und Granvik stießen sich mit den Stäben ab und trieben davon. Edh zog sich an den Rand der Rinne. Er fror. Die Leere in ihm wurde übermächtig, er hatte Angst, seinen Körper nicht mehr in der Gewalt zu haben. Im selben Moment fanden seine Stäbe Halt auf einer Eisscholle, größer noch als die der beiden anderen, und er angelte sie heran.

Er glitt hinüber und presste den Kopf aufs Eis, an der Unterseite gluckste und plätscherte das Wasser, rasselnde Laute stiegen zu ihm auf. Die Scholle schaukelte zunächst nur langsam vorwärts und verlor nach und nach fast gänzlich an Fahrt, bis sie in die Mitte der Rinne geriet, in Schwung versetzt wurde und mit anderen Eisschollen zusammenprallte, die jäh aus der Dunkelheit auftauchten. Mit Stäben und Händen schob er sich vorwärts. Granvik und Nylund waren nicht zu sehen. Er kam sich groß vor, ein ungefüger Kloben – ringsum finstere Nacht, auch die Scholle war tiefschwarz. Sie tanzte auf und ab und er konzentrierte sich

darauf, gleichmäßig zu atmen. Er war sich nicht sicher, in welche Richtung er schwamm.
Auf einmal entdeckte er auf einer Scholle hinter sich ein unförmiges Etwas, das sich bewegte und über das Eis ragte – Nylund. Er schien im Kreis zu gleiten, doch nach wenigen Sekunden war die Scholle wieder zwischen den anderen verschwunden.
Das Wasser wurde ruhiger, er musste sich dem Rand der Rinne nähern. Die Wolken dünnten aus, schirmten aber noch immer das Mondlicht ab. Vorsichtig drängte er ein paar kleinere Schollen mit den Stäben zur Seite. Plötzlich durchbrach ein Zischen die Stille. Er drückte sich aufs Eis, die Scholle neigte sich zur Seite und Wasser schwappte darüber. Als die Nässe seine Haut erreichte, stöhnte er auf.
Hinter der nächsten Insel glomm eine Leuchtrakete auf und hing nahezu unbeweglich über dem Eis. Er schloss die Augen und lag reglos, rudertete nur sacht mit den Stäben im Wasser. Die Scholle kollidierte erneut, er stieß sich vorwärts, weiter, nur weiter. Die Rakete verlor an Höhe, der Lichtschein wurde schwächer, ein singendes Prasseln von der Unterseite der Scholle, Eiseskälte an der Brust und ein pumpendes Brennen auf der Haut.
Die Leuchtrakete erlosch. Noch war der Mond hinter den Wolken. Rasch kroch er auf eine andere Scholle hinüber und dann weiter dorthin, wo es festes Eis zu geben schien, und robbte hinter einen schroffen Felsen in Deckung.
Wenige Meter vor ihm lag eine Gestalt auf dem Eis, er schleppte sich auf sie zu und wollte gerade »Offene« flüstern, als er Granviks Augen durch die Dunkelheit leuchten sah, gleichzeitig flammten über der Rinne zwei neue Leuchtraketen auf und ein Maschinengewehr knatterte los. Edh duckte sich, tastete nach der Waffe und spähte zum Wasser hinüber. Sie zielten auf Eiskante und Schollen ein ganzes Stück entfernt, die Salven lösten ein patschendes Schmatzen aus und ließen kleine Säulen aus Wasser und Eisteil-

chen aufsteigen. Wo der Posten saß, war nicht auszumachen. Die Wolken rissen auf und die Leuchtkugeln wurden vom Mond überstrahlt. Die Schüsse verstummten.
Er versuchte, die Sekunden zu zählen. Durch seinen Kopf hallte ein schmerzendes Stampfen, sein Mund füllte sich mit etwas Bitterem, Seimigem. Er machte sich bereit, jeden Moment zu entsichern und loszurennen.

Mindestens anderthalb Minuten waren vergangen. Noch immer war es still. Der Mond verschwand hinter den Wolken.

Zentimeter um Zentimeter hob er den Kopf. Die Rinne war in der Finsternis kaum noch zu orten, die andere Seite lag vollkommen im Dunkeln.
»Kannst du ihn sehen?«
»Nein.«
Sie schlotterten.
»Vielleicht ist er weiter hinten angetrieben worden? Oder er steckt zwischen den Schollen fest.«
Minute auf Minute verging.
»Hier können wir nicht bleiben.«
»Ich weiß.«
»Vielleicht kommt er nach Segelberg.«
»Ja, aber genauso gut kann er …«
Ein Geräusch direkt hinter ihnen – und Granvik warf sich blitzschnell herum und hob die Waffe.
»Offene …?«
Ein abgehacktes Flüstern.
Edh legte Granvik die Hand auf den Arm, sah, wie ein schwarzer Schatten über das Eis glitt, und zischte zurück: »Augen!«
Leise schlängelte sich Nylund heran.
»Ihr zwei!«, wisperte er, spie aus und schüttelte den Kopf. »Wär ein Leichtes gewesen, euch abzuknallen. Passt ihr immer so schlecht auf?«

Sie krochen nach Westen, wagten mehrere Hundert Meter nicht, sich aufzurichten. Beschuss blieb aus. Ein Wolkenloch trieb über sie hinweg und sie pressten sich flach aufs Eis, hangelten sich dann auf allen vieren weiter über die spröde graue Fläche.

»Bei Segelberg sollten wir eine Pause einlegen«, sagte Granvik. »Unbedingt. Wir müssen uns ausruhen. Und was essen.« Edh und Nylund murmelten Zustimmung. Sie versuchten sich gegenseitig gegen den Wind abzuschirmen, schnallten die Schlittschuhe ab und schlüpften in trockene Unterkleider und die Ersatzanoraks. Edh zitterte, in seinen Augen glomm ein dunkler Spalt auf, wirbelnde Vierecke, Kreise und Linien, schwarz-weiße Muster, die einander jagten.
In der Ferne erkannte Edh die Umrisse eines Leuchtturms und daneben die Konturen ein paar kleinerer Gebäude – die Wohnstatt des Leuchtturmwärters? Granvik richtete mit einem winzigen Schraubenzieher seine Bindungen, sie zogen sich hoch und glitten mit langsamen Bewegungen an.
Die Sicht wurde schlechter. Ihm fiel auf, dass er den Kopf beim Laufen gesenkt hielt und viel zu selten zwinkerte, seine Beinmuskeln vibrierten. Ringsum schien alles ruhig.

»Wir sollten nicht zu lange rasten.« Nylund zog die Hand unter der Achsel hervor und streifte den Handschuh über. »Börjesson hatte Recht, wir müssen in Bewegung bleiben, sonst schaffen wir's nicht. Also: Essen und dann weiter.«
Er hob die Beine in eine andere Lage und stöhnte leise.

»Börjesson. Irgendwo da draußen.«
»Verdammt auch.«
»Hätten wir nicht was machen können? Irgendwas, so dass er durchgekommen wäre …«
»Was denn? Was verdammt hätten wir denn machen können?«
»Wenn wir eine Rutsche gehabt hätten oder einen Schlitten mit Kufen …«

Sie hatten die Gegend um Segelberg ausgekundschaftet und in einiger Entfernung von der Insel gestoppt, waren dann hinübergekrochen und kauerten im Windschatten eines umgestürzten Steges. Das Eis war von einer harschen Schneekruste bedeckt, vom Berg her wehten heftige Böen.

»Was ich nicht verstehe: Wieso haben sie nicht mehr Leuchtraketen hochgeschickt?«, fragte Granvik. »Wahrscheinlich hatten wir schlichtweg Glück, nichts weiter. Und warum haben sie das Feuer eingestellt? Was ist, wenn sie uns entdeckt haben?«
»Ich find das gar nicht seltsam«, sagte Nylund. »Ist doch ganz einfach. Sie haben uns eben nicht entdeckt. Und deshalb aufgehört zu schießen.«
Edh wischte sich alle paar Sekunden dunklen Ausfluss unter der Nase weg, das Sekret war dünn wie Wasser. Die Linien und Formen vor seinen Augen wirbelten schneller dahin. Er merkte, dass er eine schiefe Naht auf seinem Handschuh anstarrte. Essen, dachte er, essen und trinken und essen, endlich was essen.
Ein Becher lauwarme Gemüsesuppe machte die Runde, Granvik teilte Brot und Kekse aus, dazu getrocknete Pflaumen und kleine Würfel eines salzigen Käses.
»Ich glaub wirklich nicht, dass sie uns entdeckt haben«, sagte Nylund. »Wir haben das Feuer nicht erwidert, und ihre Schüsse gingen fünfzig, sechzig Meter daneben, was mich

betrifft jedenfalls. Außerdem war der Posten ein ganzes Stück weg, irgendwo auf einem Felsvorsprung, sie haben mich mit Sicherheit nicht gesehen. Ihr wisst selbst, wie das ist im Dunkeln, man dreht langsam durch, hat ein paar Stunden draußen gestanden, mitten in der Nacht, friert vor sich hin, und schießt auf alles, was sich bewegt. Man schießt sogar auf den Wind«, er schwieg kurz, »oder auf die Wolken. Sie haben uns nicht gesehen. Das Ganze war so schnell vorbei, wie es begonnen hatte.«

»Also haben sie einfach nur so zum Spaß in der Gegend rumgeballert?«

Nylund brach zwei belegte Brote durch, gab jedem seinen Teil und schenkte die restliche Suppe ein. Vom Festland drang ein dumpfes Grollen herüber.

»Keine Ahnung. Jedenfalls haben sie uns nicht entdeckt«, sagte Nylund, »das glaub ich einfach nicht.«

Edh tastete sich prüfend übers Gesicht, um herauszufinden, ob er noch Gefühl in der Haut hatte. Jemand sang. Die beiden anderen sahen ihn an und er begriff, dass er selbst es war, der vor sich hin gesummt hatte. Er wich ihren Blicken aus.

»Ich hab so verdammte Schmerzen«, sagte Nylund. Er drückte an seinen Füßen herum.

»Ich auch«, murmelte Edh. »Mein rechter Fuß. Ist wohl erfroren, ein Teil zumindest, gestern Abend schon. Und jetzt …«

Nylund reichte ihm den letzten Rest Brot und dann den Becher und schenkte dampfenden Kaffee ein.

»Ist nicht mehr viel übrig«, sagte Granvik.

Jeder nahm sich ein paar durchgeweichte Kekse. Granvik holte seine Dose heraus und griff unbeholfen nach einer blauen Tablette. Das Pulsieren in Edhs Kopf hatte sich zu einem wuchtigen Hämmern ausgewachsen. Er massierte sich den Nacken und hielt das Päckchen mit dem Traubenzucker hoch.

»Ich mag die Pillen nicht. Ich bleib lieber bei dem Zeug hier. Vorläufig, zumindest.«
Er wickelte drei Stück aus, langte nach dem Becher, schluckte und stopfte sich Kekse in den Mund.
»Widerwärtig …!« Er kaute weiter. »Wonach, verdammt, schmecken die eigentlich?«
»Nach benutzten Tampons«, sagte Nylund.
»Nach Himbeercreme aus Tessenøys Kompott- und Saftfabrik«, gab Granvik zurück.
»Radd düngt mit Radium.«
»Und die Suppe? Würzige alte Medizinpisse?«
»Da!«
Nylund hatte die Stimme zu einem kaum hörbaren Flüstern gesenkt. Er presste die Hand in Bauchhöhe gegen die Uniform und deutete mit einem abgespreizten Finger auf eine schwarze Gestalt, die im Mondlicht draußen über das Eis lief. Sie bewegte sich gemächlich über die blaugraue Fläche, ein dunkler Schatten in der endlosen Ebene, und kam direkt auf sie zu.
Einen Moment saßen sie regungslos, dann warfen sie sich mit einem Ruck zu Boden. Die Gestalt schien schneller zu werden, blieb stehen, ging dann weiter.
Sie entsicherten und nahmen den Fremden ins Visier. Edh duckte sich so tief er konnte und starrte durchs Zielfernrohr, seine Hand zitterte.
Eine zweite Gestalt neben der Ersten.
»Verdammt«, flüsterte Nylund. »Sichern! Nicht schießen!«
Drei, vier. Immer mehr tauchten auf. Sechs, sieben.
Sie waren zu acht. Der Trupp schien den Steg ins Auge gefasst zu haben. Sie hatten sich locker über das Eis verteilt, die Waffen hingen lose über den Schultern.
Edh sah, wie Nylunds Lippen einen Fluch formten:
»Zur Hölle!«
Er zerrte mit der Linken eine Handgranate aus dem Koppel.
»Können noch mehr werden.«

Ein Windstoß trug Stimmen heran, die Laute kamen Edh bekannt vor, aber ihre Bedeutung war nicht mit Sicherheit zu verstehen. Eine Frau, dann eine Männerstimme, eine abgerissene Silbenfolge, eine bejahende Antwort? Die Gruppe war noch ungefähr dreißig Meter von ihnen entfernt, neben den Brusttaschen hoben sich die Gewehrmündungen ab. Edh sah das Gesicht des Soldaten links außen durch die Dunkelheit schimmern … Mann oder Frau? Es war nicht klar zu erkennen.

Ein Kommandoruf – und der Trupp änderte die Richtung. Sie peilten jetzt eine Landzunge nördlich von ihnen an.

»Ruhig«, flüsterte Nylund. »Unternehmt *nichts*. Die wissen nichts von uns, ich schwör's euch, die sind nicht unsretwegen hier, unternehmt nichts!«

Die Soldaten verschwanden hinter den Klippen. Ihre Stimmen wurden leiser, waren aber nach wie vor zu vernehmen, Edh konnte einzelne Buchstaben und Silben unterscheiden, unverständliche Lautketten.

»Sollten wir nicht …«, flüsterte Edh.

Er wies auf die Eisfläche hinaus.

»… so schnell wie möglich weg?«

Nylund schüttelte den Kopf.

»Nein, warten wir noch, vielleicht verschwinden sie wieder.«

»Was machen die eigentlich hier?«, zischte Granvik. »Um diese Zeit? Einen Spaziergang?«

Plötzlich klangen in der Mitte der Insel Stimmen auf. Edh sah, dass sich über den Felsen Gestalten näherten, sie schienen geradewegs auf den Steg zuzusteuern.

Nein, verdammt, verflucht nein, nicht gerade hierher! Und kein Schlupfwinkel weit und breit.

Nylund rückte hastig dicht an Edh und Granvik heran, sein Blick ging von einem zum anderen.

»Hört zu! Keine Fragen! Sie kommen direkt auf uns zu, und wenn wir nicht machen, was ich sage, sind wir binnen zwei Minuten tot!«

Er nickte Granvik zu.
»Nimm deine Kapsel ab und gib mir Schlittschuhe, Seekarte und Funkgerät. Sofort!«
»Aber …«
»Das ist unsere einzige Chance, tu, was ich sage!«
Granvik fuhr mit der rechten Hand unter den Anorak, verhedderte sich in den Riemen, machte die Kapsel los und Nylund ließ sie zu Edh gleiten, der versuchte, die Umgebung im Blick zu behalten. Die Gruppe schien zu diskutieren und stieg langsam den Hang hinab. Nylund nahm die restlichen Sachen in Empfang und instruierte Granvik.
»Du kriechst rüber auf die andere Seite und bleibst in Deckung, und sobald sie nah genug heran sind, wirfst du Granaten, eine nach der anderen. Wirfst, feuerst und bewegst dich nordwärts den Strand entlang. Granate, Feuer und nordwärts. Verstanden? Nordwärts!«
»Aber …«, Granvik riss die Augen auf.
»Wir treffen uns bei der Schäre einen Kilometer im Südwesten, zwei bis drei Minuten Fahrt, das findest du!«
Die dunklen Gestalten kletterten über die Uferfelsen, ihre Stimmen waren gedämpft, ein leises Lachen ertönte, der Erste setzte den Fuß auf den Steg.
»Aber was soll …«, flüsterte Edh.
Nylund legte ihm die Hand auf den Mund und Edh sah Granvik an, sah das Eis, das in Augenbrauen und Bartstoppeln hing, die kleinen Schatten auf den narbigen Wangen. Ein gehetztes Flüstern, dann war er fort, ein schwarzer Streifen im Dunkel hinter dem Steg, ein sich windender Schatten, der nach wenigen Metern mit der Finsternis verschmolz. Nylund schob die Essensreste zusammen, packte sie sich in die Taschen und wisperte gleichzeitig in Edhs Ohr.
»Und wir zwei«, seine Stimme kippte in den Diskant, er deutete auf eine Anhöhe am Ende der Insel, »da hinter, unsere einzige Chance, dann weiter, so geschwind wir können, und«, er presste Edhs Schulter, »nicht schießen, Edh, keines-

falls schießen, sie sehn uns nicht, all die Detonationen, Blitze, verstehst du, das verwirrt sie. Los jetzt, zieh die Schlittschuhe an.«

In Edhs Kopf dröhnte es dumpf, er kroch zu einem Areal von kleineren Felsbrocken, weg vom Steg, hinter ihnen die Stimmen, ruhig und friedlich, der Tonfall freundlich. Er erreichte den ersten Stein, kroch weiter zum nächsten, änderte den Griff um Granviks Kapsel, Adern und Lungen schwollen an, Eis, nichts als schwarzes Eis. Ihn schwindelte, er kroch zügiger, riesenhaft, ein kantiger Klotz, sein Rücken musste bollig in der Dunkelheit stehen, er schauderte, glaubte hinter sich das leise Klicken zu vernehmen, mit dem die Waffen entsichert wurden, zu spüren, wie man ihn ins Visier nahm. Worauf wartet er denn noch, Sekunden, Minuten, Granvik, wieso dauert …

Die erste Granate explodierte, Edh kam auf die Füße, stürzte und warf sich nach vorn, hinter ihm laute Schreie und Sperrfeuer, er rutschte übers Eis, fuhr kauernd, rannte die letzten Meter bis zu den Klippen. Das Eis ging unmittelbar in Land über und er überschlug sich, sie schossen noch immer, vor ihm dehnte sich die weite Eisfläche, eine zweite Granate explodierte, er stieß sich ungestüm ab, Schüsse, ein Prasseln kurz hinter ihm, linker Hand ein Schatten: Nylund! Er hastete geradeaus, die Hände unter dem Rucksack verschränkt, die Tritte so kraftvoll er konnte, lief schneller, immer schneller. Die Kufen, die Kufen und der Wind und das Zischen der Salven, er raste dahin, warf den Kopf herum, um zu sehen, ob sie verfolgt wurden, und drehte sich rasch wieder nach vorn. Heftige Böen schlugen ihm ins Gesicht, und abermals war eine Detonation zu hören. Er spähte in die Finsternis, hechelte, seine Augen brannten. Das Eis war zerklüftet und er trat fehl, etwas traf hämmernd seine Rippen und er strauchelte, fing sich in letzter Sekunde ab und fand in den Rhythmus zurück. Die Schüsse knatterten, er lief weiter, musste blinzeln und glitt ein Stück mit geschlossenen

Augen dahin … die Schmerzen! Fahren, Hauptsache fahren, nicht stehen bleiben, weiterfahren, weiter! … fühlte, wie die Stahlkufen übers Eis glitten und der Fahrtwind ihm ins Gesicht peitschte, und zwang sich, die Augen aufzuschlagen. Von der anderen Seite der Insel her schoss es noch immer, und wieder explodierte eine Granate, er versuchte, das Tempo weiter anzuziehn, schwang gleichmäßig hin und her und stieß sich hart ab, umklammerte die Riemen der Kapseln, war erneut gezwungen zu blinzeln. Vorwärts! Schneller! Er öffnete die Augen nur, wenn es unumgänglich war.

Er lag auf dem Eis, starrte zu den blauschwarzen Wolken empor und keuchte, bei jedem Tropfen Speichel, den er die Kehle hinunterpresste, fuhr ein beißender Schmerz durch seinen Hals. Ein Stück neben sich erkannte er Nylund.
Sein Puls stabilisierte sich allmählich, die Krämpfe in den Schenkeln nahmen ab. Als er sich zu Nylund hinüberschob, merkte er, dass er in Schritt und Gesäß kein Gefühl mehr hatte.

Nylund lag auf der Seite und ächzte. Eine Zeit lang vermochte Edh nichts zu sagen, er kauerte neben der ausgestreckten Gestalt, um sich das singende Pfeifen des Windes. Blut war keines zu sehen.
»Was ist?«
Nylund antwortete nicht.
»Haben sie dich getroffen?«
Er sah, dass Nylund weinte.
»Nein … nein. Meine Füße. Es tut so verdammt weh.«
Nylund würgte eine Tablette runter. Edh wartete. Er formte an einer Frage, bedachte sich, suchte nach Worten. Wohin man blickte, nahm wirbelnder Schnee die Sicht. Der Wind war eisig.

»Und meine Brust, ich hab so höllische Schmerzen in der Brust«, keuchte Nylund.
»Und die Insel?«
Nylund wimmerte vor sich hin. Edh musste die Frage anders stellen und mehrfach wiederholen, ehe er eine verständliche Antwort bekam.
»Die Schäre? Wo ist die Schäre?«
»Welche Schäre?«
»Die Schäre, an der wir Granvik treffen.«
Nylund stöhnte etwas.
»Was?«
»Gibt's nicht.«
»Was?«
»Die Schäre … gibt es nicht.«

»So oder so, er wird nicht danach suchen«, sagte Nylund. »Granvik kann nach keiner Insel mehr suchen.«
Edh überprüfte Waffen und Magazine und sah nach Kapseln und Schlittschuhen. Er spie aus, bis der Speichel im Schnee ein dunkles Muster bildete. Einen Augenblick lang war er versucht, aufzustehen und in die Nacht zu rasen, einfach loszulaufen, irgendwohin, und in den Wind zu schreien.
Er hantierte mit den Gewehren und gab Acht, dass die Waffen in seiner Nähe lagen.
»Wir hatten keine Wahl«, sagte Nylund. »Sonst hätten sie uns alle drei erschossen. Alles ging so verdammt schnell, und irgendwas musste ich ja schließlich machen. Wir hatten doch keine andere Wahl?«
Edh schwieg.
»Edh? Hätten wir eine Wahl gehabt? Er war von uns dreien in der schlechtesten Verfassung, du hast doch selbst gesehen, wie er zuletzt gelaufen ist.«
Edh starrte ihn an. Er schwieg noch immer.
»Mit anderen Worten: er oder wir alle. Wär das etwa besser gewesen? Was hätt ich denn tun solln?«

Unter der dünnen Schneeschicht erinnerte Nylunds Körper an einen länglichen Eisbrocken.
»Du weißt, dass ich Recht hab, Edh.«
Nylunds Stimme war brüchig.
»Du *weißt* es … auch du wärst dabei draufgegangen.«
Eine Weile lag er still auf dem Eis.
»Sie haben keine Ahnung, dass wir zu dritt waren. Und sie wissen nicht, wohin er wollte und was für einen Auftrag er hatte. Oder wo er herkam. Sie wissen nicht mal, dass er auf Schlittschuhen unterwegs war.«
Edh brütete vor sich hin.
»Allerdings werden sie sich vielleicht fragen«, Nylund gewann die Fassung wieder, »was er dort draußen gewollt hat, weitab bei Segelberg, mitten in der Nacht. Aber darauf können wir uns einstellen, wir müssen einfach damit rechnen, dass sie suchen werden, rumschnüffeln, ob jemand bei ihm war, ob es uns gibt. Außerdem haben sie keine Ahnung, wo sie anfangen müssen, und dann dieser Nebel oder was das ist, dieses Schneetreiben überall. Und auf dem Radar werden sie nur verworrene Linien haben, bei dreihundert, vierhundert Kilometer Küste, die sie bewachen müssen – und dann zwei Mann. Kapierst du, Edh, hier draußen auf dem Eis finden sie uns niemals, so viel ist sicher.«
Er zog die Beine an. »Aaahaaa. Es tut so weh. Und die Tabletten, ich darf nicht zu viele nehmen …«
Er streckte den Arm aus und wies in die Finsternis. Seine Stimme wurde zunehmend kraftloser.
»Oder siehst du etwa jemanden, Edh? Siehst du jemanden, der nach uns sucht?«

Edh klappte den nächsten Abschnitt der Seekarte auf und peilte mit dem Kompass die Schären südlich von Segelberg an. Katterö, Stora Risholmen, Hasselö, Bredhögen, Grönskär, dann der Leuchtturm auf Rackaren, Kockholmen, Dynan, Ringburen, Nyröds Huvud, Tornö, Yxkullarna, Tistleberget, Märrbrottet.

Er richtete sich auf, fuhr mit dem Fernglas die Umgebung ab und versuchte, irgendwo Land auszumachen. Nichts, nichts als Schneeflocken und Finsternis.
»Wir müssen hier weg«, flüsterte Nylund, »sonst erfrieren wir, und ich glaub nicht, dass ich fahren kann, du musst mich stützen.«
Zum ersten Mal seit langer Zeit sahen sie sich in die Augen. Edh fixierte einen Punkt in Nylunds Pupillen und stierte blicklos durch ihn hindurch, er fragte sich, ob es Nylund auffiel.
»Was ist?«, flüsterte Nylund.
Edh kämpfte mit sich, er schloss kurz die Augen.
»Nun hilf mir schon auf«, sagte Nylund.
Einen Moment stand Edh reglos, dann reichte er Nylund bedächtig die Hand und half ihm auf die Füße.
»Aah, verdammt.« Nylund stieß ein Zischen aus. Er schwankte. An seinem Kinn hing ein Zapfen aus überfrorenem Speichel und zu Eis erstarrtem Rotz. Unablässig senkten sich Schneeflocken auf ihre Gesichter. Edh achtete darauf, dass er auf der rechten Seite lief und die Waffen im Blick hatte, und tastete unauffällig nach seinem Messer. Nylund gab beim Atmen merkwürdige Geräusche von sich, seine Bewegungen waren schwerfällig. Edh hakte ihn unter und legte sich seinen Arm über die Schulter.

Tritt um Tritt stießen sie sich vorwärts, sie kamen nur langsam voran. Nylunds Bart schien sich mit Wasser oder Speichel voll gesogen zu haben, unablässig fielen ihm Tropfen auf die Brust. Sie passierten einen größeren, halb im Eis eingefrorenen Gegenstand und Edh wandte den Kopf. Ein umgekippter Kahn vielleicht? Bilder reihten sich aneinander, flossen zu Sequenzen zusammen, große mehrstöckige Passagierdampfer, keine gewöhnlichen Schiffe, sondern Fahrzeuge aus Metall, die auch über Erde und Staub glitten, sogar über Asphalt, über Wiesen mit Gras und Blumen – und nichts als ein schwaches Brausen, wenn der Rumpf darüber hinflog.

»Hällan.« Nylund setzte die Kufen zögernd und unkoordiniert. »Wir müssen Schutz vor dem Wind finden.«
»Hällan«, wiederholte er.
Edh lenkte nach Südwesten ein, die Uhr zeigte achtzehn vor zwei.
»Hällan ist eine Insel … gibt eine Art Wehranlage dort«, lallte Nylund.
»Muss in der Nähe sein. Vielleicht … können wir dort bleiben … stell dir vor – Schutz vor dem Wind.«
Noch immer war kein Land in Sicht. Edh schwindelte, er war ausgepumpt. Ab und an ließ er den Arm auf Nylunds Rucksack sinken. Egal wohin, soll mir egal sein, die Richtung.

Eisfeld an Eisfeld reihte sich aneinander, vielleicht liefen sie im Kreis. Minuten, Stunden? Über weite Strecken glitt er mit gesenktem Kopf dahin. Waden und Oberschenkel waren taub, durch die Muskeln fuhren stechende Schauer. Massig lastete Nylund auf seinen Schultern.
Eine Reihe weißer kreisförmiger Flecken im Eis. Edh prüfte die Eisdicke und umfuhr die Stellen weiträumig.

Vor ihnen hob sich eine große Insel aus der Dunkelheit.

Geduckt umrundeten sie einen steilen Felsen. Unverhofft verlor Edh das Gleichgewicht und sie stürzten aufs Eis. Nylund röchelte.
Edh blieb unbeweglich liegen. Oben auf der Insel waren die Umrisse von Gebäuden zu erahnen, ein Gewirr von Mauern, Giebeln und Schornsteinen. Brandgeruch hing in der Luft. Er suchte die Küste mit dem Fernglas ab. Fassaden von

seltsamem Schnitt, ungewöhnlich angelegte Tür- und Fensteröffnungen, dunkle Holz- oder Ziegelhaufen, dünne schwarze Stangen – Regenrohre oder Straßenlaternen?
»Das ist nicht Hällan«, flüsterte er, »aber vielleicht können wir trotzdem an Land? Ist jedenfalls eine Möglichkeit. Wir sollten rauf. Schaffst du's?«
Er hörte Nylund neben sich rasselnd Atem schöpfen, eine Nebelbank glitt über sie hinweg. Zwischen den Ruinen rührte sich nichts, nirgendwo war Licht zu sehen. Vermint eventuell? Und bewacht?
Er hatte Durst. Unschlüssig kramte er seine Dose hervor, nahm die Wasserflasche und spülte dann mit einem Ruck eine gepunktete Pille hinunter.

Im Schutz eines Steinpiers krochen sie bis zu dem flachen Uferstreifen vor, Edh entsicherte. Sie stützten sich gegenseitig und schnallten die Schlittschuhe ab, Nylund stieß ein lautes Wimmern aus. An Land blieb es ruhig. Vornübergebeugt schlichen sie Meter für Meter nach oben. Sie mussten sich auf einer Promenade oder einem Kai befinden, von den Strandkiosken existierten nur noch verkohlte Reste.
Edh stutzte. Das war doch ... So weit, sind wir so weit gelaufen? Die Sommerhäuser, die Festung – alles niedergebrannt? Er stolperte über herumliegendes Gerümpel und sie suchten Deckung in den nächsten Grundmauern, blieben einige Sekunden reglos liegen. Wenn jemand hier wäre, dachte Edh, dann hätte er uns längst bemerkt. Und wir ihn. Er schleppte Nylund weiter, konnte selbst kaum noch die Waffe halten. Sie tappten eine niedergebrannte Häuserzeile entlang. Über allem schwebte ein stechender Dunst, unter den Stiefelsohlen knirschte zerbrochenes Glas. Aber keine Kampfspuren, von Einschüssen oder Patronenhülsen war nichts zu sehen.
Vor einem großen, nahezu völlig zerstörten Gebäude blieben sie keuchend stehen. Überbleibsel von einem runden Holz-

turm hingen zur Erde herab, aus einer halb offenen Kellertür kamen kalte Windstöße. Edh hatte den Eindruck, dass sich Nylund mit einem Mal sicherer bewegte. Er zögerte, spielte verschiedene Varianten durch.
»Wie machen wir's?«, murmelte er.
Nylund hob kurz den Kopf.
»Ich muss mich eine Weile hinlegen … gibt's hier irgendwo Schutz vor dem Wind?«
»Geht's dir denn so schlecht?«
»Ich weiß nicht … Ich nehm noch eine.« Er nickte. »Noch eine Tablette.«
»Wie viele hast du noch?«
»Keine Ahnung.«

Edh tastete den Spalt nach einem Drahtverhau ab, drückte dann sacht die Tür weiter auf und versuchte, etwas zu erkennen.
Sie krochen in den finsteren Raum, kauerten sich an gegenüberliegende Wände, hörten, wie draußen der Wind um die Mauern pfiff, und sogen den Brandgeruch ein.
»Mach schon«, sagte Nylund, »zünd an.«
Er warf Edh einen zugeknoteten Beutel hin, in dem kleine Pappschachteln lagen. Als Edh das Bündel schüttelte, ertönte ein vertrautes Geräusch.
Flüsternd diskutierten sie einige Minuten.
»Und wie sollen wir uns dann draußen orientieren? Was ist mit unserem Dämmerungssehen?« Er schob den Beutel zur Seite.
»Zuallererst mal brauchen wir Licht«, antwortete Nylund. »Ich hab höllische Schmerzen. Vielleicht bekommen wir ein Feuer in Gang.«
»Und die Wärmestrahlung? Ein verdammt hohes Risiko, denk an das Infrarot. Dann entdecken sie uns mit Sicherheit sofort.«
»Du kapierst es nicht, Edh, oder? Wenn wir jetzt einschlafen … wir erfrieren einfach, verdammt noch mal. Zünd eins an,

komm schon, ein bisschen weiter hinten. Probier, ob es zieht.«
Edh rang mit sich, er spürte, wie Kälte über die nackte Haut am Hals kroch. Nylunds Gesicht war in der Dunkelheit nur verschwommen zu erkennen.
»Aber all die Häuser ringsum, die Ruinenhaufen, wie willst du wissen, ob sich wer drin versteckt? Dir ist klar, wo wir sind, oder? Ich kenn die Insel, das hier ist Karlsvik, das sagt dir sicher was. Hast die Häuser und die Festung bestimmt mal im Fernsehen gesehen.«
»Nein.«
»Unzählige Holzhäuser, mit verglasten Veranden und schnörkligen Schnitzereien, und irgendjemand hat all das niedergebrannt, die Häuser waren mindestens hundertfünfzig Jahre alt. Karlsvik ... Die Insel ist ziemlich groß. Hier ein Feuer anzuzünden – da muss man eine Menge bedenken!«
»Es ist verdammt noch mal genauso gefährlich, so lange in der Kälte zu hocken. Ich habe kaum noch Gefühl in den Beinen. Und du frierst nicht weniger, so hörst du dich jedenfalls an. Da muss es eine Menge bedenkenswerter Nachteile haben, kein Feuer anzuzünden!«
Edh überlegte, er stopfte sich das Halstuch in den Kragen.
Dann riss er ein Streichholz über die Reibefläche, Licht flammte auf, die Helligkeit blendete. Die Steindecke über ihnen war unbeschädigt. In einer Ecke stand eine Hobelbank, darüber hing ein Regal mit rußigen Dosen und verzogenen Plastikflaschen, an einer Wand waren Gartengeräte und ein gelber elektrischer Rasenmäher aufgereiht. Über allem lag dunkler Staub, auf dem Boden türmten sich Ziegelsteine.
Edh zündete ein zweites Streichholz an. An der Querseite gab es eine weitere Tür, dahinter waren eine Treppe und ein Korridor zu erahnen, die von heruntergestürzten Trümmern

blockiert zu sein schienen, durch eine Lücke schimmerte der Himmel.
Die Flamme flackerte.

Edh schob Gerätestiele und Zeitungen zu einem Haufen zusammen und schichtete schnaufend Bretter, einen Fahrradkorb und ein Paar Holzschuhe darauf.
»Aber einer von uns sollte an der Tür Wache halten.«
Nylund brummelte etwas vor sich hin. Die Tarnfarbe auf seinem Gesicht war verblichen, es sah aus, als hätte er sich eine durchsichtige Maske über den Kopf gestreift.

Ein goldroter Schein um den Korb, Flammen, Geknister.

Als das Feuer auf eine der Zeitungen auf dem Boden übersprang, riss Edh sie reflexartig zur Seite.

Junge sexuell missbraucht
Ein zehnjähriger Junge wurde gestern in der Nähe von Kristinedal in einem Auto von einem älteren Mann sexuell missbraucht. Der Junge hatte vor dem Einkaufszentrum in Kristinedal auf seine Mutter gewartet, als ihn ein Mann in einem weißen Auto ansprach. Er lockte ihn mit Süßigkeiten in den Wagen und zwang ihn später auf einem nahe gelegenen Parkplatz zu sexuellen Handlungen. Der Polizei fehlte am Freitagabend noch jede Spur von dem Mann.

Diebesgut durch Zufall wiedergefunden
Letzten Freitag machte die Polizei bei einer Routinekontrolle in einem Lieferwagen eine sensationelle Entdeckung. Im Laderaum stießen die Fahnder auf eine große Menge gestohlenen Schmuck, elektronische Geräte und andere wertvolle Gegenstände, unter anderem eine Sammlung seltener Münzen. Die Polizei bringt den Fund

mit einer Reihe unaufgeklärter Einbrüche in Verbindung, die sich während der letzten Zeit im Gebiet um Hagelund ereignet haben.

Tote lag über ein Jahr in ihrer Wohnung
Vor kurzem wurde eine fünfundsechzigjährige Frau tot in ihrer Wohnung in Hedå aufgefunden. Höchstwahrscheinlich ist sie bereits im Januar oder Februar des vergangenen Jahres gestorben.
Erst auf wiederholte Nachfragen der Nachbarn hin entschloss sich die Polizei, die Tür aufzubrechen. Sie stieß auf einen Berg ungeöffneter Post und unerträglichen Gestank. In der Wohnung herrschten um die fünfzig Grad. Die Frau lag in der Küche, eine der Herdflammen brannte. Nach Einschätzung der Polizei muss der Herd seit dem Tod der Frau unablässig in Gang gewesen sein. Die Leiche soll obduziert werden, bislang gibt es jedoch keine Hinweise auf ein Verbrechen.
Wie das Sozialamt von Hedå mitteilte, hatte die Frau keine Angehörigen, die laufenden Rechnungen wurden per Bankeinzug bezahlt.

Edh las den dritten Artikel ein zweites Mal und warf die Zeitung dann ins Feuer. Unter dem Dach hatte sich Rauch angesammelt, der in Streifen zur inneren Türöffnung hin abzog. Wieder und wieder äugte Edh durch den Spalt nach draußen.
Nylund krümmte sich zusammen und stöhnte. An Fersen und Zehen kräuselten sich farblose Hautfetzen, darunter sah man das rohe Fleisch, Fußballen und Strümpfe waren blutverklebt. Schlotternd half Edh ihm, die nassen Sachen auszuziehen, und versuchte herauszuhören, ob das Gejammere echt war.

»Es ist fast drei. Was schlägst du vor?«, fragte Edh. »Wie geht's dir?«

Nylund lehnte mit geschlossenen Augen an der Wand, er war bleich, sein Unterkiefer hing herab. Edh hielt ihm die Wasserflasche hin und reichte ihm ein paar Scheiben grobes dunkles Brot. Er beobachtete den Eingang, sah nach dem Feuer und legte Bretterstücke nach. Wärme strömte durch Schultern und Rumpf, sein Körper zuckte und kribbelte, die Hitze ließ das Gefühl in Armen und Beinen zurückkehren und damit auch die Schmerzen.

Der Lichtschein strich zitternd über Nylund, er hatte sich eine nasse Socke über die Stirn gebreitet. Edh hütete sich, ihm den Rücken zuzukehren. Seine Blase drückte. Er suchte in seinem Rucksack, packte trockene Wollsocken und einen weiteren Pullover aus, überprüfte Ausrüstung und Waffe und warf rasch einen Blick auf Nylunds Sachen. Ein kleines grünes Knäuel. Der Froschkopf.

»Da ist etwas, was du nicht weißt.« Nylund krächzte, um seinen Mund zogen sich schorfige Wunden. »Möglicherweise frischt heut Nacht der Wind auf. Radd hat mir und Börjesson davon erzählt. Eine Warmfront zieht heran, von Südwesten her, und vor der Front ... kommt der Wind. Er wollte dich und Granvik nicht grundlos beunruhigen, niemand kann mit Sicherheit sagen, wann der Wind hier sein wird, aber vielleicht eben doch schon heut Nacht. Dann dauert es nur ein paar Minuten – und alles ist weg. Das Eis bricht. Und man sitzt draußen auf einer Scholle fest, in null Komma nichts, jede Menge Risse und Spalten ... und das war's.« Er nickte vor sich hin. »Vielleicht sollten wir hier bleiben. In dem Zustand komm ich ohnehin nicht vom Fleck ... zumindest nicht heut Nacht.«

Die Wärme hatte Edh hochgetrieben, er schüttelte Arme und Beine, Stiche fuhren durch Gelenke und Muskeln.

»Wir sollten hier bleiben«, wiederholte Nylund.

Von den Anoraks, die zum Trocknen über einer Kiste hingen, kam ein Zischen.

»… bis morgen früh zumindest. Dann können wir ja vielleicht weiter.«
Edh kniff sich in Arme und Gesicht, die Blutzirkulation kam in Schwung, sein Körper pulsierte und die Haut spannte, er konnte nicht stillstehen.
»Unser Befehl lautet«, sagte er und bemühte sich, seiner Stimme einen festen Klang zu geben, »heut *Nacht* nach Ödö zu fahren.«
»Das *weiß* ich.«
»Und wenn's einen Wetterumschwung geben soll, können wir doch erst recht nicht hier bleiben.«
Er wartete auf Nylunds Antwort, trappelte über den Boden, hüpfte, wippte auf den Fersen und trat von einem Bein aufs andere.
»Ich muss mal«, sagte er, »ich muss kurz raus, ich seh mich um. Ich muss raus, ich muss pissen. Dann reden wir weiter. Hier auf deren Gebiet zu bleiben … ich weiß nicht … Ich bin gleich zurück.«
Er fuhr in die Stiefel, nahm sein Gewehr, lugte durch den Spalt und zog dann so leise wie möglich die Tür auf.

Die Dunkelheit schien sich verdichtet zu haben, in seinen Augen kreisten pochend die geometrischen Wirbel. Das Eis lag als ebenes dunkelgraues Feld vor der Hafenmole. Er sah sich eilig um, hastete um die Hausecke, stellte sich in den dünnen Schnee, öffnete den Hosenschlitz und erleichterte sich. Alle paar Sekunden sah er über die Schultern, sein Puls raste. Er fror nicht mehr – er begriff, dass er jedes Kälteempfinden verloren hatte.

Plötzlich war aus dem Kellerraum ein gedämpfter Knall zu hören, dann weitere abgerissene Laute. Er fuhr zusammen. Schritte? Viele Schritte? Oder nur ein Stein … Die Geräusche setzten sich fort. Niederpolternde Trümmer, die über den Boden rollten. Er entsicherte die Waffe und presste sich

an die Mauer. Stille. Lautlos schlich er zurück und spähte durch die Ritze unterhalb der Türangel.
Nylund war verschwunden.
Das Feuer ein glühender Haufen.
Edh ließ den Blick durch den Raum wandern. Wände und Ecken waren besser ausgeleuchtet, als er drinnen geglaubt hatte.
»Wo bist du?«, flüsterte er.
Nylunds Waffe war nirgends zu entdecken, auch von den Sachen, die zum Trocknen aufgehängt gewesen waren, fehlte jede Spur.
Erneut waren Geräusche zu hören, weit hinter dem Haus, Steine oder Geröllbrocken, die auf Asphalt aufschlugen, das Echo, das die Ruinen zurückwarfen, eilige Schritte auf hartem Untergrund. Weit weg, so weit schon? Durch die Tür kann er nicht … Er allein? Oder jemand von drinnen, der ihn … ? *Mehrere* vielleicht?
Edh hob die Waffe, glitt durch den Türspalt, durchstöberte den Keller und trat dann das Feuer aus. Ein Funkenregen sprühte über den Boden. Er griff nach Eisstäben und Schlittschuhen, nahm ihre beiden Rucksäcke und die Kapseln – zwei nur noch? dann hatte Nylund … – raffte wahllos die herumliegenden Sachen zusammen und suchte sich draußen Deckung. Wartete.
Stille. Außer dem Wind war nichts zu hören. Stille und Dunkelheit.

Er rannte die Strandpromenade entlang und bog gehetzt in eine Gasse ein. Idiot! All das Zeug … sperrig, auffällig, verdammt auffällig, er musste weithin zu sehen sein. Neben dem Uferstreifen lag ein baumbestandenes Areal, ein kleiner von Klippen umsäumter Platz. Er stürmte durch die Dunkelheit, schlug auf einer ebenen Felsplatte auf, richtete das Gewehr und überwachte das Ruinenfeld.

In kleinen ruckartigen Schüben fuhr er mit dem Zielfernrohr die Umgebung ab. Nichts, keine Bewegung zu entdecken. Ihm wurde klar, dass er bereits mehr als zehn Minuten in der Kälte lag.

Unter einem Felsvorsprung schichtete er die Ausrüstung zu zwei Haufen – seine und Nylunds Sachen. Nervös schaute er sich um. In der Finsternis war es nicht leicht, die Gegenstände auseinander zu halten, ein Teil musste noch im Keller liegen. Die Karte war da, Messer, Dose und Kompass.
Er sah, dass er auch Nylunds Schlittschuhe mitgenommen hatte, betrachtete sie einen Moment unschlüssig und senkte sie in einen Felsspalt. Hastig durchwühlte er Nylunds Rucksack. Seine Finger trafen auf Plastik, er stockte und hob dann eine größere Lade heraus:
Achtung! Lebensgefahr! Darf nur vom zuständigen Personal geöffnet werden.
Die Box war verhältnismäßig leicht und mit einem ungewöhnlichen Schloss versehen. Börjessons? Das geheimnisvolle Ding, das anfangs Börjesson mit sich geführt hatte?
Er drehte die Lade hin und her. Nichts zu hören. Idiot, du Idiot! Sein Magen zog sich zusammen. Ödö, mit nach Ödö? Ja.
Nylunds Funkgerät leuchtete auf. *Verbindung kann nicht hergestellt werden.* Schnell schaltete er es ab und legte es neben sein eigenes. Starrte die beiden Geräte dann plötzlich an. Wahrscheinlich, ja. Senden Signale aus, haben uns verraten, beobachtet, all die Zeit. War das möglich?
Er riss das Messer aus der Koppel, stieß es in die Verschalung des ersten Geräts und drehte die Schneide hin und her, nahm die Batterien heraus, schob die Klinge zwischen die Elektronik und kappte die Drähte, zuletzt trennte er Hörer und Mikrofon ab. Dann wiederholte er das Ganze mit dem zweiten Gerät und ließ die schwarzen Metallteile in die Außentasche des Rucksacks gleiten.

Er überlegte einen Augenblick und schnallte sich beide Kapseln um – nur zwei noch, beide nehmen, sollte versuchen, beide zu nehmen, solange es geht, alle beide … Seine Schultern waren wund. So leise wie es irgend ging versteckte er Nylunds Rucksack und die restliche Ausrüstung zwischen den Klippen am Ufer.
Die Sicht schien schlechter geworden zu sein, er war sich nicht sicher, inwieweit das an seinen Augen lag. Die Wolken rasten dahin, allenthalben fiel Mondlicht aufs Eis. Im Vergleich zu den mächtigen Schatten kam ihm sein Körper winzig vor.
Umsichtig prüfte er die Eisdicke und machte sich auf den Weg. Jäh übermannte ihn die Lust zuzuschlagen oder etwas zu Boden zu werfen. Mit zusammengekniffenen Lippen lief er ein Stück hinaus, vor Augen das Bild eines roten Dachs, das auseinander barst, ein explodierendes Ziegeldach, das nicht zusammenstürzte, sondern sich Schindel für Schindel langsam in die Luft erhob, einen Moment reglos verharrte und dann höher und höher schwebte und sich in alle Winde zerstreute wie ein Schwarm schmaler stiller Vögel.

Er jagte Richtung Westen. Ringsum war alles ruhig. Es wunderte ihn, dass er davon erst jetzt Notiz nahm, er war seit mindestens drei Minuten auf dem Eis. Er wandte den Kopf, fluchte laut und unterdrückte den Wunsch, an Land zurückzukehren.
Als er ein zerklüftetes Eisfeld passierte, warf er die Reste der Funkgeräte weg.

Er versuchte Tempo zu schinden, aber sein Körper kühlte schnell aus und er hatte seine Glieder nicht mehr unter Kontrolle. Die Fahrgeräusche drangen nur noch gedämpft zu ihm herauf und er war sich nicht mehr sicher, ob Eis und

Inseln … ob er sah, was er glaubte zu sehen. Meter um Meter verdrängte er den Gedanken an die Dose mit den Tabletten. Er schwenkte die Eisstäbe durch die Luft – täppisch, ein täppisches Ungetüm, sein Blick reichte weit, ein Blick wie durch ein langes schmales Rohr, die Füße zwei schwere große … es gelang ihm nicht, das Bild zu Ende zu führen. Gedanken blitzten auf, verschwanden rasch wieder, wirbelten erneut durch seinen Kopf: fährt sich wie mit einer Augenbinde … Inseln, ein Gatt … einfach drauf vertrauen, weiter, geht schon weiter, das Eis … Inseln, und der Horizont? … Landzungen, Eis, Schären. Ausruhen, kurz rasten … irgendwo, Windschatten, Wärme.
Er raste dahin, Kilometer um Kilometer, steifgefroren, taub, leer, sagte sich wieder und wieder, dass er bei klarem Verstand sei, auf jedes Detail achten müsse … – nicht die Augen schließen dürfe.
Schräg vor ihm tauchte ein dunkler Umriss auf. Eine Insel? Er nickte, bog langsam Richtung Land ein. Diese. Hier. Windschatten.

Er schlich sich an die Klippen heran, schnallte die Schlittschuhe ab und tastete sich zu einem ausgedehnten Gebüsch auf der Strandwiese vor. Er fühlte sich berauscht, kroch unter Ästen und Zweigen hindurch, hinkte weiter, prallte gegen eine Felswand, lachte auf. Der Wind brachte den Geruch von Moder und Verwesung mit sich.

Er stopfte sich Traubenzucker in den Mund und nahm ein paar Schluck Wasser. Den Puls runter kriegen, nicht zu lange sitzen bleiben, nein, nein nein, Uhrzeit, die Uhrzeit?
Die Armbanduhr zeigte ein paar Minuten nach halb fünf. Er starrte einen Moment in die Dunkelheit und schloss dann sacht die Augenlider. Die Augen ausruhen, wichtig, und

blinzeln, unentwegt blinzeln … die Muskeln um die Augen, im Gesicht, alle …
Er spürte, wie ihm der Kopf auf die Brust sank – ein wohliges Gefühl, verzögerte Erleichterung.
Sein Kopf ruckte schwankend hin und her, verdammt! Er biss sich hart auf die Lippe, kniff sich in Nase und Wangen, der Wind pfiff durch die Klippen, ein Ton wie aus einer schadhaften Pfeife. Ungeduldig fingerte er nach der Dose – brauch was, brauch jetzt was, eine grüne, nicht die gelbe, nein, nicht die gelbe, eine grüne. Grün! Er durchforstete den Rucksack, fuhr dann mit den Händen in die Anoraktaschen, bekam etwas kleines Rundes zu fassen und zerrte es hervor. Ein Papierknäuel. In seinem Kopf pulsierte es, unaufhörlich strich er mit dem Handschuh über das Bündel.
»Olaf«, flüsterte er vor sich hin, »Olaf Pedersen.«
Er rieb sich die Augen, beugte sich vornüber, wickelte die Blätter auseinander und studierte das Kuvert.
Er roch daran, drückte es gegen das Gesicht, wunderte sich, dass er es noch immer bei sich hatte. Behutsam machte er einen der Eishaken los und schaltete den Rotstrahler der Taschenlampe ein.

Er zögerte einen Augenblick, senkte dann den Haken aufs Papier und riss den Umschlag auf.
Zwei zusammengefaltete Blätter, eng mit schwarzer Tinte beschrieben, und ein kleiner länglicher in Seidenpapier eingehüllter Gegenstand.

Olaf,
du musst diesen Brief sehr sorgfältig lesen und deine Konsequenzen daraus ziehen, verstehst du?
Vor dem Fenster, an dem ich stehe, wachsen drei wilde Obstbäume. Der in der Mitte ist der höchste und einer seiner dicken schwarzen Äste reicht fast bis in den Schnee hinunter. Bestimmt trägt er mich, wenn ich jetzt nicht zu schwer

bin, ich könnte zu dem schiefergedeckten Gartenschuppen rüberbalancieren. Hinter mir steht ein viel zu kurzes Bett und ein überfülltes Bücherregal (in einem hässlichen Grün) und ein schöner alter Schreibtisch mit vielen Schubläden. An der Wand hängt eine Mandoline mit einem schwarzen Tragegurt, daneben gibt es alle möglichen anderen Dinge, aber das, was einem zuerst ins Auge fällt, ist die Mandoline mit ihrem lackierten Holz. (Für jemanden, der kein Instrument spielt, sieht eine Mandoline wirklich komisch aus.)
Ich denke, du hast begriffen, wo ich bin. Deine Mutter ist unten im Erdgeschoss und kocht und Essensduft zieht durchs Haus. Ich weiß nicht, was sie zubereitet, aber es riecht würzig und gut, süß vor allem. Wie Rote Beete. Sie lässt mich ab und an bei euch sein, ich habe sie nicht darum bitten müssen, sie hat mich eingeladen, als wir uns im Vier-Uhr-Bus getroffen haben, und sie bedrängt mich nicht, wenn ich hier bin, sie stellt keine Fragen.
Oft setze ich mich an den Schreibtisch. Du musst dir keine Sorgen machen, ich hab nicht in die unterste Schublade geschaut (nur kurz). Ab und zu sehe ich mir die Bände im Regal an, manchmal lese ich auch in einem der Bücher, von denen du mir erzählt hast, aber ich verstehe nicht immer alles. Trotzdem bin ich nicht dumm. Glaubst du das, Olaf? Dass ich dümmer bin, als du anfangs gedacht hast? Besonders in einem der Bücher lese ich viel, ich kann einfach nicht damit aufhören.
Ich liege auf dem Rücken im Bett und du liegst neben mir. Nein, wir liegen einfach nur da, nichts weiter. Wir liegen – ruhig auf deinem Bett und ich sehe zu den Holzbalken hinauf und du hast dein Gesicht an meinen Hals gedrückt und uns ist warm, so warm, dass wir keine Decke brauchen. Ich weiß nicht, was wir anhaben, und es ist auch nicht wichtig. Du hast eine Hand auf meinen Bauch geschoben und bewegst sanft die Finger und denkst, wie weich mein Bauch sich anfühlt und wie schön es ist, ihn zu berühren. Deine Hand

gleitet abwärts, aber nicht allzu weit, darum geht es nicht, deine Finger spielen nur ein wenig mit meinem Haar da unten, fahren durch die Büschel und streichen dann wieder hinauf zum Nabel.
Hier schicke ich es dir nun also. Es ist das Einzige, was ich schicken kann und was all das zum Ausdruck bringt, was ich dir sagen will. Und ich hoffe, das tut es, denn mit Worten kann ich nicht beschreiben, wie es mir geht da drinnen. Ich habe keine Ahnung, wie man solche Briefe schreibt, und ich wollte es auch gern anders machen, nicht so, wie man es eben machen soll. Ich weiß nicht, welche Formulierungen man benutzt, und den alten Worten und den gewohnten Bedeutungen ist nicht mehr zu trauen, nur selten geht das, ich glaube nur dann, wenn man einen Umweg macht, dann vielleicht kann man ihnen Glauben schenken, aber nur dann, sonst wird das Ganze abstoßend oder sogar falsch oder schäbig, ganz und gar schäbig.
Verstehst du, was ich meine?
Pass auf dich auf. Und wenn du kannst, dann antworte. Halte durch!
deine Diurede

Er las den Brief stockend ein zweites Mal und schüttelte den Kopf. Er verstand den Zusammenhang nicht, las einige Passagen drei- und viermal. Ein Code? Benutzten sie einen Code?
Das kleine dunkle Päckchen auf seinem Knie. Erneut buchstabierte er Wort für Wort, sprach manche Sätze leise vor sich hin.
Vorsichtig schlug er das Seidenpapier auseinander. Er war von einer sonderbaren Ruhe erfüllt, und doch glitt die Bedeutung der Worte an ihm ab. Zwischen den knisternden Falten lag ein Futteral aus Messing oder irgendeinem anderen Metall. Als er es öffnete, quoll ihm eine Watteschicht entgegen, aus der eine kleine Ampulle herausfiel. Sie sah

aus wie ein Reagenzglas und war nur wenige Zentimeter lang. Im Inneren rann träge eine dunkle schleimige Flüssigkeit hin und her, die rötlich schimmerte. Auf dem winzigen Etikett stand ein kurzer Text, er musste die Augen zusammenkneifen, um die Buchstaben erkennen zu können: *Diurede Viik.*

Er suchte nach einer Erklärung, legte Etui und Röhrchen beiseite, sagte sich, dass er warten, innehalten, kurz … einen Moment innehalten müsse, das Knistern, die Blätter, schwer zu verstehen, kurz warten, später, da …
Er kauerte sich zusammen, zog den Anorak enger um die Schultern, der dunkle Spalt in seinen Augen verengte sich zu einem schmalen Schlitz und verschmolz mit der Nacht. Schwärze, nichts als Schwärze – Finsternis und Stille. Er blies in den Wattebausch, strich ihn über die Wangenknochen, der Flausch war weich und warm, drückte ihn gegen die Ohrläppchen, auf Augenlider und Kinn. Die Fasern verhedderten sich in den Bartstoppeln.
Gedankenfetzen, rasende Bilder. Sekundenlang hörte er den Wind. Schloss die Lider. Gleiten, endloses Gleiten.

Ein Geschöpf … Wesen, gewaltige Wesen thronten auf seinem Körper, unter ihm ein blaues Sofa, das laut knarrte, sobald sich eins von ihnen rührte, ihre Leiber mächtig, ungleich größer als der seine – und er strampelte, mühte sich, ihre Aufmerksamkeit zu erregen, blickte suchend durch den Raum – aber nichts, nichts als das blaue Sofa. Über ihm Sätze, sie unterhielten sich, gaukelten es vor? Aßen, tranken Kaffee? Und das Knarren – und Luft, Atemzüge, er hob an sich zu strecken, aber da war kein Raum, den Brustkorb zu weiten, ihr Gewicht erdrückte ihn – er versuchte zu rufen, »Hallo!« Hatten sie ihn gehört? Ihn gehört und ließen sich nichts anmerken? – das Sofa knarrte, ächzte, schwankte, sie lachten leise, »ist nicht zu schwer, oder?« –

und Luft, Luft! ... – Er hatte noch immer nicht geatmet, war sich nicht mehr sicher, ob ihr Gewicht wirklich auf ihm lastete, hörte sich selbst sagen: »Die blauen Polster sind weich, ich hab schon immer gern auf dem Sofa gelegen«, meinte, was er sagte, ohne zu begreifen, wie es dazu hatte kommen können – ... Erneut ein Knarren. Der Druck auf Beine und Arme und Brust verstärkte sich, wurde unerträglich, ein Ruck durch den Körper, Spannung, die rasant anwuchs und schließlich alles andere überdeckte, geschwind! Los jetzt! Und dachte noch: Wie kann man nur so lange den Atem anhalten –

Abrupt schlug er die Augen auf, sein Puls raste. Er fluchte, fluchte erneut, darf nicht, darf einfach nicht!, tastete hektisch nach der runden Dose, eine grüne jetzt, rasch! Er wollte die Anoraktasche öffnen, als er mitten in der Bewegung erstarrte. An der nächsten Klippe lief eine dunkle Gestalt entlang. Für einen Moment glaubte er, Granvik vor sich zu haben. Oder Nylund, war das Nylund? Mit einem Schlag war er hellwach. Nein, wie, wie denn, jemand von denen, einer von der anderen Seite.

Er versuchte auszumachen, ob weitere Gestalten folgten, saß bewegungslos, wagte nicht, das Messer aus dem Koppel zu ziehen.

Ein Schaben, die Gestalt war wenige Meter vor ihm in die Hocke gegangen, er erkannte einen Tarnanzug, darüber ein Waffenriemen, das Gesicht lag im Schatten. Erneut kratzende Geräusche und ein dunkler Klang in der Finsternis.

Plötzlich richtete sich die Gestalt auf und sagte etwas, ein einziges, kurzes Wort – ein Vokal, der sich wiederholte, »kenne«? »nenne«?

Mit mir, spricht mit mir, hat mich gesehen. Edh umklammerte den rechten Eisstab, der Fremde griff nach der Waffe. Stumpfe, schneidende Reflexe. Edh hieb in die Luft, sah noch immer nichts als einen schwarzen Schatten, stieß erneut den Eisstab in die Dunkelheit, ein dumpfer Laut, als die Spitze in etwas hineinfuhr, plötzlich ein Schlürfen, das anwuchs und in seinem Kopf widerhallte, er merkte, dass er kurz davor war loszuschreien, spürte, wie der Körper des Soldaten an der Stange zitterte, sah, dass der andere auf den Knien lag, mit der einen Hand suchend über den Boden tastete, ein stoßweises Keuchen, ein Blubbern, und etwas Schwarzes, Glänzendes lief über die Klippe. Es stank, ein intensiver Kotgeruch, der Kopf des Fremden fiel zur Seite, am anderen Ende der Stange rührte sich nichts mehr, nur der Gestank, der Gestank war überall.

Edh stöhnte und versuchte den Stab herauszuziehen, er riss am Schaft, ein lautes schmatzendes Geräusch ertönte, er hatte dem Fremden die Spitze in den Hals gebohrt, seine Hände waren nass, seine Beine zitterten, er sank zusammen, in der Finsternis vor der Klippe blieb alles ruhig. Allein, der Einzige? Keine anderen? Wie wissen, wie sicher sein, dass … Fahrig sammelte er seine Sachen zusammen, begriff nicht, was … Der andere lag auf dem Rücken, die Uniform dunkel verfärbt, die Arme ausgebreitet, ein Gesicht mit weichen Zügen, auf den Wangen und im Haar Blut, die Augen offen, die Lippen rund und voll. Eine Frau? Er schlug die Hand vor den Mund und unterdrückte ein Aufstoßen, nichts! Ruhig! Erstickte einen Krampf, Schluchzer, Schrei.

Auf dem Weg zum Eis hinunter prallte er mehrmals gegen die Felsen, stieß sich hart, rannte weiter, ohne darauf zu achten, erblickte vor sich die graue Fläche, sprang darauf, sprang vom festen Boden aufs Eis, ließ die Schlittschuhe einrasten, in seinem Kopf ein Taumel von Bildern, Lichtfetzen, kreisenden Sequenzen. Er fuhr sich ungeduldig über die Taschen, hinter ihm noch immer alles ruhig, lief los, hatte die runde Dose gefunden und schluckte würgend eine grüne Tablette, konzentrierte sich auf die Beinarbeit, auf die Tritte, das Gleiten, die Neigung des Oberkörpers. Er beugte die Knie exakt im richtigen Winkel.

Ab und zu hielt er an und spie Schleim aus, hastete dann weiter vorwärts. Er hatte Rückenwind. Für ein paar Sekunden wandte er den Kopf. Die Böen schienen abzuflauen. Mechanisch setzte er Schritt für Schritt, monotone, rhythmische Muskelbewegungen.
Auf dem Eis waren Graupel und zertrümmerte Schollen festgefroren, denen er ausweichen musste. Er schwang sich darüber hin, fuhr breitbeinig, nahm eine schroffe Kurve, um nicht gegen einen Eisblock zu rennen. Weit hinter ihm war eine Detonation zu hören. Die Flugabwehr? Er war sich sicher, dass der Laut durch die Luft herübergedrungen war, beschleunigte und stellte sich eine Krabbe vor, wie sie von weit oben aussehen musste. Tiefer im Feindesland als irgendjemand zuvor, ein stürmisches Tappeln seitwärts, rasend schnell, schneller selbst als die Finsternis.

Granviks Gesicht, der wache Blick und die pickelige Haut, ein gefärbtes Antlitz, glänzende Augen – taucht ein in den Schatten hinter dem Steg, kriecht davon und ist verschwunden. Sofort schob sich ein anderes Bild davor: der Eisstab, sein Griff, die Kontur in der Dunkelheit, und das Geräusch, erst der erhobene Stab und dann das Geräusch, das Schlürfen, dieses Schlürfen – er schob die Erinnerung beiseite, kramte in seinem Gedächtnis nach etwas anderem: lange Tische mit Früchteschalen und Pralinenschachteln, offene Verandatüren, ein Sommerabend, eine altmodische Tanzkapelle, süßer Duft in der lauen Luft, das Anwesen, das die Gastgeber für das Fest gemietet haben – prächtig, in einem eigenartigen Architekturstil, den niemand zu benennen weiß –, alle in Smoking oder Abendkleid – er selbst zurückgezogen, ein stiller Beobachter – durch die Fensterfront über ihm das Schillern tanzender Paare, eine Likörpraline

mit dem Geschmack reifer Beeren zwischen Zunge und Gaumen.
Er merkte, dass er schluchzte, tiefe, abgehackte, atemlose Schluchzer pressten sich aus seiner Brust, ein keuchendes Husten. Er warf einen Blick auf die Seekarte und stieß sich erneut ab, lief mit gesenktem Kopf – weit, immer noch weit bis zu unseren Linien.

Neben einer geborstenen Boje sank er auf die Knie und trank Wasser, Mund und Hals waren wie ausgetrocknet. Er spannte die Rachenmuskeln an, presste Speichel hervor und schluckte eine grüne Tablette. Etwas Klebriges rann ihm über Kinn und Hals, er hatte in der Nase kein Gefühl mehr.
Er streckte sich auf dem Eis aus und starrte zu den Wolken empor. Ein Satz ging ihm durch den Kopf, er sprach ihn vor sich hin, wieder und wieder, und wurde ruhiger. Er fand zu einem Rhythmus, betonte jedes Mal andere Vokale. *Ich kann nicht beschreiben, wie es mir geht da drinnen.*
Er richtete sich auf und versuchte sich einzureden, dass er nicht länger allein war hier draußen, stellte sich vor, dass jemand neben ihm lief, jemand voller Ruhe und Kraft, und dass sie sich zusammen vorwärts bewegten.

Ein paar hundert Meter vor ihm schoss eine Stichflamme hoch, kurz darauf war die Explosion zu hören. In einiger Entfernung ratterten Maschinengewehre los.
Er war so überrascht, dass er nicht sofort bremste, sondern weiterglitt – ohne sich abzustoßen ein Stück weiterschlitterte und sich fragte, ob er das Ganze nicht geträumt habe. Gleichzeitig kam von dem Eis unter ihm ein Knacken, er hockte sich nieder, konnte stoppen, ruhig jetzt, ruhig! Um ihn herum lief ein zackiger Ring aus Rissen – nein, nein verflucht! Er glitt auf den Bauch und verteilte sein Gewicht so

gleichmäßig wie möglich, neue Risse zogen ihre Kreise, blitzartig, ohne Unterlass, nein, verflucht noch mal! Ein Stück weiter glitzerte Wasser, das Eis erzitterte, NEIN! und gab nach, er schlug mit dem Kopf auf und sank ein, versuchte zu schreien, schrie blubbernd unter Wasser, als die Nässe die Kleider durchdrang, der Gedanke an die Tiefe unter ihm durchfuhr ihn, bis zum Grund musste es weit sein, weit. DIE HAKEN! DIE EISHAKEN! Er strampelte wild mit den Beinen, warf die Arme hin und her, Wirbel saugten und rissen an ihm – und spürte im gleichen Moment Grund unter den Füßen, der eine Schlittschuh traf auf Widerstand, er drückte das andere Bein hinunter, richtete sich auf und reckte den Kopf aus dem Wasser. Der Windzug an Augen und Wangen war eisig.

Ein Lichtschein glitt über den Himmel, die Schüsse hatten aufgehört. Er prustete, sein Herz raste. Tastend krauchte er auf die Eiskante hoch.

Plötzlich schwenkte etwas neben eine Landzunge oder Halbinsel vor ihm ein, ein flaches kleines Fahrzeug? Keine Lichter, nur ein schwarzer Umriss. Er duckte sich und glitt zurück ins Wasser, durch Magen und Unterkörper zuckte ein bohrender Schmerz. Er versuchte zu erkennen, was für eine Art Boot es war, die Motoren waren kaum zu hören, es schien sich zu nähern, drehte. Über Deck rotierten weitflüglige Radarantennen, ein dickes Rohr achtern, ein zweites am Bug, der Schiffstyp war ihm unbekannt. Ein Patrouillenboot? Musste den anderen gehören.

Flutwellen schwappten herüber und Matsch und Eisbrocken wurden gegen seinen Anorak geschleudert. Er presste die Kiefer zusammen, um nicht aufzuschreien. Das Motorengeräusch war jetzt lauter, fiel dann ab, in ungefähr dreißig Meter Entfernung stoppte das Boot. Hatten sie ihn entdeckt? Er überlegte, ob er eine Handgranate aus dem Koppel angeln oder sich unter Wasser verbergen sollte – nein, nicht wieder da runter, alles andere, nur nicht wieder da runter. Das Boot

drehte erneut, kam noch ein Stückchen näher, er war sich sicher, dass sie ihn durchs Fernglas beobachteten, ihn auf dem Radar hatten, fühlte, wie die Strömung an seinen Beinen zerrte, der Wind wirbelte heulend um Schären und Schiff, knisternd schlug das Wasser gegen die Eiskante.
Die Motoren zogen an. Er rührte sich nicht. Allmählich schien das Geräusch abzuschwellen. Er stand noch immer reglos. Das grollende Murmeln wurde schwächer und schwächer. Langsam hob er den Kopf. Der schwarze Schatten entfernte sich und glitt auf die Inseln im Südosten zu.
Er schrie, ohne dass es in seiner Absicht gelegen hätte, er vermochte sich noch immer nicht zu rühren. Er wusste nicht warum, aber vor seinen Augen entstand das Bild eines großen Wohngebiets aus der Vogelperspektive, ein Muster aus Straßenzügen, Doppelhäusern und Villen.
Er stemmte sich aufs Eis, schwer und schmierig hingen die Sachen an ihm, die Kälte war ihm bis auf die Knochen gedrungen. Er dachte an die Tabletten, hatte einen Geschmack von Blut und Salz im Mund, kam zu sich. Wär ich nicht eingebrochen … sie hätten mich gesehen, wenn ich nicht eingebrochen wäre.

Er kroch über das Eis, schob sich balancierend über spröde Flächen, nahm zwei Pillen. Zitternd trocknete er die Ausrüstung ab, stöhnte laut, als er Desinfektionsmittel auf seine Zehen und die Schnittwunden im Gesicht tropfte, setzte sich auf und streifte über, was noch an Sachen im Rucksack war, Unterwäsche, trockene Hosen, einen Wechselanorak hatte er nicht mehr. Er flüsterte unausgesetzt vor sich hin, seine Arme fühlten sich mit einem Mal länger und schmaler an, sein Kopf wog schwerer als je zuvor. Er wisperte und murmelte, es beruhigte ihn, redete leise auf sich ein und schüttelte dabei das Wasser aus dem Gewehrlauf.

»Okay, gut, weiter jetzt, einfach weiter, Kapseln, Lade, Tabletten, Kompass, Seekarte, nass, verdammt nass die Karte, alles dabei. Lauf, komm schon, lauf.«

Eine Viertelstunde fuhr er direkt nach Süden. Er spürte, wie der Anorak gefror, der Stoff knisterte bei jeder Bewegung. Alle paar Kilometer peilte er mit Seekarte und Kompass.
Ich will! Ich will!

»Siehst du, Karl, klappt doch, hab's auf dem Schiff gelernt … gibt kaum Inseln, keine Orientierung, und doch, find es doch, find den Weg … Bis es nicht mehr geht. Lauf. Lauf! Was denn sonst … lauf, bis es nicht mehr geht.«

Das Eis vor ihm sah uneben aus, aber als er die Fläche erreichte, glitt er mühelos darüber. Weit rechts von ihm wurde eine lange dunkle Linie sichtbar, er glaubte zunächst, er schiele. Offenes Wasser?

»Ein Segel … ein Segel mit Horn zwischen Hände und Füße gespannt und dann diesen Wind schräg von hinten.«
Er breitete die Arme aus und raste dahin, glitt vorwärts ohne sich abzustoßen, die Geschwindigkeit schien sich nicht zu verringern. Schwerelos.

»Zieh dich um, Karl, nicht in nassen Sachen fahren!«
»Nein, brauch ich nicht, ist nur am Rücken kalt, am Rücken, ja, aber nicht drinnen, nein, drinnen nicht, nur der Rücken …«

Das Eis veränderte sich, er prüfte die Dicke, machte einen Schritt über eine kantige Fuge und lief weiter.

»Ist mir egal, verstehst du? Solln sie doch suchen, auf ihrem Radar … Nichts als Eis … wenn ich richtig liege, dann gibt's hier nichts als Eis. So muss man denken, Karl!«

Er sackte in die Knie. Weiche Gesichtszüge, ein Schlürfen, der Eisstab, er zog sich hoch, trat in die Luft, schwenkte die Arme und stieß kurze schrille Schreie aus.

»Dynawave 32:a mit einer *7* auf dem Großsegel, die *Evelina*, spezielle Takelung und Achterkajüte, allerdings keine neuen Instrumente, nur das, was da war, leicht zerschlissene Polster, dunkelblaues Manchester, und Mahagoniholz, die Segel von der Tuchmacherei aus Satchwall, fünfzehn Jahre alt, acht Sommer draußen gewesen mit ihr, in den Gewässern hier, bevor sie verkauft wurde …«

Neben ihm plötzlich ein Knacken und Knirschen, ein paar Meter seitlich tanzte das Eis auf und nieder. Er entdeckte eine schmale Spalte, das Eis unter ihm schaukelte, landeinwärts ein zweiter Wasserstreifen, das Eis war geborsten, in weitflächige längliche Stücke zerbrochen, die Risse liefen parallel zur Fahrtrichtung, die Schollen drifteten aufs offene Meer hinaus.

Er hastete auf die Spalte zu, sie wurde zunehmend breiter, die Schwingungen im Eis verstärkten sich. Er versuchte, die Eisstäbe auf der anderen Seite einzurammen und seine Scholle hinüberzuziehen, raste die Rinne entlang Richtung Süden, hörte neben den Schlittschuhen das Wasser gurgeln. Schneller! Er nahm Anlauf, die Scholle trieb ab, er preschte vorwärts, machte sich aufs Neue bereit. Zu weit! Noch zehn Meter, er fuhr einen Bogen und sprang, warf sich hinüber, unter ihm blitzte schwarz das Wasser, landete auf tauben Füßen, fiel zu Boden, riss sich hoch, stand auf den Schlittschuhen, brabbelte unverständliche Worte vor sich hin, sprang über die zweite Spalte, neue Risse liefen durchs Eis, sprang erneut, sprang über alles, was wie ein Riss aussah. Hetzte in langen Sätzen weiter, hechtete über Kanten, jagte voran.

Der Wind fuhr ihm in den Nacken, durch seinen Kopf gellten schrille Laute, die anschwollen, unablässig an Tonhöhe gewannen, dazu kam ein dumpfes Grollen, wie er es nie zuvor vernommen hatte, gleichzeitig glomm in der Ferne ein Licht auf. Die Luftfeuchtigkeit schien zu sinken, die Temperatur fiel weiter ab. Worte, Satzfetzen, marodierende Gestalten, wimmelnde Bilder und Szenen, er wähnte sich an einen unbekannten Ort versetzt, einen Ort jenseits seiner Vorstellungskraft, die Fremde – ein Reisender im Exil seiner eigenen Welt.

Dunst lag über dem Eis, eine Wolke? Er trieb sich an, glitt hinein.
»Lauf! Lauf!«
Kalter, dichter Nebel umschloss ihn, er nahm die Waffe in die Hand, Wogen grauweißen Brodems, dunkle Wattebausche, die sich in nichts auflösten, sobald er näher kam. Hosen und Anorak eine harte steife Schicht über den anderen Sachen, ein starrer Panzer, seltsam feuchtwarm fühlte es sich darunter an. Sein Blick war auf einen Punkt gerichtet, der das Zentrum des Nebelfeldes zu bilden schien, jäh spritzte es um seine Schlittschuhe auf, dünn lag Wasser auf dem Eis, sprühte ihm gegen die Waden und verschwand, die Eisfläche war wieder blank und trocken.

Aufs Neue glaubte er, Schüsse zu hören, dann eine heftige Explosion – nahe, wie nahe? Er ließ sich fallen, presste sich aufs Eis und legte schützend die Arme über den Kopf, hörte, wie vor ihm ein Hagel aus kleineren Brocken aufschlug, ein wuchtiges Geschwirr von sirrenden Geräuschen drang heran, lief quer durch ihn hindurch, spitze Strahlen, die seinen Leib durchbohrten. Er verharrte noch eine Weile und tastete dann vorsichtig seinen Körper ab. Keine Verletzung zu finden.

Ringsum herrschte noch immer tiefe Finsternis, es war nicht auszumachen, wo Sterne und Mond standen, was Wolke war, was Wind, kalter Nebel oder Eis. Ein Flimmern, schwankte die spiegelnde Fläche erneut? Wach bleiben, wach, Karl. Lauf!

Er schlug sich hart auf die Wangen, peilte mit dem Kompass, sah dann auf die Uhr.
»Eine Insel, hier eine Insel? Vor acht? Viertel vor, oder drüber? Oder erst nach sieben?«

»Überall, sind überall, links, rechts, liegen überall, jede Insel voll, umzingelt, zeigen auf mich, einsam, mittendrin, ein Einsamer, läuft und läuft, und drumherum die anderen, alle andern drumherum und legen an. Schaut her da drüben – ihr späht übers Eis, kontrolliert die Gegend, verfolgt mich … – schaut her also! Rückenwind – upps, das war knapp, harter Sturz kopfüber, steinhart, ein Rums durch den ganzen Schädel, aber das jetzt, so eine Pirouette, wie viel Punkte gibt's dafür … Okay, verdammter Klumpfuß – aber *die* jetzt, das hätt keiner von euch hier draußen hingekriegt, und die hier erst, was? Was? WAS? Wie viel Punkte, was gibt's dafür, was ist die Höchstnote?«

Er lag auf dem Eis und konzentrierte sich auf seinen Atem, in seinen Beinen pochte es, ein Rauschen füllte seinen Kopf. Irgendwo in der Ferne wurde erneut geschossen. Mächtige wogende Baumkronen, die Eisfläche ein Hang, im Gras kleine Flecken von Kies oder Sand. Die Wolken über ihm schimmerten dunkellila, gingen über in Grau, jedwedes Bild … dass er jede Überlegung und Schlussfolgerung jetzt … dass er alles gut durchdenken musste … bevor er eine Entscheidung … dass er jetzt … scharf …

Es gelang ihm nicht, den Gedanken zu Ende zu führen, er blieb liegen und schluckte, Speichel oder Blut oder eine Mischung aus beidem.

»Ist das nicht …?«, flüsterte er heiser und tastete nach dem Riemen, an dem das Fernglas hing. »Bist doch oft genug hier gewesen, Karl. Erkennst du's nicht? Die Schären dort drüben, die große Insel dahinter, die Fahrrinne … und das Gatt, schmal und seicht, aber immerhin. Ein Schlund, ein unpassierbarer Schlund – von weitem zumindest, aber tief genug, wenn man gut rankommt und sich traut … der Spårö-Schlund. Da hinten, der Spårö-Schlund, dann brauch man nicht außen rum, an den Schären und den Inseln vorbei, bist doch oft hier durch!«

Die Seekarte war an der Plastikhülle festgefroren. Er murmelte vor sich hin, ermahnte sich streng, scherzte, hänselte, schimpfte, sah sich sorgfältig um und schaltete dann hinter vorgewölbter Hand die Taschenlampe ein. Er betrachtete den untersten Teil der Karte, das südlichste Gebiet, das verzeichnet war, fand Spårö, Ödö lag ein Stück südwestlich, und schaute auf die Uhr. Von seinen Lippen tropfte Blut.

Angestrengt versuchte er auf der Karte die Landzunge zu orten, die sich von der Insel nördlich von ihm ins Meer erstreckte, aber ohne Erfolg.

Am Himmel landeinwärts krümmte sich ein heller Streifen.

»Ausschau, Ausschau nach allen Seiten!«

Er kniete, wankte, fand mühsam das Gleichgewicht wieder, richtete sich schwerfällig auf und zwang sich vorwärts, seine Knöchel brannten. Er korrigierte mehrfach den Kurs.

»Keine Ahnung! Keine Ahnung … Die Gegend hier … Aber weiter, weiter, so weit ist noch keiner gekommen«, flüsterte er, »niemand.«
Entfernt ein dumpfes Knattern, dann knallte es ein paar Mal laut.
TE-TE-TE-TE-TE-TE-TE!
»Dort lang … dahinten weiter!«
Er merkte, dass er die Worte vor sich hin schrie. Ein neue Salve drang durch die Dunkelheit und er stürzte, in seinem Mund machte sich ein süßlicher Geschmack breit. Seine Augen hatten sich mit Schleim bedeckt, die Umgebung verschwamm. Er versuchte herauszuhören, ob die Schüsse von Norden oder Süd kamen. Unsere – oder die anderen?

Das Feuer riss nicht ab, aber der Beschuss schien nicht ihm zu gelten. Er starrte in die Finsternis. Vor ihm hoben sich die Umrisse eines Felsens aus der Dunkelheit. Eine Insel?

»Kompass, Waffe, vorsichtig, nicht zu schnell, langsam, ganz langsam …«

Er robbte auf die Schäre zu und stierte aufs Eis, sagte sich unaufhörlich, dass er regelmäßig zwinkern müsse, glitt auf den Kapseln dahin wie auf einem Schwimmkissen und umrundete eine Reihe weitläufiger Löcher.
Am Horizont über dem Festland wurde ein schwacher rosa Schein sichtbar.

Er kroch unter einen Felsüberhang, richtete den Oberkörper auf und spähte so gut es ging über die Schäre. In das Fernglas war Wasser eingedrungen.
»Vorsicht, Karl, Vorsicht jetzt …«

Das Feuer kam von mindestens vier Stellen, er konnte nicht mit Sicherheit bestimmen, wohin sie schossen oder wer auf wen, in unregelmäßigen Abständen prasselten vor der Insel Kugelschauer aufs Eis, er schätzte die Entfernung auf hundertfünfzig Meter.

Von Minute zu Minute traten die Konturen deutlicher aus der Dunkelheit hervor. Auf einer Anhöhe der nächsten Insel hob sich ein niedriges rundes Gebilde gegen den Himmel ab. Eine Bake? Ein kleiner Turm? Ein Seezeichen? Auf dem Bauwerk saß etwas, das wie ein Eisenkreuz aussah. Er hielt sich die Karte dicht vors Gesicht. Sein Zeigefinger fuhr über Ödö, auf der nördlichen Hälfte war eine Markierung eingezeichnet, dahinter zwei Buchstaben: BK.

»Bake, Bake, Bake.«

Er peilte die Silhouette mit dem Kompass an, musste das Fernglas am Fels abstützen, betrachtete prüfend abwechselnd Schattenriss und Skizze.

Beide Figuren endeten in einem Kreuz.

Er verglich alles, was er an Umrissen erkennen konnte, mit den Markierungen auf der Karte, buchstabierte mehrmals die Inselnamen, suchte nach Parallelen. Einer der Posten musste in den Uferfelsen unterhalb des Hügels sitzen. Er taxierte die Eisfläche zwischen Schäre und Insel und sah dann zu dem Lichtstreifen am Horizont, der ständig breiter wurde.

»Uhrzeit?«

»Acht vor acht.«

»Risiko? Ödö?«

»Riskier's. Fahr rüber.«

Bedächtig nahm er die Lade aus dem Rucksack. *Achtung! Lebensgefahr! Darf nur vom zuständigen Personal geöffnet werden.*

Er musterte das Schloss und schwenkte die Box sacht hin und her.

Durch die Fuge zwischen Deckel und Unterteil drang ein schwacher Chemikaliengeruch.

Er überlegte.
»So was zu schreiben … das ist doch nur ein Trick, damit man … nicht … – oder?«
Er holte das Messer aus der Koppeltasche.

Sein Blick glitt über die Klinge und er fuhr zurück.
Sein Gesicht war von Raureif bedeckt, das Haar hing in feuchten Zotteln herab, die Lippen schimmerten blau. Er kniff sich hart in die Ohrläppchen und steckte die Fingerspitzen in den Mund. Brauen und Wimpern waren zu Eisbüscheln zusammengefroren, die Augen blutunterlaufen und die Pupillen geweitet, die Iris schien zu pulsieren und changierte zwischen grün und dunkelgrau.
Er erkannte nicht, was er sah.

Er betrachtete das Schloss einen Augenblick lang zweifelnd und schnitt dann säuberlich ein Loch in die dünne Plastikschicht daneben. Im ersten Moment war nichts zu erkennen. Er leuchtete mit der Taschenlampe hinein. Kleine Schubladen, acht, vielleicht zehn Stück. Sie waren durchsichtig, darin lag …
Er beugte sich tiefer hinab. Etwas Filigranes, in Baumwolle oder Watte Eingepacktes, kleine quadratische Glasscheiben. Der Geruch von Desinfektionsmitteln wurde stärker. Auf den giftig gelben Etiketten stand stets ein und derselbe Text:
Achtung! Lebensgefahr! Ansteckungsgefahr! Ausschließlich für medizinisches Personal bestimmt! Unbefugten ist das Öffnen des Siegels verboten! Achtung! Lebensgefahr! Ansteckungsgefahr! Ausschließlich für medizinisches Personal bestimmt! Unbefugten ist das Öffnen des Siegels verboten!
Er starrte auf die Worte, setzte die Kiste ab, ohne zu begreifen, warum er sich auf einmal fürchtete, und wich Stück für Stück zurück.
»Verflucht! Verflucht auch!«

Mit einer flinken Bewegung brachte er einen weiteren Meter zwischen sich und die Lade und versuchte sich zu konzentrieren.
»Börjessons Kiste, Nylunds Kiste … War nicht meiner, nicht mein Auftrag. Bekam die Kapsel, die Kapsel von Radd. Das war der Auftrag, hatte keine Lade, sollte keine bekommen, kein Risiko jetzt.«

Er kauerte sich neben einen gefrorenen Tümpel und vermied es, zu dem Felsüberhang zu sehen. In seiner Brust pochte es, etwas geriet ins Taumeln, die Beklemmung wurde drückend, das Pendel schlug aus. Er sah das Lichtfeld am Horizont sich zu einem Bogen spannen, spürte das Klopfen in der Brust: dreißig Minuten, höchstens.
»Dann ist die Sonne draußen. Und dann die Lade …«, flüsterte er. »Weg hier, Karl, weg!«

Eine neue Salve? Neben der Schäre? Er duckte sich, gleichzeitig wurde ihm klar, dass nicht er das Ziel war. Nachdenklich wog er die Kapseln in der Hand, überlegte, wie viel er tragen konnte, wie hoch sie über das Eis aufragen würden. Beide, sollte er beide nehmen?
Der Wind pfiff über die Klippe und fuhr fauchend durch die Felsspalten und er drückte sich zitternd auf das Geröll, knirschend bog sich in den Überkleidern Falte um Falte. Sein Blick suchte Mond und Wolken, das Bild war stechend scharf, klarer als je zuvor während der Nacht, und er merkte, dass er weinte.

Er duckte sich in die Uferböschung und suchte Eisfläche und Inseln mit dem Fernglas ab. Noch immer wurde geschossen, aber die Salven schienen spärlicher zu werden. Sorgfältig verbarg er den Rucksack und eine der Kapseln unter kantigen Steinen und krempelte das Jackenfutter nach außen – ein Weiß, dunkler als das des Eises, das dennoch den Himmel an Helligkeit übertraf.

Zwischen den Inseln im Südosten begann sich die spiegelnde Fläche rot zu verfärben. Er prüfte, ob sich der Sicherungshebel nach wie vor umlegen ließ, und schob ein neues Magazin ein, den Lauf hatte es anscheinend nicht erwischt. Er schaute auf den Sekundenzeiger und wartete exakt eine Minute.

Dann schnallte er gewissenhaft die Schlittschuhe an und legte sich flach aufs Eis. Er umklammerte Waffe und Eisstäbe. Sein Blick war auf den Uferstreifen unterhalb der Bake gerichtet. Siebenhundertfünfzig, maximal tausend Meter.

»Nicht zu hastig, gleichmäßig, im Takt und langsam – so langsam wie es geht«.

Die Salven schwollen erneut an, es war nicht herauszuhören, ob das Feuer erwidert wurde.

»Dort rüber, ruhig, ganz ruhig, und gleichmäßig, keinesfalls zurück, wie denn auch, zurück geht jetzt nicht mehr …«

Ein dumpfes Donnern schwang durch das Eis, ein mächtiges, langgezogenes Brummen und Grollen, das zitternd nachhallte und weit in die Ferne getragen wurde. Er presste das Ohr an die Fläche – Klänge, Laute, Silben? Die Töne waren tiefer, als die menschliche Stimme reichte.

»Ruhig, ganz ruhig, weiter, noch zwanzig Minuten vielleicht, zwanzig Minuten bis drüben, nur das Eis …«

Jäh ratterten Maschinengewehre los, die Kugeln schlugen im Halbkreis um ihn ein, der Wind riss kleine Eisbrocken mit sich. Was denn, was? Eine Sekunde lang blieb es still in ihm, schwappende, dröhnende Leere. Er merkte, dass er lächelte, sprang auf, zog eine Granate aus dem Koppel, schnell! Und sauste bereits dahin, die Hand am Splint, die Arme schwangen kraftvoll hin und her, es waren keine Schüsse mehr zu hören. Er drückte die Kufen nach außen, schlug einen Haken, bog zum Ufer ein, sah die Insel näher kommen, spürte, wie sein Herz raste. Sie schossen wieder, es war offensichtlich, dass sie ihn im Visier hatten, eine kräftige Bewegung aus dem Handgelenk, die Granate glitt über das Eis davon, und der Splint? Idiot! Er fühlte sich bleiern, von gewaltiger Schwere, sein Körper der Leib eines Ungetüms.

»Schnell, schnell, ja, gut so, denk an die Technik, schneller, schneller als je zuvor, Hauptsache, das Eis reicht bis ran, Hauptsache, es hält, muss, muss einfach …«

Er wurde gewahr, wie etwas in ihm zerriss, jagte unbeirrt vorwärts, spürte, wie etwas schmerzhaft in Stücke ging, ein Klumpen Materie sich aus einer drückenden voluminösen Masse löste, eine Bewegung, so ungeheuer, dass sie nicht rückgängig zu machen war, glaubte, er werde stürzen, Körperteile werden sich verdrehen oder ablösen, lief weiter, wunderte sich, lief noch immer, raste staunend auf die Insel zu … sah sie jetzt deutlich vor sich, versuchte zu bremsen, kam ins Schleudern, stürzte und schlitterte über das Eis, ein brennender Schmerz schoss durch seine Knie.

Sein Magen presste sich zusammen, drückte etwas nach oben, warm und beißend wallte es den Hals hinauf und floss ihm dann über die Lippen, brannte in Nase und Kiefernhöhlen.

Mühsam schleppte er sich auf das Ufer zu, Reflexe, eine Kette von Reflexen, Muskeln, Knochen, Blut. Unter ihm körniges dunkles Eis. Ein heftiger Stich in der rechten Hüfte. Es war kein Einschuss zu fühlen.

Hinter einer Reihe hoher Steine sank er zusammen, lag in eigentümlicher Haltung, zweifelte kurz: Doch getroffen? War sich nicht mehr sicher, ob er überhaupt beschossen worden war.

Das Feuer ließ nicht nach, aber die Mündungsblitze waren nicht zu orten. Er drehte den Kopf zur Seite, sodass ein Ohr Schutz vor dem Wind hatte. Von den Geröllfeldern an der Böschung waren ab und an vereinzelte Laute zu hören, plötzlich ein leises Klappern von Stein gegen Stein. Sein Atem ging ruhiger, unendlich behutsam zog er das Fernglas aus dem Anorak.

Der Himmel über dem Festland schien in Flammen zu stehen. Vom Ufer reichten hohe Klippen bis zu dem steinigen Gelände vor ihm hinauf, dazwischen huschte eine Reihe Schatten entlang. Eine versteckte Feuerstellung? Lippen und Kiefer zuckten unausgesetzt, jeder Atemzug bereitete Schmerzen. Da ... Silhouetten, verschwommene Umrisse ... Posten, ein Helm wurde sichtbar, der rasch wieder verschwand. In Richtung der Schüsse?

»Ödö? Ist das Ödö?«, flüsterte er. »Was sonst ...«

Er sah auf die Uhr, schaute blinzelnd ein zweites Mal hin und kroch um die nächste Klippe. Dunkle Konturen. Geröllbrocken.

»Zehn Grad westlich. Verstanden. Kommen!«

Jäh drang die Stimme durch die Dunkelheit. Er fuhr zusammen. Nach einigen Sekunden wandte er langsam den Kopf. Aus einer Felsspalte wenige Meter uferwärts ragte der Lauf eines Maschinengewehrs. Er war auf die Eisfläche gerichtet, dahinter streckte sich eine längliche schwarze Gestalt zwischen den Steinen aus. Der Soldat lag auf dem Bauch, beide Hände an der Waffe.

»Verstanden. Over and out.«

Der Mann schob sich zwischen den Geröllbrocken zurecht und spähte aufs Meer hinaus. Das Bild schien sich zu verdoppeln und ließ jede Tiefenschärfe vermissen. Edh saugte die Oberlippe zwischen die Zähne und tastete unter dem Anorak das Koppel ab. Das Messer. Der Soldat wandte abrupt den Kopf. Das Messer, wo *verdammt* ist das Messer?

Zwei heftige Rucke links und rechts, er zog die Eishaken aus der Halterung auf der Brust und stürzte sich auf den anderen, seine Kleidung steif, unbeweglich, ein stählerner Harnisch, packte den Soldaten am Hals, bog ihm den Kopf nach hinten und drückte den rechten Haken hart gegen den Adamsapfel.
»Parole Offene!«
Der Mann keuchte, von seinem Haar stieg ein ranziger Geruch auf. Edh spürte die Anspannung in dem Körper unter sich, fühlte, wie ein unbehagliches Surren die Haut an seinen Armen und Beinen durchlief, ein Zittern, das nicht einzudämmen war, ein fiebriges Schütteln, als fließe Strom durch seine Glieder, und war gleichzeitig verwundert über seine Kraft – der andere schien nichts entgegenzusetzen zu haben. Er presste ihm den Haken an die Halsschlagader, sah Blut hervorperlen, zischte noch einmal:
»Parole OFFENE!«
Der Soldat röchelte etwas Unverständliches, Edh drückte fester zu, das Surren stieg bis in die Augen, er merkte, dass der andere die Kiefer nicht auseinander bekam, und ließ kurz locker.
»... Augen ...«, stöhnte der Soldat auf, »Augen! AUGEN!«
Edh spürte, wie seine Hand sich verkrampfte.

Nahm wahr, wie sein Kopf zur Seite glitt, ihm die Eishaken entfielen, die Kapsel von der Schulter rutschte, wie Arm- und Beinmuskeln erschlafften und der Soldat auf ihn einredete, Vokabelfetzen, Worte. Und dass die Sätze, zu denen sich diese Worte formten, zu verstehen waren, auch wenn er sie nur undeutlich hörte.

Stimmen über ihm, Arme, die nach ihm griffen und ihn hochhoben, ohne dass er Gesichter erkannte, Rufe, vertraute Laute, er lag auf dem Rücken, weißes Tuch unter sich, starrte hinauf zu den Sternen, bleiche Lichter, der Mond nicht zu sehen, Atemfahnen, kältelos, und der Mond, wo war nur der Mond, im Wind Schneegeruch, und Hände, die zufassten, die Trage packten, schwanken ließen, sie endlich in der Luft hatten.

IV

Einen Augenblick war er wach. Er lag in einem schmalen Bett, eine Decke über den Beinen. Das Zimmer war winzig, von oben fiel durch Luken trübes graues Licht herein.
In seinem Kopf pulsierte es. Er zog die Schultern hoch, drückte sanft die Wange dagegen und schlief erneut ein.

Er blinzelte, schlug die Augen auf. Das Oberlicht war verschwunden, aus einer Nische, die er nicht einsehen konnte, drang ein schwacher Schimmer herüber wie von Neonröhren. Er fuhr mit der Hand über den Rollwagen neben dem Bett. Die Uhr war nicht zu finden.
Der Raum war größer, als er anfangs gedacht hatte. Drei weitere Betten. Allesamt leer.
Er lag da und betrachtete die Gegenstände im Zimmer, flüsterte stockend vor sich hin, benannte, was er sah.

Er starrte die Decke an, versuchte, sich zu erinnern.
Behutsam streckte er seine Glieder, stöhnte laut, als er sich aufsetzte.

Aus dem Nebenraum kamen leise Geräusche. Er lauschte reglos. Abermals erklangen Laute, in unregelmäßigen Abständen. Eine Art weiches Zischen oder Schlagen.

Er kniff in die Zehen des rechten Fußes. Die Haut war schlaff und hatte sich weißblau verfärbt, an einigen Stellen wirkte sie hauchdünn. Im Fußballen hatte er kein Gefühl.
Neue Laute, die sich mit dem dumpfen Klopfen vermengten. Stimmen? Er war sich nicht sicher. Er drehte den Unterkörper auf die Seite, schob langsam die Füße über die Bettkante

und richtete sich vorsichtig auf. Strauchelte, verlagerte das Gewicht auf das linke Bein.
Er trug einen viel zu weiten hellblauen Schlafanzug.

Hinkend tastete er sich die Wand entlang, zog sich um die Ecke.
Was er sah, schien aus mehreren sich überlagernden Schichten zu bestehen. Er verstand nicht.
Eine armierte Glasscheibe, die zwei andere Scheiben reflektierte. Dazwischen zwei Glastüren und ein Raum von zirka zwei mal drei Metern. Die Gitter ließen die Perspektive flacher anmuten, als sie war. Erst wenn man die Löcher dazwischen fixierte, traten die Tiefenebenen hervor.
Hinter den Scheiben ein breiter, weißgestrichener Korridor, der links nach wenigen Metern eine Biegung machte und sich in der anderen Richtung endlos ausnahm.
In etwa zehn Meter Entfernung standen zwei Kinder, ein Junge und ein Mädchen. Sie warfen einen roten Schaumgummiball gegen die Wand. Ihre Kleidung war grau und von schlichtem Schnitt. Der Junge musste um die acht sein, das Mädchen ein bisschen jünger. Beide hatten dunkles Haar. Sie sahen nicht in seine Richtung.
Edh legte die Hand auf den Griff der inneren Tür. Das Mädchen hatte den Ball zwischen Stirn und Wand geklemmt, der Junge redete auf es ein und lachte. Edh drückte die Klinke herunter. Das Geräusch war nicht zu überhören.
Die Kinder fuhren herum. Rissen die Augen auf, schrien. Rannten schreiend den Korridor hinunter. Edh rüttelte an der Tür. Sie war verschlossen.

Ein Mann kam den Gang entlanggeeilt. Schwarze Haare, dunkler Teint, leichte Kleidung, hellgelb. Edh rührte sich nicht. Der Mann holte einen Schlüssel hervor, öffnete die äußere Glastür, zog sie hinter sich zu und blieb im Zwischenraum stehen.

»Sie sind also aufgewacht.«
Edh stierte ihn wortlos an.
»Sie haben sehr lange geschlafen«, sagte der Mann. »Am Anfang waren wir beunruhigt. Ihre Werte waren schlecht, aber sie haben sich stabilisiert, wir haben Ihnen jede Menge Flüssigkeit verabreicht. Wie geht es Ihnen?«
Die Stimme war trotz der Scheibe laut und klang leicht verzerrt. Edh wusste nicht, was er antworten sollte.
»Sind Sie okay?«
Edh nickte.
»Ich bin der Pfleger hier«, sagte der Mann. »Die Ärztin hat im Moment leider keine Zeit. Sind Sie sicher, dass es Ihnen gut geht? Trinken Sie aus dem Wasserhahn, wenn Sie Durst haben.«
Edhs Blick flimmerte zwischen dem Netzmuster der Scheibe und den Augen des anderen hin und her.
»Wo bin ich?«
Seine Stimme knarrte, sie war kaum zu vernehmen. Der Mann ließ den Blick den Korridor entlanggleiten.
»Militärkrankenhaus. Nicht mehr als zwei Abteilungen. Wir sind ein Stück unter der Erde.«
»Auf Ödö?«
Der Mann wandte den Kopf und schaute zu einer Wand, die außerhalb von Edhs Sichtfeld lag.
»Es ist spät. Morgen früh kommt die Ärztin vorbei. Ruhen Sie sich aus. Sie wird Ihnen all Ihre Fragen beantworten.«
Edh lehnte sich gegen die Tür, strich sich über die Arme und versuchte zu schätzen, wie dick das Glas war.
»Wer war das«, fragte er, »die Kinder?«
Der Mann schien leise zu fluchen.
»Das sind meine. Eigentlich dürften sie gar nicht hier sein. Aber es gibt nun mal keinen anderen Ort. Der sicher ist. Außerdem haben wir im Augenblick keine Patienten auf der Station. Außer Ihnen natürlich. Ich werd den beiden die Ohren langziehn.«

Edhs Kinn war auf die Brust gesunken, in den Oberschenkeln spannte es, die Schmerzen strahlten aus.
»Gehen Sie jetzt ins Bett«, sagte der Mann. »Sie kommt morgen. Die Ärztin.«
»Warum ist die Tür abgesperrt?«
Der Mann schüttelte den Kopf.
»Schlafen Sie erst mal. Morgen früh sehen wir weiter.«
Edh zögerte. Der andere machte keine Anstalten, seinen Worten noch etwas hinzuzufügen. Edh drehte sich um und tastete sich Schritt für Schritt ins Zimmer zurück. Er warf einen Blick über die Schulter. Der Mann stand noch immer vor der Scheibe. Er wankte ins Bad und wartete. Draußen entfernten sich Schritte.

Edh betrachtete seine Füße.
Im Bad gab es Waschbecken und Toilette, aber keinen Spiegel. Er drehte das kalte Wasser auf und trank. Es schmeckte nach Chlor.
Er entdeckte, dass in seiner rechten Armbeuge eine Kompresse saß, über einer Ader auf dem Handrücken zeichnete sich ein winziger blauer Punkt ab.
Er ging in die Hocke, legte das Gesicht in die Hände, kauerte so für lange Zeit.

Er taxierte das Mobiliar, überlegte, wie schwer die einzelnen Gegenstände sein mochten, dann glitt sein Blick erneut zu den Glasscheiben. Er war erschöpft. Mechanisch tappte er zum Bett, ließ sich zurücksinken und breitete die Decke über sich. Wie er sich auch drehte und wendete, er konnte nicht vermeiden, dass er druckempfindliche Körperstellen belastete.

Das Zimmer war höher, als am Abend zu ahnen gewesen war. Durch die Deckenluken schimmerte Tageslicht. Die Wände ringsum waren kahl.
Er fühlte sich schwach und verspürte heftigen Durst, sein Kopf schmerzte. Die Schlafanzugjacke war über Nacht unter dem linken Arm eingerissen. Die obere Hälfte des Lakens war zusammengeknüllt und lag als faltige Wulst an der Bettkante. Er pulte sich gelbweiße Schleimklümpchen aus den Augenwinkeln. Hinter dem Geländer am Fußende stand eine zierliche weißgekleidete Frau.
»Wie geht es Ihnen heute?«
Sie hatte ein schmales ovales Gesicht, kleine Augen und schwarzes Haar. Ihr Körper schien geschlechtslos. In der Kitteltasche klimperte es, ein Schlüsselbund.
Er sann der Frage nach.
»Ich habe Durst.«
»Gleich gibt es Frühstück.«
Sie machte sich Notizen.
»Sie haben über vierundzwanzig Stunden geschlafen. Wie es aussieht, haben Sie das Ganze relativ gut überstanden. Als Sie hier ankamen, hatten wir durchaus Grund zur Sorge, aber … Ja. Wir müssen noch ein paar Tests machen. Die Wunde an der Hüfte ist ziemlich tief.«
Edh ertastete unterhalb des Hosenbunds einen schmalen Verband. Es verblüffte ihn, dass er ihm nicht eher aufgefallen war.
»Können Sie sich aufrichten?«
Edh schob sich das Kopfkissen hinter den Rücken.
»Und dann ist da noch das Problem mit …«
Sie hob die Bettdecke hoch und zeigte auf seinen rechten Fuß, massierte sorgsam den Ballen, kniff hinein und schaute ihn fragend an.
»Ist kaum zu merken.«
»Und hier?«
Sie bog sacht die Zehen hin und her, eine nach der anderen, wiederholte ihre Frage. Er schüttelte den Kopf.

»Das sollten wir ernst nehmen«, sagte sie und schrieb erneut etwas ins Krankenblatt. »Man muss abwarten, ein paar Monate vielleicht. Vorher kann man nichts Endgültiges sagen. Erfrierungen brauchen ihre Zeit, wir sollten überwachen, wie sich die Blutzirkulation entwickelt, erst dann lässt sich eine Entscheidung treffen.«

Sie ließ den Fuß auf die Matratze zurücksinken und suchte Edhs Blick.

»Verstehen Sie, was ich meine?«

»Ich bin mir nicht sicher.«

»Also. Ob Sie alle behalten können. Aber abgesehen davon«, sie nahm die Hand von seinem Bein, »scheint es Ihnen einigermaßen gut zu gehen. Trotz alledem.«

Er zuckte die Achseln.

»Sie machen keinen besonders kräftigen Eindruck, aber das wird sich ändern. Was Sie brauchen, ist vor allem Ruhe.«

»Warum ist die Tür abgeschlossen?«

»Es gibt ein paar Leute … Man wird sich bald mit Ihnen treffen. Und Ihnen Ihre Fragen beantworten. Dieserart Fragen.«

Edh beugte ruckartig den Oberkörper vor. Zwischen seinen Worten taten sich Pausen auf.

»Aber ich will jetzt Antworten haben, verstehen Sie, jetzt! Und wo sind meine Sachen? Die Sachen, in denen ich hergebracht wurde?«

Er hielt inne, dachte, dass er etwas Unangemessenes gesagt habe. Die Ärztin ging ins Bad, es klang, als wasche sie sich die Hände.

»Ihre *Sachen*? Meinen Sie Ihre Uniform?«

Sie kam zurück, sah ihn zweifelnd an.

»Ich nehme an, dass man Sie unter die Dusche gestellt hat. Ich war zu dem Zeitpunkt nicht hier, aber klar, man hat Ihnen die Sachen ausgezogen und Sie geduscht. Ihre Kleidung ist bestimmt noch irgendwo. Das meinen Sie doch, oder? Ihre Kleidung?«

»An eine Dusche kann ich mich nicht erinnern.«

»Nein?«
Edh stellte das rechte Bein auf und schürfte mit dem Fuß über das Laken.
»Warum ist die Tür abgeschlossen?«
Seine Stimme war dünn und zittrig. Ihr Klang befremdete ihn.
»Wir haben die zuständigen Stellen benachrichtigt, sie wollen Sie treffen so bald wie nur irgend möglich. Sie müssen also nicht mehr lange hier bleiben. Das Frühstück kommt jede Minute.« Sie ging Richtung Ausgang.
»Wir sehen uns später. Außerdem erhalten Sie was Neues zum Anziehen.«
Edh hörte, wie sie die Türen hinter sich abschloss.
Er rollte sich auf den Bauch, schlug den linken Fuß gegen die Matratze und hämmerte mit beiden Händen auf das Kopfkissen, leise, dumpf, er prügelte darauf ein, bis er erneut einen Schlüssel im Schloss hörte.

Sie liefen einen kurzen Gang hinunter, dann wies der Pfleger auf einen Aufzug. Sie fuhren zwei Etagen tiefer und betraten einen weiträumigen Korridor. Es war kühl. Edh versuchte, nicht zu humpeln, Waden und Oberschenkel schmerzten. Er merkte, dass die anderen auffallend langsam gingen. Der Pfleger schloss eine Doppeltür auf.
»Hier endet das Krankenhaus.«
Ein neuer Gang, der kein Ende nehmen wollte. In die Betonwände waren breite Metalltüren eingelassen, von der Decke hingen in regelmäßigen Abständen Überwachungskameras herab.
Sie begegneten nur wenigen Leuten, alle in Krankenhaustracht oder Uniform. Edh bemühte sich, nicht in die Gesichter zu starren.

Das Frühstück hatte aus ein paar Brotscheiben und einem Teller Mehlsuppe bestanden. Er hatte das Essen hinuntergeschlungen.
Der Pfleger hatte Pantoffeln, ein hellblaues Hemd, ein paar weite Baumwollhosen und eine Art Morgenrock neben das Aluminiumtablett gelegt.
»Nach dem Essen treffen Sie den Kommandanten. Und ein paar andere Offiziere. Wollen Sie einen Rollstuhl haben? Wir müssen ein ganzes Ende laufen.«
»Nein.«
»Krücken?«
»Ich kann alleine gehen.«
Als der Pfleger ihn in den Korridor hinausgelassen hatte, waren zwei bewaffnete Soldaten auf sie zugetreten.
»Unser Begleitschutz.«

Eine der Metalltüren klaffte ein Stück auf, in der Halle dahinter standen Steuerpulte und Maschinen.
»Sind wir auf Ödö?«, fragte er.
Der Pfleger zögerte. Edh drehte sich nach den Soldaten um, die ein paar Meter hinter ihnen liefen. Sie wirkten beide sehr jung.
»Wir sind in der Nähe«, sagte der Pfleger schließlich.
»Was heißt das?«
»Das, was ich sage. Dass wir in der Nähe sind.«
»Traun Sie sich nicht, mir eine bessere Antwort zu geben?«
Der Pfleger kratzte sich an der Wange.

Der Korridor gabelte sich. Wohin die Gänge führten, war nicht zu erkennen. Edh wurde sich bewusst, dass er die Entfernung schätzte, überlegte, wie schnell er war, ob er es schaffen könnte, sich irgendwo zu verstecken.
Er fluchte.

Sie bogen in den rechten Gang ein und machten wenig später vor einer schweren Panzertür Halt. *KZGS* stand auf einem kleinen Schild.
»Legitimation!«, sagte eine Stimme und der Pfleger hob eine Plastikkarte vor das elektronische Auge.
Edh zog das rechte Bein an und verlagerte das Gewicht. Er war nass geschwitzt, die Wadenmuskeln vibrierten wie unmittelbar vor einem Krampf.

Sie traten ein und wurden eilig von Bewaffneten durchsucht. Durch eine Art Schleuse gelangten sie in einen Bunker, von dem mehrere Flure abgingen. Hinter einer Glaswand saß etwa ein Dutzend Personen vor großflächigen Bildschirmen. An der Querseite des Saales hing eine überdimensionale Fahne, darunter das Porträt der Königsfamilie. Der Pfleger sah auf die Uhr und deutete auf eine Seitentür.
»Da hinein. Sie werden erwartet.«
Wasser, eine dunkle, blinkende Wasserfläche. Das Geräusch, das beim Zusammenknüllen von Papier entsteht. Und eine Axt oder Messerschneide, die mühelos eine Sehne durchtrennt.

Vor einer Wandtafel stand eine Gruppe von Offizieren, die heftig miteinander diskutierten. Eine unsichtbare Hand schloss hinter ihm die Tür. Er wurde zum anderen Ende des Raums beordert. Er schritt geradeaus, den Blick fest auf die Wand gerichtet.
Eine Thermoskanne und umgestülpte Becher, hinter dem Tisch ein Mann mit weißem Haar, stämmig und hoch gewachsen. Auf seiner Jacke saß eine Reihe goldener Sterne. Edh zählte. Generalleutnant.
Sie schauten sich in die Augen und Edh war dabei, Haltung anzunehmen, entspannte sich jedoch unvermittelt wieder. Er war über sich selbst überrascht, drängte die Verwunderung beiseite und blickte zu Boden.

Der Mann streckte langsam die Hand aus und lächelte. Er hatte dunkle Ringe unter den Augen, die eine Gesichtshälfte war eingefallen und deutlich schmaler als die andere. Er wirkte angespannt und erschöpft zugleich.

»Karl Edh. Bitte setzen Sie sich.«

Edh blieb einen Moment bewegungslos stehen, sein Atem jagte. Schweigen, er würde einfach schweigen, die Antwort verweigern. Bedächtig ließ er sich nieder. Mit einem dumpfen schmatzenden Geräusch entwich Luft aus dem Stuhlpolster. Der Mann beobachtete Edh über den Tisch hinweg aufmerksam.

»Ich möchte Ihnen gratulieren.« Die Stimme war tonlos, er klang gleichgültig. »Mein Name ist Nordgren. Ich bin derzeit der ranghöchste Offizier vor Ort.«

Edh fiel auf, dass es in dem Raum keine Fenster gab.

»Im Namen des Führungsstabes möchte ich Ihnen Glückwünsche und Dank für Ihre Leistungen übermitteln. Die Operation kann sich als unerhört wichtig erweisen.«

Er hielt ein paar Offiziere dazu an, die Lautstärke zu senken, und fixierte Edh mit erhobenen Augenbrauen.

»Ich nehme an, dass Ihnen bewusst ist, dass Ihr Einsatz in unterschiedlicher Form honoriert werden wird. Beförderung, Vergünstigungen und Ähnliches.« Seine Stimme war noch immer ausdruckslos. »Und Sie werden Urlaub bekommen und die Möglichkeit haben, sich auszuruhen. Aber selbstverständlich nicht hier.« Er verzog die Lippen zu einem Lächeln. »Wir befinden uns fast siebzig Meter unter der Erde. Eine Art kleineres Basislager, einige Kilometer südlich von Ödö, es hat die verschiedensten Namen. Anfangs hieß es Sensö, aber daran erinnert sich heute niemand mehr.«

Edh spürte, dass der Mann seinen Blick suchte.

»Sie sind doch … okay, oder?«

Edh betrachtete seine Knie, er atmete laut, viel zu laut, das pfeifende Geräusch zerriss die Stille zwischen ihnen. Ein

Hauptmann näherte sich, entschuldigte sich und übergab ein Dokument.

Am Tisch herrschte Stille. Edh wartete.
Das Geräusch von knisterndem Papier.
»Ich verstehe, dass Sie eigentlich noch Ruhe brauchen, aber … Wollen Sie einen Kaffee? … aber es gibt ein paar Sachen, die wir sofort besprechen sollten und da …«
Der Mann schraubte die Thermoskanne auf und schenkte ein.
»Nein danke. Keinen Kaffee.«
Der Mann warf Edh einen skeptischen Blick zu.
»Sicher? Der Kaffee ist hervorragend.«
Edh nickte.
»Ich trinke keinen Kaffee. Auch jetzt nicht.«
Eine ältere Frau trat an den Tisch, sie trug ein Kleid und eine schlichte Trachtenjacke ohne Gradbezeichnung.
»Ja«, sagte der Mann und nickte ihr zu. »Kommen Sie. Setzen Sie sich.«
Sie hielt Edh die Hand hin und sah ihn durchdringend an, schlaff erwiderte er den Druck ihrer Finger.
»Meine Sekretärin … Wie gesagt«, fuhr der Mann fort, »wir verstehen, dass die letzten Tage sehr anstrengend für Sie gewesen sind. Trotzdem müssen wir Ihnen einige Fragen stellen. Sie betreffen nur Details, aber gerade die sind für uns unerhört wichtig. Es gibt Dinge, deren Klärung keinen Aufschub duldet. Wir hätten nicht gedacht, dass Ihre Genesung so rapide Fortschritte machen würde und …«
Die Ausdehnung. Edh hatte das Empfinden, dass sein Körper aufquoll. Quoll, seit er den Raum betreten hatte. Das Gesicht glasig bleich, zum Bersten gespannt.
»Wir fragen uns beispielsweise …«, sagte der Mann. Er klang angestrengt, »… Sie verstehen sicher, dass dies alles von ungeheurer Wichtigkeit für uns ist.« Er verstummte.

Sein Blick ging über Edh hinweg. Er hatte die Stimme gedämpft, und dennoch war ihr etwas Schrilles, Metallisches eigen. Kratzende Geräusche auf einem Notizblock. Die Frau protokollierte jedes Wort. Edh sah von einem zum andern. Der Mann verschränkte die Hände.
»Wir …«, sagte er. »Wir fragen uns … Um zur Sache zu kommen. Wir machen uns Gedanken um … die Kapseln. Eine haben Sie hertransportiert. Aber wo sind die anderen?«
Edh starrte mit gesenkten Lidern vor sich hin. Die Wand, die Wand vor ihm musste … einige Meter, musste weit, sehr weit vom Tisch entfernt sein. Er atmete schwer, spürte, wie schleichend ein Druckgefühl in seinem Leib aufstieg, redete sich ein, dass er auf dem Stuhl neben seinem eigenen saß, dass seine Betrachtungen auf umgebungsbedingten Reflexen beruhten, einem mechanischen Umlegen von Hebeln und Schaltern. Die Tischplatte. Uniformknöpfe. Schläfrigkeit. Verharren, Stillstand im Raum. Und die Anspannung in den Gesichtern gegenüber. Papiere, Kaffeetassen. Die glänzende Thermoskanne. Kugelschreiber in einer ovalen Metallschüssel. Ein Locher.
Er wusste nicht, wie viel Zeit vergangen war, seit sie die Frage gestellt hatten.
Der Mann öffnete den Mund, hob zu sprechen an, besann sich und ließ seinen Blick auf Edh ruhen.
»Wo sind die anderen Kapseln abgeblieben?«
Edh saß still, den Kopf im Nacken, die Augen zusammengekniffen. Acht Neonröhren. Acht Neonröhren waren da oben. Zwei davon kaputt. Lautlos schabte er mit den Pantoffeln über den Fußboden.
»Edh«, sagte der Mann und fuhr sich über die Oberlippe. »Alles okay?«
Edh schaute ihn an. Nahm dann die Frau in Augenschein. Geruhsam legte er ein Bein über das andere, streckte den Arm aus und kratzte sich am rechten Knöchel. Schwieg. Nicht antworten, nicht mal dran denken. Zuckte mit den Schultern, schüttelte den Kopf.

»Was soll das heißen?«, fragte der Mann gedehnt. Seine Stimme wurde lauter.
Edh vermied es, ihn anzusehen, er stierte auf die Papiere.
»Um es anders zu formulieren: Wo haben Sie die Kapseln zum letzten Mal gesehen?«
Edhs Kopf sank auf die Brust. Keine, keine einzige, einfach nicht antworten.
Die Frau beugte sich zur Seite und flüsterte dem Mann etwas zu.
»Karl«, sagte sie lächelnd, »die Kapseln sind unerhört wichtig und …«
»Ich weiß nichts darüber«, sagte Edh.
Sie schwiegen. Überwachten ihn.
»Außerdem heiße ich Edh.«
Er fügte hinzu:
»Nicht Karl.«

Der Mann schnellte hoch.
»Wir haben Ihnen eine Frage gestellt. Antworten Sie! Das ist ein Befehl.«
Die Anordnung fiel unerwartet heftig aus. Man sah sich nach ihnen um. Edh spannte die Wangenmuskeln an, schluckte und wich ihren Blicken weiterhin aus.
Der Mann inspizierte die Tischplatte, blätterte in den Papieren und musterte Edh dann abschätzend.
»Verstehen Sie überhaupt den Ernst der Lage?«
Edh antwortete nicht.
»Sowohl was den Krieg betrifft – als auch in Bezug auf Ihre eigene Person?«
Edh schwieg.
»Sehen Sie«, sagte er schließlich. Er sprach betont langsam. Sacht fuhr er mit der Hand unter die Schlafanzugjacke und beulte den Stoff nach vorn.
»Zivil.« Er straffte den Stoff erneut. »Ich trage Zivil.«

Er drückte die Ellenbogen gegen die Hüften, spürte, wie sein Herz pumpte, in Kopf und Nacken pulsierte es. Gegenüber machte man sich schweigend Notizen, der Stift ging zwischen den beiden hin und her.

»Wenn wir nicht so einen Zeitdruck hätten, würden wir Ihnen noch einige Tage Ruhe gönnen.« Der Mann hatte sich erhoben und bürstete etwas von seiner Jacke.

»Aber über eines sollten Sie sich im Klaren sein.« Er verschränkte die Arme vor der Brust.

»Es gibt andere, die wir fragen können. Andere, die uns schon Bericht erstattet haben.«

Edh studierte das Gesicht der Frau. Sie lächelte und nahm einen Schluck aus ihrem Becher.

»Sie sind nicht der Einzige von der *Schwarzen Krabbe*, der es geschafft hat«, fuhr der Mann fort.

Edhs Rücken versteifte sich, er taxierte die beiden prüfend. Ihm war kalt. Der Mann drehte sich leicht zur Seite und warf ihm aus den Augenwinkeln einen Blick zu, der nicht zu deuten war.

»Sie fragen sich, von wem ich rede. Das sehe ich Ihnen an.« Er breitete gemächlich die Arme aus.

»Sein Name ist … Nylund.«

Edh presste die Lippen zusammen, er ließ die beiden nicht aus den Augen.

»Peter Nylund. Fahnenjunker.«

Der Mann grätschte die Beine.

»Jedenfalls haben wir mit ihm schon gesprochen. Nur damit Sie Bescheid wissen. Dass wir bereits informiert sind. Über das meiste.«

Er leerte seinen Becher und warf ihn in einen Pappkarton an der Wand.

»Das scheint Ihnen nahe zu gehen.« Er sah interessiert aus. »Dass Nylund es geschafft hat.«

Edh konnte sich zu keiner Antwort durchringen.

»Wir machen uns ja schließlich nicht nur Sorgen um die Kapseln«, sagte der Mann und räusperte sich. »Wie kam es beispielsweise – und dazu würden wir gern Ihre Version hören –, wie kam es dazu, dass Sie und Nylund getrennt wurden?«

Der Stift der Frau huschte erneut übers Papier.

Etwas in seinem Unterleib verursachte stechende Schmerzen. Er fuhr sich mit der Hand übers Kinn, spürte rauen Schorf und Bartstoppeln, fluchte innerlich und schauerte zusammen.

Und schwieg – wie ihm schien, für lange Zeit. Sein Blick war auf einen leeren Stuhl gerichtet.

»Ich«, begann er. Seine Stimme ließ sie aufschauen, ihr Gesichtsausdruck veränderte sich. »Ich würde Fahnenjunker Nylund gern sehen.«

Der Mann richtete seine Hemdmanschetten und zog scharf die Luft ein.

»Das ist leider nicht möglich«, er hüstelte. »Nylund ist übel dran, er wird gerade operiert. Als wir ihn gefunden haben, hatte er Schusswunden, soviel ich weiß am Hals. Er ist nördlich von Ödö ins Sperrfeuer geraten und dort draußen liegen geblieben, wir haben ihn erst spät entdeckt.«

»Ich glaubte …«, sagte Edh bedächtig. »Haben Sie nicht gesagt, Sie hätten mit ihm geredet?«

»Ja.«

Sie schauten sich einen Moment in die Augen.

»Tatsächlich? Und er hat Schusswunden am Hals?«

»Nein«, sagte der Mann nach kurzer Pause. »Da haben Sie was missverstanden. Nylund hat uns Fragen beantwortet. Schriftlich. Er hat die Antworten *aufgeschrieben.* Außerdem habe nicht ich ihn befragt. Aber es muss ihm wirklich sehr schlecht gegangen sein.«

»Ich möchte ihn treffen.«

»Angesichts seines Zustandes ist das natürlich ganz und gar unmöglich. Zurzeit jedenfalls.«

»Dann möchte ich ihn zumindest sehen.«

»Wie ich schon sagte: Er liegt im Augenblick auf dem Operationstisch.«
Edh spürte, wie der Schmerz hinter seiner Stirn zum Scheitel hoch kroch, in ihm stieg Verzweiflung auf. Er versuchte abzuwägen, konnte sich nicht entscheiden, ob er weiterreden sollte.
»Nylund kann es nicht hierher geschafft haben. Er war nicht länger in der Lage zu fahren, seine Füße waren verletzt. Und er war mit seinen Kräften am Ende. Außerdem hatte er keine Schlittschuhe mehr.«
Er haspelte die Sätze konzentriert herunter, seine Stimme war klar. Der Mann warf etwas auf den Tisch, eine Kette mit einer kleinen Metallmarke daran. Edh reagierte nicht. Der Mann wartete ein paar Sekunden, nahm die Plakette dann geschwind wieder an sich und las zuerst ein Geburtsdatum vor.
»Und dann steht hier: ›Nylund, Peter Mats. Dalbro. Persönliches Eigentum. Sorgfältig aufzubewahren. Blutgruppe darf nur vom Fachpersonal vermerkt werden.‹«
Er legte die Marke auf den Tisch zurück, schob sie ein Stück in Edhs Richtung. Edh schloss die Augen.

»Ich ... möchte mit Oberstleutnant Radd sprechen«, sagte Edh.
»Radd ist nicht zu erreichen.«
Edh runzelte die Augenbrauen.
»Die Funkverbindung ist zurzeit unterbrochen. Tessenöy ist heute Nacht angegriffen worden.«
Edh sah blicklos vor sich hin.

»Nylund behauptet unter anderem«, sagte der Mann, »dass er Ihr Leben gerettet hat. Bei ... Segelberg, so hieß der Ort wohl. Haben Sie dazu etwas anzumerken?«
Die Frage überrumpelte ihn, unruhig rutschte er hin und her.
Der Mann fuhr fort:

»Des Weiteren hat er berichtet, dass Börjesson am Verbluten war und deswegen seine gelbe Tablette geschluckt hat. Und dass Sie ihn in einer Felsenspalte begraben haben. Stimmt das? Und er hat erzählt, dass Sie und er in einem Keller auf … Karlsvik Unterschlupf gefunden haben, Schutz vor der Kälte vor allem. Ist das richtig?«

Die Eisfläche, grenzenlos, dunkle Gestalten, die sich in langen Kolonnen von Eisfeld zu Eisfeld schwangen, und ein riesiger Arm vom Himmel herab, der sie zu Fall brachte, die Körper über das Eis gleiten ließ, Stimmen, Rufe, und das Gleiten der Körper, ferner und ferner, bis ins Unendliche, weiter, als es denkbar war.

Schleppend sagte er:

»Spielt das tatsächlich eine Rolle? Was ich sage?«

Beide nickten.

»Eine große Rolle.«

»Berichten Sie«, sagte der Mann.

»Dann möchte ich, dass auch Sie mir berichten … Ich habe jede Menge Fragen.« Seine Stimme klang heiser. Er hielt inne.

»Das verstehen wir«, sagte die Frau. »Aber danach. Wir beantworten Ihre Fragen danach. Zuerst Sie.«

Sie fügte hinzu:

»Zuerst Edh unsere.«

»Wir beschränken uns auf das Nötigste«, sagte der Mann.

Die Fragen kamen schnell, eine nach der anderen, die meisten waren komplex, betrafen die Route, Granvik und Börjesson, die Kapseln. Edh blickte zu Boden, bat um ein Glas Wasser. Die Frau verschwand und kam mit zwei Flaschen zurück.

»Wann bin ich dran?«, fragte Edh.

»Später.«

Erneut folgte Frage auf Frage. Seine Antworten waren knapp. Nur das, was die Frage betrifft, nicht abschweifen

jetzt, so ehrlich wie möglich. Er konzentrierte sich darauf, zügig zu reagieren, presste die Worte hervor, um sie loszuwerden, bat um die nächste Frage, um nicht innehalten zu müssen. Nicht hängen bleiben jetzt. Nur keine Frage nach jemandem mit langem Haar, nicht fragen, ob ich den Eisstab … Er straffte sich, verzichtete auf Details, antwortete manchmal, bevor sie die Frage zu Ende gestellt hatten, merkte, dass es ihm Schwierigkeiten bereitete, gewisse Ereignisse auseinander zu halten. Ab und an forderten sie ihn auf, ihnen die Orte auf der Seekarte zu zeigen. Er hatte den Eindruck, als befände er sich auf einer abfallenden Fläche, und sein Körper rolle hinab, schneller, immer schneller, die Wörter, die er ausstieß, kleine Holz- oder Metallkugeln, eine ungeheure Menge kleiner Kugeln, die neben ihm abwärts glitten, ihn überholten, überrollten.
Es musste bereits über eine Stunde vergangen sein.

Unverhofft verspürte er das Bedürfnis, sich zu schlagen, hart, unbarmherzig, auf die Arme, die Beine, ins Gesicht.

Die Luft im Zimmer war stickig. Der Mann ging die Notizen durch. Sie schwiegen.
»Bin ich jetzt dran?«, fragte Edh. »Gerade zu den Kapseln beispielsweise hab ich auch ein paar Fragen.«
»Wie gesagt, wir kommen zu Ihren Fragen«, entgegnete die Frau. »Aber gedulden Sie sich bitte noch ein wenig.«
»Das ist interessant.« Der Mann unterstrich etwas. »Sie haben gesagt, dass Sie während der Nacht zunehmend unsicherer wurden, was Nylunds Absichten anging. Oder vielmehr: Dass Sie *Angst* vor Nylund bekamen. Das haben wir doch richtig verstanden, oder? Angst?«
Nach kurzem Zögern bejahte Edh.
»Ausgesprochen interessant«, wiederholte der Mann und sah die Frau an.
»Nylund sagt nämlich exakt das Gleiche. Über Sie.«

»Vielleicht benötigen wir Sie später noch einmal. Sie sehen aus, als bräuchten Sie Ruhe. Aber eine Sache noch.« Der Mann räusperte sich. »Diese Lade, die Sie erwähnt haben. Sie hatten davor also *Angst.*« Er setzte nach: »Vor der auch.«
Edh fühlte Müdigkeit in sich aufsteigen, Erschöpfung, Mattheit – und Kälte.
»Ich weiß nicht genau warum, aber ja ... ich bekam Angst. Ich wollte nichts riskieren, mein Befehl lautete ...«
Gedämpfte Laute, ein Flüstern war alles, was er hörte, sein Gehör schien abzustumpfen. Die Frau schrieb, der Mann fuhr sich über die Mundwinkel. Er ließ Edh ausreden.
»Und Sie sind sich sicher, dass Sie keins von den Siegeln erbrochen haben?«
»Ja.«
»Absolut sicher?«
»Ja.«
Der Mann murmelte etwas vor sich hin.
»Wir werden Männer rausschicken um die Lade zu holen, sie kann von großer Bedeutung sein. Wo genau auf Svensholmen ist sie?«
Edh gab Details an.
»Und in der Nähe der Lade befindet sich also auch ... eine der vermissten Kapseln.«
»Ja. Unter ein paar Steinen.«
Der Mann erhob sich. Die Frau lächelte, auch sie stand auf, fast sah es so aus, als ob sie knickse.
»Wie gesagt«, fügte der Mann hinzu. »Sie bekommen in Kürze Urlaub.«
Jemand öffnete die Tür. Vom Saal nebenan strich ein kühler Luftzug herein. Edh blieb sitzen. Er starrte die beiden an. Sie warteten.
»Und *meine* Fragen?«, sagte Edh.
Sie wechselten einen Blick.
»Auch dafür wird Zeit sein.« Die Frau lächelte. »Aber jetzt müssen Sie sich erst einmal ausruhen.«

»Sie haben es versprochen!«
Er sprach leise, atemlos, war kaum zu verstehen.
Als er sich aufrichtete, wankte er und die Frau trat heran und stützte ihn, der Mann lief zum Ausgang.
»Ich verspreche Ihnen, dass man Ihre Fragen beantworten wird. Nur eben nicht jetzt sofort.«
Von draußen eilte ihnen der Pfleger entgegen, in der Hand ein Paar graue Krücken. Edh kam sich jung vor, halbwüchsig, ein Knabe, der Jüngste im Raum, um Jahre hinter den anderen zurück, und ihm schien, seine Stimme müsse kindisch klingen, wenn er versuchen sollte, jetzt noch etwas zu sagen. Er rieb sich die Augen, senkte den Kopf und verbarg seinen Blick.

Er benutzte zunächst nur die rechte Krücke, quälte sich den Gang entlang, bat dann hastig um die zweite. Nach wenigen Metern musste der Pfleger ihn stützen.
Im Korridor schien es noch kühler zu sein als auf dem Hinweg, kaum merklich drang Zugluft durch den Morgenrock. Edh schloss kurz die Augen, trat fehl, setzte mühsam Fuß vor Fuß. Durch seinen Magen liefen Wellen von Krämpfen. Er wischte sich Flüssigkeit aus den Augen. Sein Körper glühte, er fühlte sich dünn und zerbrechlich. Sollte ihn jemand ansprechen … Schweigen, dachte Edh. Einfach schweigen.

Sie nahmen einen der Aufzüge und standen wieder im Stationskorridor. Es roch streng nach Desinfektionsmitteln. Aus einem Zimmer weiter hinten drangen Stimmen, aufbegehrende Stimmen, und ein beruhigendes Zischen. Sie kamen an einer Wanduhr vorbei, die er zuvor nicht bemerkt hatte. Sie zeigte ein paar Minuten nach elf. Er biss die Zähne zusammen, um nicht laut zu fluchen. Die Soldaten ver-

schwanden. Der Pfleger schloss auf und half Edh ins Bett.
»Nichts. Nichts haben sie beantwortet. Ich durfte meine Fragen nicht einmal stellen.«
»Ruhen Sie sich jetzt aus. Bald gibt es Mittag.« Der Pfleger sah ihn ernst an. »Nicht alles auf einmal. Das schaffen Sie nicht.«
Er zog die Bettwäsche glatt, schob den Nachtisch gerade.
Edh versuchte nachzudenken. Was wenn … Er zögerte.
»Sie wissen nicht zufällig …« Edh holte tief Luft und wartete, bis der andere ihn ansah. »Da ist eine Sache, die ich mich frage. Kennen Sie einen Patienten namens Nylund? Ich würde ihn gern sehen.«
»Nein.« Der Pfleger schüttelte nachdenklich den Kopf. »Nein, einen Nylund kenne ich nicht.«
»Sicher?«
Der Pfleger nickte und seufzte.
»Schlafen Sie jetzt. Sie brauchen Ihren Schlaf.«

Edh senkte die Lider. Die Tür wurde geschlossen. Ein Pochen schwang durch seinen Kopf, er atmete langsamer, zwang sich, regelmäßig Luft zu holen, schwitzte, fröstelte, spürte, dass er bald einschlafen würde. Lauschte auf jedes Geräusch. Nichts. Kein Schlüsselklappern.
Er zählte die Sekunden. Dreißig, war er bei dreißig? Nichts. Kein Schlüssel, kein Knacken im Schloss.
Ein weitschwingender rotgelber Wirbel, der kreiselte, sich drehte, Runde für Runde.

Er erwachte davon, dass seine Muskeln zuckten. Sein Mund war trocken, er hob die Schultern und räusperte sich, aber er war wie ausgedörrt.
Am Fußende des Betts stand ein Mädchen. Sie wich ein paar Schritte zurück. Er erkannte sie.
»Darfst du denn überhaupt hier herein?«, fragte er mit einer rauen heiseren Stimme.

Sie kräuselte die Lippen und schüttelte den Kopf. Ihre Zöpfe waren zu einem Kranz aufgesteckt.
»Wie heißt du?«, fragte sie.
»Karl. Hast du jemandem erzählt, dass du hier bist?«
»Ich heiße Linda. Und meine Eltern arbeiten hier.«
»Ja. Aber wissen sie auch, dass du in meinem Zimmer bist?«
Sie kletterte auf die Querstange des Bettgestells.
»Du bist der Soldat, der über das Eis gelaufen ist, stimmt's?«
Ihre Arme baumelten über das Stahlgeländer am Fußende.
Er schüttelte die Decke zurecht und setzte sich auf.
»*Großer Gott*, wie mutig du bist!«, rief sie. »Nicht wahr? *Gooooootti*, wie mutig.«
Er war sich nicht sicher, ob sie sich über ihn lustig machte.
»Du siehst hässlich aus«, sagte sie, »mit all den Wunden im Gesicht.«
Edh antwortete nicht.
»Edward hat Wunden an den Beinen. Mutter sagt, er ist die Treppe runtergefallen.«
»Edward, ist das dein Bruder?«
Sie nickte.
»Linda! Was machst du denn da?«
Draußen im Gang tauchte die Ärztin auf. Das Mädchen sprang vom Bett und rannte zur Tür.
»Tschüss! Tschüss, du Hässling!«
Edh konnte nicht mehr antworten, die Tür klappte zu, und die beiden verschwanden, ihre Stimmen verklangen den Korridor hinunter.

Kurz darauf wurde erneut die Tür geöffnet und die Ärztin trat ans Bett. Er wusste ihren Gesichtsausdruck nicht zu deuten.
»Wie geht es Ihnen?«

»Ich bin ziemlich müde.«
Sie sah sich im Raum um und streckte ihm die Hand hin.
»Wir nehmen später noch ein paar Proben.«

Im selben Augenblick wurde ein schmaler länglicher Gegenstand gegen seine Handfläche gedrückt. Sie verzog keine Miene, deutete nur knapp mit dem Kopf auf Decke und Wände. Er zögerte. Rasch hielt sie sich den Zeigefinger vor den Mund und wies dann auf ihre Ohren.
»Also kein Fieber mehr? Und was machen die Schmerzen in der Brust?«
Edh umklammerte das kleine längliche Etwas und schüttelte den Kopf. Sie wiederholte die Geste mit dem Zeigefinger und er sah sie einen Moment wachsam an, er glaubte verstanden zu haben.
»Und der Fuß?«, fragte sie.
»Ich weiß nicht so recht.«
Sie nickte und ging zur Tür.
»Ich muss weiter. Wir kommen später noch mal vorbei, wegen der Proben.«

Seine Hand war noch immer zur Faust geballt. Unschlüssig ließ er den Blick über die Wände gleiten und betrachtete dann prüfend die Zimmerdecke. Er konnte keine Unebenheiten erkennen. Behutsam drehte er sich auf den Bauch und öffnete die Finger.
Zwei Gegenstände von nahezu gleicher Größe. Ein Glasröhrchen mit dunklem Blut. Und ein gespitzter Bleistiftstummel.
Er stockte. Mich testen? Im Auftrag? Sehen, wie ich reagiere? Er wandte sich um und starrte zur Decke, hektisch pendelte sein Blick zwischen den Luken hin und her. Ihn schauderte.

Die Tür ging auf. Hastig schob er Röhrchen und Stift unter die Matratze.
Stumm tauschte der Pfleger das Tablett vom Morgen gegen ein neues aus. In einem Suppenteller schwammen Makka-

roni in einer milchigen Soße, daneben standen zwei Plastikbecher mit farbloser Flüssigkeit.
Er begann zu kauen, noch ehe der Pfleger das Zimmer verlassen hatte.
Die Tür blieb unverriegelt.

Nach dem Essen holte er das Glasröhrchen hervor, das kleine Etikett war bis auf winzige Reste abgerieben.

iure Vi

Die Außenseite des Röhrchens war von einer braunen Dreckschicht bedeckt und er rubbelte es über die Bettdecke. Das Blut schwappte hin und her und formte sich auf dem Glas zu dichten schleierartigen Mustern. Er veränderte die Handbewegungen, lag, und betrachtete die nassen dunklen Schleier, erstaunt, dass er daran nichts Abstoßendes fand, probierte schließlich, neue Gebilde zu kreieren. Er musste an sämige Wasserfarben denken, Bilder vom Weltraum, Gaswolken.

Er versuchte sich an die Formulierungen zu erinnern. *Trotzdem bin ich nicht dumm … Vor dem Fenster, an dem ich stehe, wachsen drei wilde Obstbäume … Hier schicke ich es dir nun also. Es ist das Einzige, was ich schicken kann und was all das …*

Er merkte, dass ihm die Augen zufielen. Schlafen.

Ein Grauwolf, der aus seinem Gehege ausbricht, unzählige Male, ein Wolf, der ausbricht, ausbricht und verschwindet. Und wieder: Ein Wolf, der sein Gehege verlässt …

Ein Geräusch im Zimmer nebenan ließ ihn erwachen. Ihm war warm, seine Augen juckten. Er setzte sich auf.
Die Bewegung der Flüssigkeit durch das Glasröhrchen.
Die Tür wurde geöffnet. Er verbarg die Ampulle unter der Matratze und zupfte das Kopfkissen zurecht. Vom Betttuch kam ein Knistern. Er hatte keine Zeit nachzuschauen, fuhr nur flugs mit der Hand über den Stoff. Papiere? Unter dem Laken? Er legte das Kissen darüber, begriff nicht, setzte sich erneut auf und starrte vor sich hin.

Die Ärztin und der Pfleger schoben einen Metallwagen mit Verbandsmaterial und Apparaturen vor sich her.
»Zeit für die Proben«, sagte die Ärztin.
Sie hielt Edh ein aufgeschlagenes Notizheft hin.
Zeigen Sie niemandem, was Sie von uns bekommen haben. Vielleicht sind wir übervorsichtig, aber wir wissen nicht, ob wir abgehört werden. Wir wollen kein Risiko eingehen, weder was Sie noch was uns betrifft.
Edh las die Zeilen ein zweites Mal. Er sah, wie die beiden einen Blick wechselten, war unsicher, ging rasch die Alternativen durch. Antworten? Und wenn es ein Test ist?
»Wie fühlen Sie sich?«, fragte der Pfleger und reichte ihm einen Kugelschreiber.
Edh antwortete nicht. Unentschlossen betrachtete er den Stift.
Andrerseits … was macht es für einen Unterschied? Er drängte die Zweifel beiseite, fluchte in Gedanken … Dieses Spiel, ich halt das nicht durch, dieses Spiel hier …
»Würden Sie bitte den Ärmel hochkrempeln«, sagte die Ärztin und legte die Manschette des Blutdruckgeräts um seinen Oberarm.
Der Druck, eine kurze Taubheit in der Schulter, ein Schwindelgefühl, das sich bald verlor. Er seufzte, nahm den Stift und schrieb:
War das alles? Kein Brief?

»Hundertzweiundzwanzig zu zweiundsiebzig«, sagte die Ärztin. Der Druck ging zurück.

Sie schüttelte den Kopf.

»Normal. Wir wollen noch die Elektrolyten testen.«

Eine Metallschachtel vielleicht?

Die Ärztin strich prüfend über seine Arme, wählte den rechten, klopfte mit zwei Fingern gegen die Vene in der Armbeuge und tupfte die Stelle mit einem feuchten Wattebausch ab. Sie steckte eine Nadel auf ein Plastikröhrchen und schob die Spitze unter seine Haut. Edh schaute zu, wie das Blut im Röhrchen stieg. Sie setzte ein zweites an und wiederholte die Prozedur, drückte Deckel auf die beiden Proben und stellte sie in eine Halterung auf dem Wagen.

Das war alles, ich hab jede Naht abgesucht. Sie wollten die Uniform verbrennen.

Nach einigem Zögern klaubte Edh das Glasröhrchen unter der Matratze hervor. Er deutete auf das Blut.

Es ist schon eine ganze Weile da drin. Wieso gerinnt es nicht?

»Wir haben die Werte in etwa einer Stunde«, sagte der Pfleger. »Aber es sieht so aus, als hätten Sie sich ganz gut erholt. Wie gesagt: Die ersten Tage brauchen Sie vor allem Ruhe.«

Die Röhrchen werden vorher präpariert, verschiedene Substanzen zugesetzt. Eine davon ist, glaub ich, Natriumcitrat.

Die Ärztin klebte ein Pflaster über den Einstich.

»So, das wär's.«

Falls noch was ist, sagen Sie Bescheid, schrieb der Pfleger.

Er löste die Seite aus dem Heft und faltete sie sorgfältig zusammen. Sie machten sich daran, das Zimmer zu verlassen. Edh überlegte kurz und griff dann nach dem Stift:

Warten Sie. Ich frage mich …

Er zögerte, betrachtete die Bettdecke, schluckte … Was macht es für einen Unterschied, ob …

Er tippte auf das Glasröhrchen.

Ich möchte …

Er stockte.
das hier jemandem schicken. Einer bestimmten Person.
»Immerhin, Sie haben aufgegessen«, sagte der Pfleger und nahm das Tablett. »Gut.«
»Ja, es hat geschmeckt.«
Können Sie mir dabei helfen?
Er fügte hinzu:
Es zu verschicken?
Sie sahen ihn forschend an.
»Was machen ihre Zehen?«, fragte die Ärztin.
Warum?
Edh gab den Blick zurück.
»Ich weiß nicht«, sagte er, »da ist kein großer Unterschied, glaub ich …«
Ich hab es von jemandem,
er dachte nach,
der es eigentlich jemand anderem geben wollte. Ich möchte es zurückschicken. Ich hab ein schlechtes Gewissen, wenn ich es einfach behalte.
Der Pfleger machte der Ärztin Zeichen, wortlos diskutierten sie eine Weile. Es war unmöglich, ihre Mienen zu deuten.
Wir können kein Risiko eingehen, schrieb die Ärztin. Sie vermied es, ihm in die Augen zu sehen.
Möglich, dass man uns untersucht, wenn wir den Stützpunkt verlassen. Dabei können wir Ihnen nicht helfen.
»Ein leichtes Ziehen im großen Zeh vielleicht«, fuhr Edh fort. »Aber ich bin mir nicht sicher.«
Es verstößt gegen alle Vorschriften.
Edh nickte. Einen Augenblick war die Enttäuschung übermächtig. Die Ärztin kehrte bedauernd die Handflächen nach oben, der Pfleger ordnete die Gerätschaften auf dem Wagen.
»Ich muss mich ausruhen«, sagte Edh.
Er vermied es, mit dem Kissen in Berührung zu kommen.
»Die Proben gehen sofort ins Labor«, sagte der Pfleger.
Er rollte den Wagen hinter sich her, die Ärztin folgte ihm.

Edh blieb aufrecht sitzen und wartete, bis die Schritte verklungen waren.
Er drehte sich um, ließ lautlos die Hand unter das Kopfkissen gleiten und tastete über das Betttuch. Vorsicht, leise, kein Geräusch! Da, da war es. Er schob die andere Hand an die Kante der Matratze, lüftete das Laken und zog vorsichtig einen spröden knittrigen Streifen darunter hervor. Ein Papierfetzen, darauf drei Zeilen in kleinen Druckbuchstaben.

DEN KORRIDOR NACH LINKS. AM ENDE ZWEI
TÜREN. DIE RECHTE. HEUTE NACHT 1.00 UHR.
VERNICHTE DEN ZETTEL

Er dachte angestrengt nach, las den Text wieder und wieder, merkte, dass er an den Nagelhäutchen herumkaute. Sein Blick ging zu den Krücken in der Ecke. Er rollte das Papierstück zwischen den Handflächen, bis es in flauschige Krümel zerbröselte.

Er saß auf der Bettkante, die Hände auf die Knie gestützt. Grübelte, erwog Für und Wider. Die Gedanken ließen sich nicht festhalten, schoben sich übereinander, flatterten davon. Er presste die Handballen gegen die Schläfen, konnte sich zu keinem Entschluss durchringen.

Hinkend kämpfte er sich zu den Glasscheiben vor und lugte in den Korridor. Niemand zu sehen. Die Gitterstruktur überzog sein Spiegelbild mit einem sich mehrfach überblendenden, feinmaschigen Muster aus Linien und kleinen schwarzen Quadraten. Er drückte die Klinke herunter. Die Tür war nicht verschlossen. Einen Moment lang stand er reglos in dem kleinen Raum zwischen den Scheiben. Er hatte das Gefühl, dass er auf etwas wartete, hätte nicht sagen können, worauf, stand lediglich dort und blickte den Korridor entlang.

Er fürchtete sich davor, an der zweiten Tür zu klinken, wusste gleichzeitig, dass sie offen war. Ein Krampf im Bein ließ ihn in die Hocke gehen, er presste die Hände gegen das rechte Knie und verlor die Balance, lehnte sich an die Wand und blieb so eine Weile sitzen, in einer merkwürdigen, unbequemen Position.
Dann richtete er sich auf, taumelte zum Bett zurück und legte sich auf den Bauch. Er zog sich die Decke über den Kopf und spürte, wie sich etwas Durchsichtiges, Schweres den Weg aus seiner Brust und seinen Schlund hinauf bahnte. Auf eine Weise, die etwas Endgültiges, Besiegelndes hatte, stürzte eine Masse aus ihm heraus, Welle um Welle, ein Rhythmus entstand, ein Muster aus glänzenden Falten, ein hauchdünner Stoff – unendliche Tonnen Wasser.

Die Deckenluken waren finster. Er lag wach und lauschte. Vom Korridor kein Laut. In seinem Bein klopfte ein stechender Schmerz, den er nicht einzuordnen wusste. Er massierte die Stelle und versuchte gleichmäßig zu atmen. Er war in Schweiß gebadet, er musste mehrere Stunden geschlafen haben. Schlafen, wie konnte man nur so viel schlafen? Erneut fielen ihm die Augen zu.

Eine Hand, die sich auf seine Schulter legte, er zuckte zusammen. Auf dem Rolltisch stand ein Tablett mit einem Teller weißer Flüssigkeit und zwei Zwiebäcken.
»Ihre Werte sind gut.«
Die Ärztin hielt ihm einen kleinen Zettel hin.
»Fast alle im normalen Bereich.«
Sie sah abgekämpft aus, war kaum wieder zu erkennen.
Ich habe meine Meinung geändert. Ich werde Ihnen helfen, es hier rauszukriegen.

In ihm stieg das alte Misstrauen auf. Er wusste nicht, wie er reagieren sollte, schwieg.
»Ach so, hier.« Sie legte ein in Zeitungspapier gewickeltes Paket auf die Bettdecke, das etwas Weiches zu enthalten schien.

»Vom Generalleutnant.« Sie faltete einen Zettel auseinander.
»Damit Edh etwas Besseres hat, schreibt er …«
Edh riss die Zeitungen auf.
»… als einen Schlafanzug.«
Es war eine Felduniform. Auf den Achselklappen saßen die Zeichen eines Leutnants. Edh drehte die Jacke hin und her. Irgendwas steckte in den Taschen.
»Und er lässt ausrichten, dass Sie morgen früh auf Transport gehen. Fast einen ganzen Monat Urlaub. Sie werden zusammen mit ein paar anderen von Sensö ausgeflogen und dann nach Süden gebracht, zu einem unserer Gebiete am Immensee … Nach Dalhem. Um sich ordentlich ausruhen zu können, schreibt er, weit weg von der Front …« Sie blickte auf. Ihr Gesicht war ausdruckslos.
»Dalhem ist in Ordnung. Ich war da vor langer Zeit mal bei einem Seminar.«
Sie sahen einander an, es kam Edh ewig vor.
»Morgen schon?«

Haben Sie das Röhrchen?, schrieb sie.
Er gab es ihr.
Haben Sie einen Umschlag oder was Ähnliches?
Das besorge ich morgen.
Und was, wenn …
Eine Frage. Ist vielleicht idiotisch.
Er setzte den Stift ab.
Ich hab überlegt … Haben Mutter und Fötus eigentlich dasselbe Blut?
Er schob ihr das Heft hin.
Wenn das Kind im Mutterleib ist, meinen Sie?

Er nickte.
Nein, die Blutkreisläufe sind getrennt, sie müssen nicht mal die gleiche Blutgruppe haben.
Edh flüsterte etwas vor sich hin und raffte die Decke enger um den Körper. Er starrte auf die Uniform. Sie wandte sich zur Tür.
»Übrigens …«, stieß er hervor.
Er zwang sich zur Ruhe. Sie hatte sich umgedreht, sah ungeduldig aus. Er suchte nach dem richtigen Tonfall.
»… Wissen Sie, wie spät es ist?«
»Bald halb neun.«

In den Jackentaschen fand er seine Papiere, die Erkennungsmarke und eine simple Armbanduhr. Sie zeigte fünf vor drei. Er stellte sie sorgfältig, schichtete die Uniform auf dem Boden zu einem Haufen und fing an zu essen.

Er zog Block und Bleistift hervor, kritzelte hastig:

Diurede,

verzeih mir, aber es war nicht mein Fehler, dass ich den Brief aufgemacht habe. Ich habe Olaf nicht finden können, tut mir leid, dass mir das nicht gelungen ist und dass ich den Brief verloren habe. Ich hab ohnehin nicht viel davon verstanden, vielleicht begreife ich später ein paar Sachen, falls ich mich überhaupt erinnern kann. Ich weiß nicht warum, aber ich habe oft an dich denken müssen, es war schön, dich zu treffen und dann … ich weiß einfach nicht.
Ich dachte, dass ich das hier zurückschicken sollte, ich hoffe, dass es heil bei dir ankommt. Das ist das Mindeste, was ich tun kann.

Er fluchte, überlegte, ob er von vorn beginnen sollte. Drückte die Mine erneut aufs Papier.

Pass auf dich auf.
Sei umarmt
Karl Edh

Der Schlaf wollte nicht kommen, obwohl er müde war, sich matt fühlte, bleiern, erschöpfter noch als in den Stunden zuvor. Ein stichelnder Taumel wirbelte durch seinen Kopf, eine Wolke aus schwammigen Gedankenfetzen, die aufriss, sich zu farbenprächtigen Bildern formte, in ein Gewebe aus wimmelnden Punkten zerfiel. Ab und an fuhr ein Zucken durch Rücken oder Beine, er hörte das Ticken der Armbanduhr, krabbelte sich im Nacken, zupfte sich klebrige Schorfstücken von den Schultern.
Beim Eindösen schien es ihm, als ob sein Körper ein paar Millimeter über dem Laken schwebe, und er musste lächeln, eine verzerrte Grimasse, die Unbehagen in ihm aufsteigen ließ.

Der Schlaf war nicht tief, unruhig warf er sich hin und her. Flackernde Bilder, Episoden, die sich in Endlosschleifen wiederholten: Eine Menschenmenge, die wunderlich langsam durch Parkanlagen und Straßenschluchten kroch, er auf allen vieren, in fiebriger Bewegung, Laken, die sich um seinen Leib drosselten, in rasendem Tempo seine Arme umschlangen.
Er fuhr auf, sein Atem hetzte. Er war abermals durchgeschwitzt, strampelte die Decke zur Seite und knöpfte die Schlafanzugjacke auf.
Erinnerte sich plötzlich, hielt sich die Uhr dicht vor die Augen. Kurz vor elf.

Er blieb aufrecht sitzen und versuchte, sich wach zu halten. Legte sich dann auf den Rücken und zog die Beine an, erwachte, als sie zur Seite fielen, winkelte sie abermals.
Schaute wieder und wieder auf die Uhr.

Hämmernde Schläge, sein Puls raste. Er musste eingeschlafen sein, riss die Uhr hoch. Zwölf vor eins.

Zwischen den Türen wartete er einen Moment. Der Korridor lag im Halbdunkel, um die Ecke links drang ein schwacher Lichtschimmer. Rechts glimmten am Flurende schmale grüne Notausgangsschilder. Der Gang war leer. Er wickelte eine Socke um die Krücke und drückte sacht die Klinke herunter. Mit einem kaum hörbaren Knarren schwang die Tür auf. Aus einem der Zimmer kam ein Brummen, sonst war alles ruhig. Er schaute zur Wanduhr. Zwei vor eins.

Leise humpelte er den Gang entlang und tastete sich um die Biegung. Auch hier flache Leuchten und im Dämmerschein die beiden Türen – auf der rechten ein Schild: *Aufenthaltsraum.* Der Spalt über der Schwelle war dunkel.
Er warf einen Blick zurück in den Korridor und presste das Ohr gegen das Holz. Stille. Unsicher legte er die freie Hand auf den Türgriff. Nichts. Er verstärkte den Druck, klinkte erneut.
Abgeschlossen. Gehetzt drehte er sich um und kontrollierte den Gang, spürte, wie sein Pulsschlag sich erhöhte. Eine Minute nach eins. Unschlüssig betrachtete er die Tür. Hob schließlich die Krücke, um sich in sein Zimmer zurückzuschleppen.
Eine dumpfes Geräusch. Er starrte auf die Klinke. Einige Sekunden blieb es still. Dann ein Schnappen, langsam drehte sich der Zylinder im Schloss.

Er bewegte sich nicht, wartete darauf, dass die Tür geöffnet wurde. Presste zögernd ein drittes Mal die Klinke herunter. Lautlos glitt die Tür auf. Er trat ein und schloss sie hinter sich so schnell wie möglich. Drinnen herrschte Finsternis. Er spähte in die Dunkelheit und versuchte sich zu orientieren. Das rechte Bein zuckte und er stützte sich schwer auf die Krücke.

Etwa einen halben Meter über dem Boden glomm ein bräunliches Licht auf und er erkannte in der Mitte des Raumes Stühle und Bänke und ein paar lange niedrige Tische. Auf dem Sofa an der Wand saß eine Gestalt, das Gesicht im Schatten.

Ein Gegenstand sauste durch die Luft heran, ohne dass er so schnell hätte reagieren können, und landete auf seiner Schulter, sanft, weich. Ein Frotteehandtuch. Eilige Zeichen von der Person auf dem Sofa, eine Geste zur Tür. Edh legte das Handtuch vor die Türritze und humpelte dann näher. Der Unbekannte wandte den Kopf und Schatten huschten zur Seite, der Lichtschein kam von einer Taschenlampe auf dem Couchtisch.

Edh sah in ein bleiches, glatt rasiertes Gesicht, spürte verwundert, dass der Anblick ihn nicht überraschte, fühlte, wie es ihn vor lauter Abneigung schüttelte, die Züge waren ihm vertraut, nur zu gut vertraut, das Zittern kroch in den Nacken. Nylund. Um sein Kinn saß ein breiter Verband, er hatte ein Nachthemd an, darunter Hosen. Er schaute auf einen Fleck irgendwo neben dem Tisch und sah Edh dann unvermittelt an. Die Haut über seinen Wangenknochen sah dünn und rau aus, wie trockenes zerfallendes Laub. Edh ließ sich in den Sessel gegenüber sinken.

Nylund legte die Hände auf den Tisch, führte dann den Zeigefinger an die Lippen. Ein kaum vernehmbares Flüstern:

»Wir müssen leise sein. Und wir können nicht lange bleiben.«

Er lehnte sich zurück.

»Du hast nach mir gefragt?«

Einen Moment herrschte Schweigen. Edh suchte fahrig nach einer Antwort, verwirrt und konsterniert, und lauschte

gleichzeitig angespannt nach draußen. Nylunds Atmen war von einem Zischen begleitet, sein Blick finster und wachsam. Er beugte sich langsam vor und flüsterte noch einmal:
»Du hast doch wohl nach mir gefragt?«
Edh sah ihn an und schlang die Arme um den Leib.

Er holte tief Luft.
»Ja. Das hab ich. Wie geht's dir?«
Nylund klang teilnahmslos.
»Na ja. Schusswunden halt.«
»Hab gehört, dass du operiert worden bist.«
Nylund nickte und seufzte.
»Ist gut verlaufen.«
Er hob die Schultern. Danach erneut ein Nicken. Sein Gesichtsausdruck wurde fragend, er formte die Worte tonlos mit den Lippen: Und du?
Edh nickte zurück, wies kurz auf seinen rechten Fuß.
Nylund straffte sich.
»Wir haben wenig Zeit.«

Eine winzige Pause entstand.
»Der Zettel?«
»Ich lieg im Korridor drunter. Hab dich heut früh in deinem Zimmer gesehen, vom Aufzug aus. Am Nachmittag bin ich die Feuerleiter hoch und hab den Zettel in dein Bett geschoben. Du hast geschlafen.«

»Wie gesagt, wir haben wenig Zeit. Lass uns zur Sache kommen.«
Edhs Blick glitt durch den Raum. Ein Trick, eine Falle? Er war unschlüssig, fluchte vor sich hin, flüsterte:
»Ich habe das so verstanden …«
Er sammelte sich.
»Nordgren hat mir gesagt, dass du …«
Sie sahen sich an.

»… mich verdächtigt hast. Dass du Angst vor mir hattest.«
Die Antwort kam mit ein paar Sekunden Verzögerung.
»Sicher.«
Edh straffte den Rücken, betrachtete abwechselnd Tisch und Couch.
Erneut wurde es still.

»Wollen wir es so halten«, flüsterte Nylund. »Wenn du erzählst, dann erzähle ich auch. Soweit ich was beitragen kann.«
Edh rang mit sich, er hatte immer noch Zweifel. Nylund tippte auf seine Armbanduhr. Edh saugte Speichel zusammen, schluckte.
»Ich denke, wir sollten völlig offen reden«, fügte Nylund hinzu.

Edh schaute vor sich hin, er fühlte sich benommen, durstig. Nach einer Weile nickte er.
»Okay. Ich bin dabei.«
»Wer fängt an?«

Sie sahen sich in die Augen, ein flüchtiges Lächeln, dann ließen sie die Blicke in andere Richtungen gleiten. Edh zwinkerte, ihn fröstelte.
»Ich für meinen Teil kann dir versichern, dass du mich nicht hättest verdächtigen müssen.«
»Du hattest keine Geheimbefehle von Radd?«
Edh musterte Nylund erstaunt.
»Nein. Wieso denkst du das?«
»Das habe ich von Anfang an gedacht. Keinen Spezialauftrag? Den wir anderen nicht kannten?«
Edh schüttelte den Kopf.
»Wie kannst du so was glauben.«
Die Sätze kamen Schlag auf Schlag.
»Selbstverständlich hab ich das geglaubt. Börjesson auch.«

Edh fuhr zusammen, der Schüttelfrost ließ nicht nach.
»Der Streit um die Schlittschuhe«, fuhr Nylund fort. »Beim Kompaniefeldwebel. Das war perfekt. Radd konnte dich unauffällig zur Seite nehmen. Ihr hattet jede Menge Zeit. Das hat uns bestätigt. Geschickt gemacht.«
Der Kopfschmerz strahlte aus, floss als stechendes Reißen den Rücken hinunter.
»Du irrst dich. Ich hatte keine …«
Sie erstarrten. Weit weg im Korridor ertönte ein gellendes Geräusch, eine Kinderstimme, die rief und quiekte. Sie lauschten. Eine andere Stimme, die auf das Kind einredete, ein gedrängter Wortwechsel. Stille.
Edh atmete tief ein und ließ die Luft sacht durch die Nase ausströmen.

»Warum bist du abgehauen von Karlsvik?«
Diesmal antwortete Nylund ohne zu zögern.
»Das weißt du bereits. Ich war mir sicher, dass du mich erschießen würdest.«
Edh fuhr sich durch die Haare.
»Wie hast du's bis nach Ödö geschafft?«
Nylund presste kurz die Lippen zusammen.
»Hällan. Ich wusste, dass Hällan direkt neben Karlsvik liegt. Ich hatte die Seekarte, bin über die Insel gerannt, auf die andere Seite, raus aufs Eis, rüber nach Hällan. Dort gab es alles, was ich brauchte. Jede Menge Tabletten. Und Schlittschuhe. Ziemlich schlechte allerdings.«

Nylund strich mit den Fingern über den Verband und schob sich auf dem Sofa in eine andere Position. Über die Polster liefen dunkle Streifen.
»Dir ging's nicht so schlecht, wie du getan hast, oder? Dort im Keller?«
Nylund antwortete nicht, nur einen Art Schnauben war zu hören, er lachte auf.

»Wieso wusste ich nichts von Hällan?«, flüsterte Edh.
»Radd hatte mir davon erzählt.«
»Radd. Den würde ich gern ein paar Sachen fragen.«
Nylund räusperte sich.
»Vergiss ihn. Und Tessenøy auch, davon ist nichts übrig, wie's aussieht, ist gestern Nacht alles zerstört worden.«
Er wirkte aufrichtig.
»Ich hab so was geahnt, alle haben was geahnt, man musste sich umtun, dass man sich irgendwie aus dem Staub machte, bevor es passierte, *ich* musste mich umtun. Und jetzt ist Radd … tot. Mit hoher Wahrscheinlichkeit zumindest.«
Es sah aus, als ob er lächle und dieses Lächeln langsam erstarb.
»Ist es nicht immer das Gleiche? Ich hab das schon so oft erlebt. Derjenige, den man fragen will, der ist tot. Wenn man endlich begriffen hat, was man eigentlich hätte fragen müssen, dann ist die entsprechende Person tot.«

Nylund deutete auf die Uhr.
»Gleich fünf vor halb, wir können noch maximal fünfundzwanzig Minuten bleiben. Der Nachtpfleger macht hin und wieder eine Runde und wenn er entdeckt, dass ich nicht im Bett liege …«
Er nickte besorgt.
»Die Kapseln?«, flüsterte Edh. »Hast du von Beginn an gewusst, was drin war?«
Nylund hob abwehrend die Hände.
»Nein, nein. Das hat niemand gewusst. Ich hätte nie gedacht, dass es so was sein könnte.«

»Und die Lade?«
Nylund seufzte.
»Ich wusste, dass du davon anfangen würdest.« Er schwieg einen Moment.
»Die Lade gehörte Börjesson«.

»Der sie von Radd bekommen hatte.«
Nylund antwortete nicht sofort.
»Da ist etwas, worüber ich mit dir reden wollte. Ich hab auf dem Eis draußen viel drüber nachgedacht.«
Er unterbrach sich.
»Die Lade, ja. Die Sekretärin von Nordgren war heut bei mir. Sie haben das Ding gefunden, drüben auf Svensholmen. Ich kann verstehen, warum du sie zurückgelassen hast. Ich hab nicht genau gewusst, was drin war, aber auch ich hatte Angst. Angst davor, was es sein könnte. Und sie haben die dritte Kapsel gefunden. Ja, die dritte Kapsel … und die Lade. Aber …«
Er hielt einen Augenblick inne.
»… die Lade war leer. Die Kapsel sei intakt, hat sie gesagt, aber die Lade eben hätten sie leer vorgefunden, nichts mehr drin, rein gar nichts, jemand hat den Deckel aufgebrochen. Vom Inhalt keine Spur.«
Edhs Blick glitt zur Krücke, er fühlte, wie sich unter der blauen Schlafanzughose die Muskeln spannten. Er fror, sein Körper musste eiskalt sein, gleichzeitig spürte er einen unbestimmten Tatendrang in sich aufsteigen.
»Von wem hatte Börjesson die Lade?«
Nylund spitzte die Lippen, räusperte sich.

»Du, seit ich hier bin, hab ich viel nachgedacht.« Er stieß die Worte heftig hervor, kurze, zischende Geräusche. »Über die selbe Sache wie draußen auf dem Eis. Auf dem Eis hab ich geglaubt, die einzige Möglichkeit, die absolut einzige Möglichkeit, es bis nach Ödö zu schaffen, sei, sich einzureden, dass man nicht allein fahre. Aber ich war ja allein, und da hab ich an all die anderen gedacht, die da draußen waren, all die anderen, die auch Aufträge zu erfüllen hatten, vielleicht nicht so was wie die *Krabbe*, aber immerhin, es musste noch andere in meiner Lage geben. Und nicht nur Soldaten, sondern auch Zivile, ganz normale Leute. Und dann hab ich angefangen drüber nachzugrübeln, wer von uns allen eigentlich mit Sicherheit weiß, für wen er arbeitet.«

Nylund rutschte auf die Sofakante.

»Also: Von wem hatte Börjesson die Lade? Und warum hast du sie dann zurückgelassen?«

Er presste die Lippen zusammen.

»Ich kann dir's nicht in allen Einzelheiten erklären. Aber stell's dir etwa so vor: Börjesson bekam die Lade von einem Mann auf Tessenøy. Nicht von Radd. Und ich wurde eingeweiht. Sie haben uns eine ganze Menge dafür versprochen. Kein Geld. Andere Dinge. Die Kiste sollte an einen Offizier hier auf Ödö übergeben werden, mittlerer Dienstgrad, wir hatten keinen Namen, es hieß, er würde sich bei uns melden.«

Edh fühlte sich beruhigt. Gleichzeitig machte sich Staunen in ihm breit.

»Verrat?«

Nylund fuhr sich mit einer Hand durchs Haar.

»Ich hab nicht glauben wollen, dass du so naiv bist. Nicht wirklich. Bis jetzt habe ich gedacht, du machst uns was vor.«

Edh schwieg. Außer ihren Atemzügen war nichts zu hören.

»Ich konnte den Rucksack nicht mitnehmen. Wenn ich eine Chance haben wollte, musste ich schnell sein, ich hatte nur Kraft für meine Kapsel. Außerdem war's ja eigentlich Börjessons Auftrag, und ich war der Meinung, es sei nicht meine Aufgabe, nicht in erster Linie zumindest, ihn zu Ende zu führen, ich hatte keine Zeit, groß drüber nachzudenken.«

Er schluckte und trocknete sich mit dem Ärmel das Gesicht ab.

»Hast du's tatsächlich noch nicht kapiert, Edh? Dass fast alle rummurkeln? Dass fast alle, wie du es nennst, Verräter sind?«

Edh wusste nicht, wo er hinsehen sollte, unterdrückte einen Impuls, hochzufahren, aufzustehen, hörte Nylund sagen:

»Die große Mehrzahl ohne es zu wissen, selbstverständlich, das sollte ich fairerweise hinzufügen. Aber was ändert das?

Fast alle arbeiten direkt oder indirekt mit dem Feind zusammen, das zumindest ist mein Eindruck. Niemand weiß noch länger, wer was ist oder wer zu wem gehört. Es ist einfach nicht zu vermeiden: Sie arbeiten mit uns zusammen, und wir mit ihnen, Stunde für Stunde. Auch du, schwarze Krabbe.«

Edh öffnete den Mund, aber Nylund war nicht zu bremsen.

»Woher willst du eigentlich wissen, auf welcher Seite Nordgren steht? Wie kannst du sicher sein, dass du die Kapsel an die richtigen Leute übergeben hast?«

Nylund wedelte abwehrend mit dem Arm.

»Warte, ich habe viel nachgedacht, ich habe das alles genau durchdacht, und hör gut zu, es ist nicht grad leicht zu begreifen. Dabei hast du doch bestimmt genauso geglaubt ... dass es irgendwo jemanden gibt, der trotz allem ...« Nylund konzentrierte sich, »... der trotz allem eine Art Überblick hat, jemand, der ganz oben sitzt, die Spitze, die allerhöchste Leitung oder irgendwas in der Richtung, oder? Aber ich bin mir mittlerweile sicher – und es hat lang gedauert, bis ich drauf gekommen bin –, dass selbst das nicht ausreicht, wenn man versucht, sich ein Bild zu machen, ganz und gar nicht ausreicht, denn es gibt auch etwas jenseits von alledem, etwas, das nichts mit der Armeehierarchie oder der Sicherheit des Landes oder der Kriegsorganisation oder irgendwas dergleichen zu tun hat. Und das ist das eigentliche Problem, und es hat viel gewaltigere Auswirkungen, als du dir vorstellen kannst, und es tritt immer auf, immer. Aber niemand will wahrhaben, dass es so ist. Oder zumindest hab ich bislang niemanden getroffen, der es wahrhaben wollte – es sei denn, sie hätten nicht drüber geredet. Und wenn ich daran denke, hab ich das Gefühl, dass ich in die falsche Richtung schaue, genauso wie alle anderen auch. Anstatt mich zu fragen, wer von den Offizieren am meisten weiß oder den größten Überblick hat und ähnlichen Quatsch, sollte ich die Blickrichtung ändern. Aber das kann ich nicht, weil ich darin keine Übung habe, weil ich früher nicht mal an so eine Möglichkeit gedacht habe, weil mir jede Erfahrung fehlt. Und ich fühle mich hilflos. Und ich kann dieses Gefühl nicht länger ertragen, dieser Krieg kann noch ewig dauern, es sieht nicht so aus, als ob sich die Sache in der näheren Zukunft entscheiden würde. Und ich ertrag das Ganze verdammt noch mal nicht mehr länger, ich kann es schlichtweg nicht länger ertragen, weiter unter dieser Willkür zu leben!

Edh saß reglos, überlegte lange, bevor er antwortete.

»Ich glaub nicht, dass ich verstehe, wovon du redest.«

»Ich weiß. Ich erwarte auch nicht, dass du's von jetzt auf gleich verstehst, ich hab lange über all das nachgegrübelt. Und man kann es auch nicht auf rationale Art und Weise erklären und verstehen, einfach zur Sache kommen, mit einer Menge Berichte, es geht nicht um Intelligenz, man kriegt das nicht auf dem üblichen Weg zu fassen, schnell, zack, alles glasklar, begriffen. Vielleicht, wenn ich dir ... eine Geschichte erzählen würde. Die Lebensgeschichte von jemandem. Oder meine eigene. Und du der Geschichte ganz genau zuhören würdest, ihr vertrauen. Es würde allerdings eine lange Geschichte werden. Wenn das denn überhaupt ausreichend wäre.«

Nylund erhob sich.

»Die Zeit wird knapp. Das mit meinem Zustand ... Eine Krankheit vortäuschen, ja, das kann ich tatsächlich ziemlich gut. Eigentlich liege ich jetzt grade in meinem Bett eine Etage unter uns. Ich kann nämlich nicht aufrecht stehen, und laufen schon gar nicht. Außerdem kann ich nicht mehr sprechen. Glauben sie. Und aus dem Grund hab ich um Verlegung bitten können.«

Er tippte auf seinen Verband.

»Morgen früh werd ich nach F 12 gebracht, dort gibt's einen Zwischenstopp – und dann geht's weiter zu einer Spezialklinik in Adensberg für ausführlichere Untersuchungen. Das ist genau das, was ich haben wollte.«

Er verzog die Lippen zu einem Lächeln, aber seine Augen starrten ins Leere.
»Begreifst du, was ich vorhab?«
Edh lauschte. Von oben drang sekundenlang ein kratzendes, schabendes Geräusch herab.
»Nein. Aber … auch ich werd morgen verlegt, in ein Genesungsheim, nach Dalhem.«
Nylund sah interessiert auf.
»Ich lass das nicht länger mit mir machen, ich weigere mich. Ich bin früher auf F 12 gewesen, ich kenn mich dort aus, und ich hab eine Uniform bekommen. Ich werd mich einfach unter die Menge mischen, niemand ist drauf gefasst, dass ein schwer Verletzter von seiner Bahre aufspringt und verschwindet, ich kenne die Abläufe dort. Dann werd ich versuchen, ein Fahrzeug aufzutreiben, durch einen gefälschten Befehl, oder ich werd eins stehlen, und dann mach ich mich auf Richtung Süden, die Gegend hier wird nicht mehr lange sicher sein. Ich werd mich eine Weile verstecken, ich hab Bekannte unten in Viksta, und dann weiter die Küste runter ziehen und jemanden finden, der ein kleines Boot hat, oder sonst wie eines besorgen, und geradeaus fahren, quer über die Wassergrenzen.«
Nylund beobachtete Edh scharf, wirkte aber nicht unfreundlich.
»Viksta? Ist es bis dahin nicht ziemlich weit?«
Nylund beachtete den Einwand nicht.
»Und ich weiß genau, was Dalhem für ein Heim ist. Du bleibst eine Weile dort und dann kommt der nächste Auftrag. Denk nach, schwarze Krabbe, was wir da draußen auf dem Eis alles gemacht haben. Wir müssen weg von hier, ein für allemal. Das kannst du nicht sehen, wenn du mittendrin steckst. Wie willst du da die Blickrichtung ändern? Verstehst du nicht? Wenn du nicht zusiehst, dass du abhaust, weg von hier, raus aus dem System, dann merkst du nicht mal, dass es existiert. Als wir draußen auf dem Eis waren, in der Finsternis … – weißt du,

im Dunkeln muss man einen Punkt neben dem Gegenstand fixieren, den man eigentlich betrachten will, sonst entdeckt man ihn nicht. Und das Gleiche gilt im Tageslicht. Nur gibt es niemanden, der dir sagt, dass man wagen muss, in die falsche Richtung zu schauen und trotzdem darauf zu vertrauen, dass man das Richtige tut, wirklich darauf zu vertrauen.«

Er verstummte kurz.

»Und wenn du nun auch darum bitten würdest – um eine Verlegung nach Adensberg? Sag, dass dein Fuß schlimmer geworden ist, erfind irgendwas: Dass du dich plötzlich schwächer fühlst, oder was auch immer, und dass du Spezialisten konsultieren musst. Red mit dem Arzt heute Nacht oder gleich morgen früh. Es ist viel leichter, wenn wir zu zweit sind, es wär wirklich von großem Vorteil, wenn wir zusammenhalten würden.«

Nylund flüsterte, er sprach so leise, dass er kaum noch zu verstehen war:

»Komm mit, mit nach F 12.«

Edh nickte. Sein Blick irrte umher.

»Ich weiß nicht … ich muss mich ausruhen, und in Dalhem werd ich mich ausruhen können, das sagen sie zumindest. Dalhem ist jedenfalls in Ordnung.«

»Aber verstehst du denn nicht! Der Krieg geht ja weiter. Du hast doch gesehen, was auf Tessenøy los war! Du und ich, wir hätten genauso gut erschossen werden können, abgeknallt von unseren eigenen Leuten. Wir müssen raus hier, weg von hier, weit weg, wir müssen versuchen …«

»Aber«, Edh stammelte, »… du und ich, wir wissen doch eigentlich nicht besonders viel über die Kriegslage, vielleicht ist bald Schluss?«

»Ich versteh nicht, wie du so was glauben kannst. Es wird mit Sicherheit nicht enden, es wird weitergehen, weiter und weiter und immer weiter.«

Edh dachte nach.

»Aber ich bin in schlechter Verfassung … der Fuß, vielleicht muss ich ja gar nicht mehr …, und außerdem, nach allem, was wir getan haben, nach der *Schwarzen Krabbe* … sie werden uns mit Aufträgen in Ruhe lassen.«

»Darum geht es nicht. Entscheidend ist, dass man aus dem System ausbricht, das hab ich kapiert, endlich kapiert, als ich allein draußen auf dem Eis war. Das ist die einzige Möglichkeit zu überleben. Man muss versuchen, aus dem System auszusteigen.«

Nylund seufzte und knipste die Taschenlampe aus.

»Wir müssen los. Du weißt jetzt, was Sache ist! Ich geh zuerst.«

Edh stand auf, spürte, dass da noch eine Frage war, eine offene Frage. Was? Nylund drückte den Türgriff herunter, lugte hinaus und trat in den Korridor, einen Augenblick fiel das Lampenlicht auf ihn und färbte Haar und Gesicht in einen wunderlichen grünen Schein. Er verschwand durch die linke Tür ohne zurückzusehen.

Edh tappte vorsichtig bis zur Biegung vor und spähte den Korridor entlang, im Dunkeln wirkte der Gang schmaler als im Tageslicht. Wenige Meter und er war bei seiner Tür. Das Ende des Flurs schien unwirklich weit entfernt.

Er ging ins Bad, legte sich dann aufs Bett und schob die Decke beiseite. Er starrte das Geländer am Fußende an, kratzte sich, wälzte sich hin und her. Ein hartes Klopfen in der Brust, Atemzug um Atemzug, er holte tief Luft, schloss die Augen. Ruhe, Dunkelheit. Noch immer das harte Klopfen. Und zu seiner Verwunderung Schlaf.

Er stand im Korridor und sah auf die Armbanduhr. Fünf vor neun. Er bebte. Vom Personal ließ sich niemand blicken. In einem der Zimmer unterhielten sich Ärztin und Pfleger.

Er wechselte den Griff um die Krücke, musterte die Uniformjacke, die über dem freien Arm hing, betrachtete dann den rechten Fuß, der in mehrere Wollsocken eingewickelt war.

Der Pfleger hatte ihn geweckt, ihm Frühstück gebracht und saubere Unterwäsche, Stiefel, Anziehsachen und eine grüne Stofftasche hingelegt. Mit vorsichtigen Bewegungen hatte er lange Unterhosen, Unterhemd und T-Shirt übergestreift, sich einen Taschenspiegel und einen Rasierer geborgt und lange vor dem Waschbecken gestanden, den Spiegel dicht vor Mund und Kinn. Hatte vermieden, ihn weiter nach oben zu schwenken, es sich alle paar Minuten von neuem untersagt.
»Wir holen Sie ab«, hatte der Pfleger beim Hinausgehen gesagt. »Halten Sie sich gegen neun bereit.«
Nach dem Rasieren hatte er sich fertig angekleidet. Sein Körper war mager, aber muskulös.

Er hatte sich auf die Bettkante gesetzt und noch einmal in Ruhe das Zimmer betrachtet und war dann zur Tür gegangen.

Weiter hinten huschten der Junge und das Mädchen aus einem Raum und rannten auf ihn zu. Sein Blick ging über sie hinweg.
»Wir fahren zu unserer Schneehöhle«, rief der Junge.
»Kommt er etwa mit?«, fragte das Mädchen. »Neben ihn setz ich mich nicht, neben ihn setz ich mich nicht.«
Edh reagierte nicht, er musterte Ärztin und Pfleger, die mit Koffern beladen den Korridor herunterkamen.
»Ja, das war's mit der Zweiwochenschicht«, sagte die Ärztin. »Ab heute haben wir Urlaub.«

Die Fahrstuhltür glitt auf und die Kinder drängelten sich krakeelend hinein. Die Ärztin wies sie zurecht. Unbeholfen

schwang Edh sich in den Lift. Unwirklich, surreal. Er konnte sich des Gefühls nicht erwehren.
»Ganz runter, nicht, Mama?«, fragte das Mädchen.
Edh tippte auf die unterste Taste. – *8*.

Sie traten in einen hallenartigen Tunnel hinaus, in dem es stark nach Abgasen roch. Ihr Atem wirbelte durch die Luft und wurde vom Zugwind fortgerissen. Der Fels war schwarz übertüncht, die Leuchtröhren an den Wänden verbreiteten ein grelles orangefarbenes Licht.
In der Ferne blinkten Rücklichter.
»Bis Stavudden rüber werden wir gefahren«, sagte der Pfleger, »die Personentransporte gehen nicht bis hier raus, das wäre zu riskant.«
Ein paar Meter entfernt wartete ein grüner Kleinbus, der Motor lief. Edh musste sich anstrengen, mit den anderen Schritt zu halten. Ein uniformierter Fahrer öffnete die Seitentür und Edh hielt ihm Krücke und grüne Tasche hin. Im hinteren Teil des Fahrzeugs lag auf einer Art Pritsche eine lange Gestalt.
»Ja«, sagte die Ärztin, »das ist wohl der, nach dem Sie uns gefragt haben. Wie hieß er noch mal? Nylund. Es geht ihm nicht gut. Sie sollten nicht mit ihm sprechen.«
Edh nickte Nylund zu, aber der schien die Augen geschlossen zu haben.
Die Kinder stiegen ein, Edh saß hinter dem Fahrer, neben sich den Jungen. Als er den Kopf wandte, begegnete er den freundlich lächelnden Gesichtern von Ärztin und Pfleger. Die Pritsche wurde von der Lehne verdeckt.

Es war eng. Die Kinder schwatzten und lärmten.
»Ich bin ein altes Haus«, sang das Mädchen, »ich bin ein kleines altes Haus mit blauen Wänden, grünem gelbem lila Fußboden …«
Edh schaute aus dem Fenster. Sie fuhren schnell, der Tunnel schien schnurgerade in den Fels gehauen zu sein. Die Fahrt

zog sich hin. Edh schätzte, dass sie bereits mehr als fünf Kilometer zurückgelegt hatten. Der Junge kletterte auf seinen Schoß.

»Sei vorsichtig, Edward«, sagte der Pfleger.

»Hallo, du alter Klumpfuß!«, krähte der Junge.

Edh wusste nicht, was er antworten sollte.

»Ich würde gern eine heiße Quelle haben, in die ich meine Füße reinstecken kann, eine eigene heiße Quelle, das wär nicht schlecht, was?«

Edh wagte nicht, sich zu rühren.

»Und was ist das?«

Der Junge zeigte auf Edhs Revers. Edh hob langsam den Arm und strich den Stoff glatt. Ein kleiner dunkler Fleck. Fäden. Schwarzer Zwirn.

»Sieht aus wie eine …«, sagte der Junge.

Edh betrachtete die dichten festen Stiche. Ihm wurde übel. Kein Zweifel. Ein ovaler Körper, acht dünne Beine, zwei klobige Scheren.

»… Krabbe.«

Edh ließ den Kragen los und schloss die Augen, spürte das Gewicht des Jungen auf seinen Beinen, blinzelte, wollte nicht riskieren, jemanden ansehen zu müssen.

Die Straße stieg an. Das Mädchen fing erneut an zu singen, bald fiel der Junge ein. Die Melodie wiederholte sich, die Texte variierten.

»Ich hab von einem Mann gehört, der nicht aufhören konnt, die Sterne anzusehen …«

»Golden ist ihr Haar, eines Tages wird es grau sein, doch heut ist sie die Schönste in der Stadt …«

Sie sangen lauter und lauter.

Der Tunnel schien nicht enden zu wollen. Das Mädchen quengelte, die Ärztin versuchte, sie zu beruhigen. In der Ferne schimmerte Tageslicht durch eine Öffnung. Edh sah auf die Uhr. Knapp zwölf Minuten Fahrt.

Der Fahrer bremste ab und bog auf eine schneefreie Fläche neben der Tunnelmündung ein. Die Türen gingen auf. Die Sonne blendete. Edh hangelte sich auf das Trittbrett hinüber und ließ sich dann Stufe für Stufe nach unten sinken. Nylund wurde herausgehoben, auf eine Tragbahre gebettet und in Decken eingepackt.

Sobald sie ihr Gepäck hatten, wendete der Fahrer und fuhr in den Tunnel zurück.

Die Sonne, die frische Luft, der Schnee. Edh rührte sich nicht vom Fleck.

Sie standen auf einem Plateau. Über ihnen ragte eine schroffe Bergspitze auf, auf der anderen Seite fiel der Felsen steil zum Meer ab. Zwischen den Klippen lag dünner Schnee. Um sie herum war Wasser, Wasser bis zu einem kaum sichtbaren Horizont. Er hielt sich die Hand vor die Augen. Die Luft war eiskalt, schmeckte nach Salz, roch würzig nach der See.

Ein paar Meter entfernt wartete ein Trupp Soldaten, fünf, sechs Mann. Sie schwiegen, stampften ab und an mit den Stiefeln auf den Boden.

Ihm war schwindlig. Ein seltsames Gefühl, so weit blicken zu können, wie konnte die Sicht so gut sein? Richtung Norden, gerade noch zu erkennen, lag das Festland, in der Luft darüber hingen dunkle Flecken. Wolken, Nebelbänke, dicke Rauchsäulen?

Links von ihnen führte die Straße in Serpentinen den Berg hinab und dann weiter ins Landesinnere. Sie mussten sich auf einer Halbinsel befinden. Auf der anderen Seite der Tunnelmündung waren Geschütze und eine Reihe von Militärfahrzeugen geparkt. Rasch schweifte sein Blick zu Nylund, der still unter den Decken lag.

Die Ärztin war auf einen Felsvorsprung hinausgelaufen. Sie sah auf die Uhr und kam zu Edh herüber.
»Schnell jetzt«, sagte sie und zog einen gepolsterten Umschlag und einen Stift hervor. Ihr Haar flog im Wind.
»Schreiben Sie die Adresse drauf, ich seh zu, dass ich ihn weiterleite.«

Edh schluckte. Schrieb

Diurede Viik
aus der Kantine im gelben Holzhaus gegenüber vom Bahnhof in Daga.

Er zögerte einen Moment, gab ihr den Umschlag zurück und reichte ihr den zusammengefalteten Brief, betrachtete dann nachdenklich die Papiere in ihren Händen.
»Danke«, sagte er.
Seine Stimme war ihm fremd.
»Wir fahren mit dem da«, sagte sie und deutete auf ein grünes Auto, das eben das Plateau erreichte. Sie schaute nach Osten, sah zum Himmel.
»Er muss gleich da sein.«

Der Pfleger redete auf die Kinder ein, sie spielten in einer Klamm neben der Tunnelöffnung.
»Was werden Sie drüben anfangen«, fragte sie, um das Schweigen zwischen ihnen zu überbrücken, »jetzt, wo Sie so viel Zeit haben?«
Sie sprach weiter, redete, fragte.
Er wandte kurz den Kopf in ihre Richtung, er hatte die letzten Sätze nicht verstanden, sein Blick war aufs Meer gerichtet.
Er wies auf seine Tasche, der Reißverschluss war offen, oben auf den Sachen lag das Notizheft.
»Ich weiß nicht, ich werde … vielleicht werde ich schreiben«, sagte er, »Briefe, an meine Eltern, ich muss …«

Er brach ab, er starrte noch immer aufs Wasser und hob jäh den Arm.

»Das Eis«, sagte er.

Er fühlte sich überrumpelt, ohne eigentlich erstaunt zu sein. Einzelne Schollen, die sich in der Brandung drehten. Sonst nichts.

Er machte ein paar Schritte auf den Abhang zu, sie rief ihm etwas hinterher, das Pendel, erneut das Pendeln, er versuchte sich zu beruhigen, schluckte, vermied, sich Rechenschaft abzulegen.

Er wandte sich zur Seite, sodass niemand sein Gesicht sehen konnte, und beugte sich vornüber, um nicht das Bewusstsein zu verlieren. Aus der Hocke heraus spähte er auf die See. Sein Blick glitt über das Wasser, nirgendwo war festes Eis zu sehen. Er konnte sich an den Anblick nicht gewöhnen.

»Tschüss«, hörte er sie hinter sich rufen, aus dem Augenwinkel sah er, dass Kinder und Pfleger winkten. Er machte eine unbestimmte Armbewegung, sprang auf und lief zu einem überfrorenen Rinnsal an der Bergwand, stieß die Stiefelspitze hinein, stieß zu, bis Eis splitterte, und nahm einen Brocken in die Hand. Die vier stiegen ins Auto, der Wagen startete, rollte an.

Er betrachtete das Meer, danach das Eisstück, sah sich auf dem Plateau stehen, hoch über dem Wasser, den Eisbrocken in der Hand. Pendeln, Verharren, Stillstand im Raum. Von weit her ein leises surrendes Geräusch, das rasch anschwoll, Rotorblätter, er vermied es den Kopf zu heben, heftete den Blick auf den Eisklumpen, betrachtete ihn forschend, zog einen Handschuh aus und umklammerte ihn mit der bloßen Hand. Die Haut schmerzte, er zwang sich, die Kälte zu ertragen, das Rotorengeräusch wuchs zu einem Dröhnen an, ein lautes Schmettern, ohrenbetäubend, Schnee und Staub wirbelten durch die Luft. Der Helikopter landete auf einer runden Plattform neben dem Plateau.

Er drehte sich um und sah, wie die Tür aufgeschoben wurde, die Außenseite war mit einem großen roten Kreuz versehen. Zwei Männer liefen gebückt auf die Soldaten zu. In der Ferne hinter ihnen verschwand der grüne Wagen im Wald.
Am Himmel hob sich ein dunkler Schatten ab, der schnell größer wurde. Mit ruckartigen Schritten humpelte Edh auf die Plattform zu und erreichte den Trupp fast gleichzeitig mit den Krankenpflegern. Nylunds Bahre stand auf der Erde, ein Deckenzipfel flatterte im Wind.
»Nach F 12?«, rief einer der Krankenpfleger.
»Wer von Ihnen ist für die F 12?«
Eine Woge hob und senkte seine Brust, dunkle Wellen, ein wuchtiger schwarzer Strudel.
Nylund machte eine Armbewegung.
»Okay. Noch jemand?«
»Noch jemand nach F 12?«
Zwischen seinen Fingern rann Wasser hindurch, tropfte zu Boden, das Eisstück lief in eine scharfe Spitze aus, er presste die Fingerkuppe dagegen.
Die Soldaten schüttelten die Köpfe.
»Okay, dann war das der Einzige für F 12?«
Edhs Blick glitt zu Nylund. Die Pfleger nahmen die Bahre auf. Er war sich nicht sicher, aber ihm schien, dass Nylund die Augen aufgeschlagen hatte, und er schrie, schrie laut über den Platz, das Rotorengeräusch musste ihn übertönen. Wenn ich renne, er schrie laut und unbarmherzig, runterrenne zum Meer, mich hinauswerfe, geschwind genug bin, wenn ich …
Die Tragbahre wurde in den Helikopter geschoben, die Krankenpfleger stiegen ein. Die Seitentür war noch offen, ein Offizier rief:
»Also niemand mehr für F 12?«
Edh stemmte sich gegen den Wind, schloss die Augen, das Blut schoss ihm in den Kopf. Knochen und Muskeln und Haupt massige Schwere.

Ein Knall, als die Tür zuflog, er nahm die Mütze in die Hand, ignorierte die Böen und hob den Kopf. Der Helikopter stieg auf, verharrte in etwa zehn Metern Höhe, drehte und zog an. Ein flatterndes Vibrieren.
Er flüsterte vor sich hin.
»Mach's gut.«
Er konnte die Worte nicht hören, hielt sich die Hand hinters Ohr, sagte sie noch einmal. Ein Rauschen im Kopf, als sie sich formten – nächstes Mal, dachte er, muss sicher sein, nächstes Mal, eine bessere Chance. Er folgte dem Helikopter mit dem Blick und versuchte sich vorzustellen, wie das Meer von dort oben aussah, er starrte ihm nach, bis nur noch ein winziger schwarzer Punkt zu sehen war. Sein rechter Handschuh war verschwunden, die Finger fühlten sich kalt an und kribbelten. Verwundert betrachtete er die nasse rote Haut zwischen Daumen und Zeigefinger.
Der zweite Helikopter schwebte heran, stand in der Nähe der Bergkuppe eine Weile in der Luft und senkte sich dann langsam herab. Er war mit dunklen Tarnfarben lackiert und größer und robuster als der erste. Der Motor heulte, die Rotorblätter peitschten durch die Luft, auf Rumpf und Heck saßen kleine orangefarbene Leuchtfelder. Ein Offizier sprang heraus und kam auf sie zugerannt, das Cockpitfenster blendete, der Pilot war nicht zu erkennen.
»Nach Dalhem? Dalhem?«
Edh schaute zu Boden, mied die Blicke der anderen, bejahte, als er an der Reihe war, humpelte hinüber, versuchte, die Krücke hinter dem Rücken zu verbergen, hinkte stärker. Er kletterte hinauf und sank auf einen Sitz, entdeckte, dass er einen weißen Umschlag in der Hand hatte, dass die anderen ähnliche Umschläge hielten, dass jemand gegen das Motorengeräusch anschrie. Wortfetzen, »Befehle«, der Offizier gestikulierte, »neue Befehle«. Der Erste öffnete seinen Umschlag, der Zweite, rings um ihn flatterte Papier.

Er saß reglos, drückte den Körper gegen den Sitz, verdrängte jeden weiteren Gedanken, spürte, wie seine Finger den Umschlag umklammerten, wie sich der Helikopter sacht vom Erdboden erhob. Rasch wandte er den Blick zum Seitenfenster und sah hinauf zum Himmel. Über ihnen trieben kleine durchsichtige Schneewolken dahin, stiegen höher und höher und zerstäubten zu nichts.
Wind und Wolken, dachte er. Schnee, Wolken, Wind und Eis.